Mallorca mortale

Rufus Katzers dritter Fall

Impressum

Text: © Rufus Katzer
Umschlag: © Nasra Haetzel
Verlag und Druck: tredition GmbH
                    Halenreihe 40-44, 22359 Hamburg

ISBN:

978-3-7469-3785-4 (Paperback)
978-3-7469-3786-1 (e-Book)

Bibliografische Information der Deutschen Nationalbibliothek:
Die Deutsche Nationalbibliothek verzeichnet diese Publikation in der Deutschen Nationalbibliografie; detaillierte bibliografische Daten sind im Internet über http://dnb.d-nb.de abrufbar.

Meiner liebsten Frontfrau und Soulsängerin Lynn

1.

Ihr Schrei fuhr mit dem Biss einer Kreissäge ins Bewusstsein der Gaffer. Das Blut der Frau spritzte in alle Richtungen. Der Mann war mit dem Tranchiermesser auf den Balkon gestürzt und stach auf sie ein. Die Passanten von Port Pollença, die in der Nachmittagshitze zusammengelaufen waren, schrien gleichfalls. Einige wählten hastig den Notruf. Als die zwei Polizeiwagen mit Blaulicht und Sirene vor dem Haus stoppten und vier Guardia Civil heraussprangen, herrschte schon Totenstille. Die Beamten rasten die Treppe hoch, traten die Tür ein und überwältigten den Tobenden. Später wurde die Frau im Sarg aus dem Haus getragen.

Die Nachbarn wussten Bescheid. „Sie war eine Stunde vorher bei der Polizei und hat Anzeige erstattet. Der Mann hatte gedroht, sie umzubringen. Die Polypen haben gesagt, sie wäre nicht verletzt und angegriffen worden. Da seien sie machtlos. Es läge keine Straftat vor. Jetzt haben sie ihre Straftat."

Die Horrornachricht breitete sich so fix aus wie ein Dackel bei der Verfolgung einer läufigen Hündin. Rufus Katzer im sechs Kilometer entfernten Pollença erreichte sie allerdings erst am Morgen danach. Seine Zeit als Polizeireporter lag lange zurück, Gewaltverbrechen waren nicht mehr sein Business.

Nicht dass Sie denken, Pollença oder sein Hafen seien ein Hort der Gewalt. Ganz im Gegenteil. Alles Friede, Freude, Eierkuchen.

Wenn Sie an einem Haus vorbeikommen, aus dem laute Musik ertönt, ist es meist kein Ghettoblaster, sondern die Orchesterprobe von Hausmusikanten.

Aber diese Nacht hatte es Blut geregnet. Etwas lag in der Luft. Alle Autos waren rostrot. Ziemlich abgefahren das.

Katzer, Endsechziger mit Fitnessallüren, glaubte beim ersten Gassigang vor dem Frühstück mit seiner Hündin an Sehstörungen wegen Koffeinmangels, aber es war nur Saharastaub, den der Wind von Marokko nach Mallorca blies. Gassi hatte Vorrang bei jedem Wetter, auch wenn die alten Knochen lahmten.

Ein bisschen mehr oder weniger Dreck auf seinem schrottigen Escort war Katzer egal, aber selbst die Scheiben und Scheinwerfer trugen den rötlichen Schmier. Er hatte seine Karre nahe der Römerbrücke abgestellt, weil seine Wohnstraße zu schmal zum Parken war und er keine Garage besaß. Der Bauer, dem das Natursteinhaus vor hundert Jahren gehörte, hatte seinen Eselskarren samt Esel noch durch einen schmalen Gang von der Straße hinten in den Hof geführt, wo auch Küche und Klo standen. Katzer hatte den Gang samt Stall mit dem Vorschlaghammer weggehauen, weil er mehr Wohnraum wollte. Um in der winkligen Altstadt zu wohnen, nahm er gerne den Fußmarsch zum Auto in Kauf.

Und versuchte genervt, wenigstens die Frontscheibe mit einem Schwamm vom Schlamm zu befreien. Es war hoffnungslos, vor allem ohne den dampfenden Flüssigteer, den ein Koffeinjunkie braucht, um sein System zu stimulieren. Er hätte nichts dagegen gehabt, die rostbraune Tarnfarbe wenigstens auf der Kühlerhaube zu lassen. Seine Karre war ein Schnäppchen und der Vorbesitzer hatte den Kühler mit einer rot-gelben Flamme verziert. Katzer konnte sich an diese Zuhälterkarre schwer gewöhnen. Die Flamme war jetzt unsichtbar, leider war auch sonst nichts mehr zu sehen.

Öhrchen, seine Rottweilerdame, schnüffelte aufgeregt herum. Katzer hielt den dreckigen Schwamm unschlüssig in der Hand, während sie kackte. Weil er wieder mal die Tüte vergessen hatte, schob er das Zeugnis ihrer guten Verdauung mit dem Schwamm auf ein Tempotuch, um nach einem Papierkorb zu suchen. Neben dem Papierkorb stand ein toter Koffer, leer wie sein Kopf. Katzer gab ihm einen Tritt und fragte sich, was das Schicksal ihm damit sagen wollte. Vermutlich nichts, nur dass er es nicht lassen konnte, das Schicksal immer wieder herauszufordern, nur so zum Zeitvertreib.

Was zum Teufel hatte es mit diesem Foto auf sich, das gestern im Briefkasten lag und seinen Vater in den besten Jahren am Radaktionstisch zeigte, ohne Anschreiben und Erklärung. Die Entfremdung zwischen ihnen hatte erst kurz vor dessen Tod geendet. Das Foto schien vor der Erfindung des Internet auf die Reise gegangen zu sein. Schwarz-weiß, glänzend, wie ein Zeitungsabzug zu alten Zeiten.

Er nahm Kurs auf sein Lieblingscafé „Can Rasca", wo die Müllkutscher nach der Schicht für eine Stärkung einkehrten. Uép! Com anam? Hallo, wie geht's? Es war laut und familiär wie immer. „Rufus, gönn' deinem Kalb ein Bier, es sieht durstig aus." Der größte Kerl vom Mülltütenräumkommando hatte seine Pranken um Katzer geschlungen und ihm ein Bier vom Fass unter die Nase gehalten. Privat fuhr er einen protzigen Jeep, feuerwehrrot, während Katzer sein Ego mit dem schwarzen Kalb an seiner Seite pushte.

„Müsst ihr beide probieren, iss gut!"

Katzer verzog die Nase. Bier am frühen Morgen, igitt!

Öhrchen sah Handlungsbedarf, legte die Vorderpfoten auf die Schultern des Riesen und brachte ihre knapp 40 Kilo zur Geltung, ordnungsgemäß von einem anschwellenden Knurren begleitet.

„Du kannst ihr den Bauch kraulen oder ihr ein Würstchen spendieren, wir hatten noch kein Frühstück. Satt ist sie keine Gefahr für die Menschheit."

Katzer quatschte Mallorquin mit der Meute, um Solidarität zu simulieren, und schnippte mit den Fingern. Die Hündin stellte das Knurren ein, um den Mann dafür mit der Zunge über das Gesicht zu lecken. Er lachte nur.

„Was du nicht sagst. Du solltest sie unserem neuen Bürgermeister vorstellen, der hat sicher dringenden Bedarf an Liebesbeweisen, nachdem ihm bei den letzten Wahlen so viele Schäfchen abhandengekommen sind."

„Jedes Unglück fängt mit mangelnder Menschenkenntnis an. Meiner Hündin machst du nichts vor. Die hat den Urinstinkt für Gut und Böse."

„Und warum fehlt ihr dann ein halbes Ohr?"

„Sie war ein herrenloser Straßenhund. Da läuft Dreckzeug rum, das kriegt selbst die Müllabfuhr nicht weg." Die Truppe in ihren grellen Warntrachtfarben lachte schallend. Die Phonzahl in der Kneipe überstieg jede Wirtshausschlägerei. Echt gemütlich.

Schon war man beim Thema. *Escolta, acab de sebre* . . . Ich höre da eben . . . die in aller Öffentlichkeit abgeschlachtete Frau hatte Hilfe gesucht und nicht bekommen. Wenn einer sich die Mühe gemacht hätte, mit dem tobenden Irren vorher zu sprechen und ihn gegebenenfalls ein paar Stunden in die Ausnüchterungszelle zu sperren, wäre die Bluttat vielleicht verhindert worden. Für viele Machos waren Frauen und Tiere immer noch Sachen. Katzer wollte mit Isabel darüber sprechen. Sie, die ehemalige Dorfpolizistin, kannte die Kollegen am Hafen und würde wissen, welcher Grad der Frauenverachtung sich in ihrem alten Revier gehalten hatte.

Öhrchen kroch ungestört unter den Tischen herum. Einer hatte ihr ein Frühstücksbrot zugesteckt, ein anderer einen süßen Krapfen aus der Schüssel der Wirtin geklaut, den sie ohne zu kauen verschlang. Sie hatte sich ihre Meinung gebildet. Müllkutscher, Rentner und einsame Witwen, dem nächtlichen Alleinsein entkommen, waren die Guten. Das gemeinsame Elend, das die Menschen am Abend aller Tage zusammenpappt, trug sie mit tierischem Gleichmut, für den Katzer sie liebte.

Als Sackhüpfen noch olympische Disziplin war, hielt man Blutregen für ein schlechtes Omen. Jetzt bildete sich nur eine Schlange vor der Waschstraße von Pollenças einziger Tankstelle, um den Dreck zu beseitigen. Die Schlange war viel zu lang. Katzer gab auf, brachte die Hündin nach Hause und ging zum Bus, um Einkäufe in Palma zu machen. Wenigstens die Parkplatzsuche bleibt dir erspart. Denk positiv.

Seit Tagen hatte er vergeblich versucht, einen guten Calvados in seinem Dorf zu kriegen. Außerdem warteten ein paar Neuerscheinungen in der deutschen Buchhandlung von Palma auf ihn.

Vor der Haltestelle das übliche Gedrängel, als der marode Bus sich näherte. Vier davon waren in den letzten Wochen abgebrannt. Katzer hoffte, nicht den fünften von der Todesliste erwischt zu haben. Es war alles wie immer, bis auf ein paar Carteristas, die ihm auffielen. Hinter verspiegelten Sonnenbrillen getarnt, zog die eingespielte Truppe maghrebinischer Taschendiebe ihren Opfern das Geld frecher aus den Taschen als die Andenkenhändler.

Vor Katzer und einem deutschen Touristen, der seine Herkunft wie ein Schandmal mit sich schleppte, hatte sich eine Zigeunerin dreist zum Fahrer gedrängelt und gefragt, ob dies der Bus nach Sóller sei.

Jeder wusste, dass man von Pollença nur nach Inca und Palma kam. Der Fahrer schüttelte mürrisch den Kopf, die Frau machte kehrt und drängte den Touristen am Ausgang rüde zur Seite.

„Aufgepasst" warnte Katzer den Landsmann. „Geld festhalten!" Der Deutsche griff erschrocken zur Hosentasche und streifte die Hand der Frau, die mit flinken Fingern nach seiner Geldbörse angelte. „Scheiße", entfuhr es dem Mann, aber die Schwarzgelockte war schon wieder auf der Straße. Ein zweiter Carterista folgte dicht neben ihr und drei weitere Männer machten sich mit ihnen aus dem Staub. „Drecksgesindel", schnaubten die Fahrgäste und drängten weiter in den Bus.

„Carteristas", erklärte Katzer seinem Mitreisenden, „die sind besonders an den Markttagen zu Dutzenden unterwegs, professionelle Taschendiebe, immer in Gruppen zu fünft oder sechst. Bevor du einen erwischst, gibt er das Portemonnaie schon an den nächsten weiter und der wieder an einen anderen. Die wären für jedes Basketballteam ein Gewinn. Wenn sie einen kriegen, hat er die Papiere längst fortgeworfen. Die Polizei ist machtlos und muss sie gehen lassen. Es wimmelt von ihnen am Bus, auf dem Markt und in den Kaufhäusern. Immer schön aufpassen."

Der Touri war erschöpft neben Katzer auf einer der abgewetzten Bänke niedergesunken und suchte vergeblich nach einer Ablage für seinen Aktenkoffer. Er trug Anzug, das Hemd über der hageren Brust stand offen, sein Gesicht ließ Katzer auf Rentner tippen. Was wollte dieser verhärmte Spießer im sonnigen Süden? Wenn etwas zusammenpasst wie Galle mit Schlagrahm, gibt das schon mal eine Story. Mit so was hielt der alte Zeilenschinder seinen Adrenalinpegel auf Betriebslevel. Bis Palma war eine Stunde Fahrzeit. Katzer gab sich gesprächsbereit.

„Gepäck können Sie in diesen Bussen kaum mitnehmen, Aircondition funktioniert auch nur bis Reihe drei und es stinkt nach Benzin, aber auf die regelmäßige Fahrpreiserhöhung ist Verlass."

„Bin ja bloß froh, überhaupt noch liquide zu sein. Vielen Dank für Ihre Aufmerksamkeit. Das hätte mir noch gefehlt." Seine scharfe Nase und die buschigen Augenbrauen gaben ihm etwas Bestimmtes, das durch den schmalen Mund noch unterstrichen wurde. Er klammerte den Aktenkoffer fester. Katzer fielen die zwei Eheringe am Ringfinger auf, einfach, fast ärmlich, wie alles an dem Mann. Katzer taxierte seinen Anzug auf zehn Jahre Laufzeit mit einer Erwartung auf weitere zehn, solange die Bügelfalte hielt. Nur seine krankhafte Blässe fiel aus dem Rahmen. Wie einer, der zu viel denkt – oder über die falschen Sachen grübelt. So ein Typ von der Seitenscheitelfraktion.

„Wollen Sie nach Inca, ins Krankenhaus?" schoss Katzer ins Blaue. „Der Bus hält direkt davor."

„Ganz und gar nicht. Ich muss zum deutschen Konsulat nach Palma. Ich suche meine Tochter Darja. Sie hat sich seit zwei Jahr nicht mehr gemeldet. Wie vom Erdboden verschwunden. Sie träumt von einer großen Zukunft als Sängerin."

„Wie alt ist denn die junge Dame?"

„Darja war 19, als sie verschwand. Wir leben nicht mehr zusammen, seit ihre Mutter starb, aber wir hatten immer Kontakt. Ihre Mutter hat sie immer in ihren verrückten Plänen unterstützt. Jetzt gibt Dari mir die Schuld am Tod ihrer Mutter."

„Und hat sie Recht?"

„Weiß ich nicht. Ich hatte andere Ziele. Aber die sind seit dem Mauerfall Makulatur. Sie dagegen glaubte sich dem Himmel näher. Partys, erste Auftritte, Backstage-Gerüchte. Es geht nicht ums Recht haben. Es geht um ihr Glück und ihre Zukunft. Ich habe sie überall gesucht, bisher ohne Erfolg. Die Polizei sagt, sie ist volljährig, da kann man nichts machen."

„Da hat die Polizei sicher Recht. Kinder werden erwachsen und machen sich selbständig."

„Aber sie verschwinden nicht einfach von der Bildfläche. Darja hat bei ihrer Tante gelebt. Die hatte nach ihrem Verschwinden einen Nervenzusammenbruch. Ich habe alle Bekannten und Kontaktpersonen abgeklappert, nichts. Auch über ihr Smartphone ist sie nicht mehr erreichbar. Sie stand kurz vor dem Abi."

„Aha, Prüfungsangst?"

„Darja war eine gute Schülerin, etwas zurückgezogen, aber nicht unbeliebt. Daheim hat sie ein Kätzchen, das hätte sie nie zurückgelassen."

„Kann ich verstehen. Klingt nicht gut. Aber wie kommen Sie ausgerechnet auf Mallorca?"

„Wegen ihres Freundes. Ich fürchte das Schlimmste. Aber ich gebe nicht auf, bevor die letzte Spur kalt ist. Darja wurde zuletzt mit einem windigen Typ gesehen, der sich angeblich nach Mallorca abgesetzt hat. Näheres wollte die Polizei nicht sagen. Laufende Ermittlungen und so. Ich weiß nur, dass er in Berlin schon mal eingesessen hat und Boris Losowski heißt."

„Sie sind aus Berlin?"

„Ja, entschuldigen Sie, ich habe mich gar nicht vorgestellt. Mein Name ist Pfitzner, Alfred Pfitzner aus Berlin-Pankow."

„Aus dem Osten also, dachte ich gleich."

„Was heißt hier Osten, wir waren schon vor der Wende die Hauptstadt."

„Na ja, zur Hälfte. Uns habt Ihr nie gekriegt. Mein Name ist übrigens Katzer. Ich war mal Journalist im Westen der Stadt. Ganz erfolgreich, aber eine Straße ist nicht nach mir benannt und auch das Denkmal ist überfällig. Immerhin kann ich mein Bier selbst bezahlen und fürs Hundefutter reicht's auch noch."

„Katzer, sagen Sie, Journalist, muss man Sie kennen? Egal, seit der Wende lese ich keine Zeitung mehr. Das einzige, was für mich zählt, ist meine Tochter. Es geht um Leben und Tod, glauben Sie mir. Keiner nimmt mich ernst. Sie nennen mich einen Querulanten. Ich stoße auf Gleichgültigkeit und Ablehnung."

„Haben Sie Feinde?"

„Mehr als ich zählen kann. Ich habe für die gerechte Sache gekämpft. Die hat einen Rückschlag erlitten. Ich gehöre zu den Verlierern. Verlierer haben keine Freunde."

„Darf ich fragen, als was Sie gearbeitet haben?"

„Sie wären kein Journalist, wenn Sie es nicht täten. Ich möchte dazu nichts sagen."

„Muss schlimm sein, von einem Tag auf den anderen die Macht über die Menschen zu verlieren. Jeder macht, was er will, und dann läuft auch noch die eigene Tochter weg. Es könnte doch sein, dass das Verschwinden Ihrer Tochter etwas mit Ihrem ehemaligen Beruf zu tun hat."

„Das kann ich nicht ausschließen. Darja ist nicht weggelaufen. Ich glaube, sie ist entführt worden. Sie braucht meine Hilfe, das ist alles, was ich noch tun kann."

„Entführt? Das passiert normalerweise nur im Fernsehen. Wie kommen Sie auf so was?"

„Ich hatte vor einiger Zeit einen Anruf. Die Nachricht bestand aus einem einzigen Satz: Du wirst für alles bezahlen. Mehr nicht. Ich habe vergeblich auf neue Nachrichten gewartet."

„Haben Sie die Polizei verständigt?"

„Die glauben mir nicht. Leider bin ich bei meiner Suche auf mich allein gestellt. Ich glaube nicht mehr, dass mir irgendwer helfen will. Ist das nun die bessere Welt, in der Menschen einfachen vom Erdboden verschwinden, ohne dass es jemanden stört?"

„Das passiert überall und täglich, in Ihrer Welt war das ziemlich normal."

„Blödsinn. Nichts ist mehr normal. Ich bin der einzige, der sie sucht, ich muss wissen, was passiert ist und warum. Ich werde nicht aufhören, nachzuforschen. Ich habe mich beim Deutschen Konsulat angemeldet, um Unterstützung bei meiner Suche zu erbitten. Ich muss sie finden."

Der spacke Typ schien sich förmlich aufzulösen auf seiner Kunstlederbank. Das war kein Querulant, das war ein Fanatiker. Sein Hemd zeigte Schweißflecken, sein ganzes Ego triefte. Er hatte die Augen eines in die Enge getriebenen Wolfs. Katzer schwankte zwischen Mitleid und Ekel.

„Ich kenne unsere neue Konsulin Emilie Liefers. Patente Frau. Hab nach ihrem Amtsantritt ein Interview mit ihr für ein deutsches Magazin gemacht. Hab sie anschließend auf Redaktionskosten in Palmas ältester Bäckerei „Forn des Teatre" bei den Wirtsleuten vorgestellt und mit ihr die Ensaimadas gekostet. Müssen Sie auch probieren. Eine Frau von Welt, schon viel rumgekommen, Belgrad, New York, Mexiko City, Brüssel."

Der hagere Mann blickte Katzer an wie der letzte Überlebende eines Flugzeugabsturzes. Ein Bild zum Erbarmen. Katzer war damit geschlagen, alles Unglück der Welt auf sich zu ziehen und glich diese Schwäche aus, in dem er sich ab und zu in Zynismus flüchtete. Ein Stasi-Typ auf der Jagd nach dem eigenen Fleisch und Blut, das den Verlockungen des Klassenfeindes erlegen war. Das Leben konnte komisch sein. Solche Typen haben mal einen ganzen Staat am Laufen gehalten und dann laufen ihnen alle davon. Es war einer der Tage, an dem Katzer ein Schleudertrauma vom Kopfschütteln über die Welt bekam. Das Schlimmste an der DDR war gar nicht die Stasi, sondern die Langeweile, die sich unter ihrem Mief breit machte wie ein Ölteppich, hatten gute Bekannte aus dem Osten ihm anvertraut.

„Nehmen Sie meine Karte und berufen Sie sich im Konsulat auf mich. Wenn Sie trotzdem keinen Roten Teppich ausgerollt kriegen, war mein Artikel schlecht."

Am Zentralbahnhof Plaza d'España trennten sie sich und der Seitenscheitel nahm den Linienbus zum Konsulat am Hafen. Er wirkte nicht wie ein Kindermädchen. Eher wie einer, vor dem man seine Kinder in Sicherheit brachte. Du solltest mit deinen Hochglanzvisitenkarten nicht so um dich schmeißen, dachte Katzer. Auch wenn du deinem Beruf vom Zeitungsschreiber zum Schriftsteller ein Update verpasst hast. An allem waren nur die Scheiß-Carteristas Schuld, die ihn über diesen Unglücksraben hatten stolpern lassen.

2.

Er war froh, Edgar von der Buchhandlung „Dialog" an der Rambla persönlich anzutreffen. Die deutsche Buchhandlung war Katzers zweite Wohnung. Er kannte den Besitzer aus Kreuzberger Tagen, als die „Rote Harfe" noch Zentrum des schwäbischen Anarchismus war. „Des müsse mer erscht dischkutiere", war eine der meistgebrauchten Phrasen in der Hütte.

Edgar, gestandener Weltbürger, hatte sich was vom Pfeffer der Hausbesetzertage bewahrt und tauschte mit Katzer bei einem Cortado gern Anekdoten aus alten Zeiten aus. Ein feuerroter Haarschopf hätte ihm gut gestanden, mangels dieser Trophäe musste strohblond genügen. Dafür war sein Gesicht umso mehr von Sonne und Salzwasser gepökelt.

„Noch immer ins Studium des mallorquinischen Monetenmachers Juan March vertieft?" erkundigte sich Edgar, weil Katzer eine neue Biografie über den Magnaten bestellt hatte.

„Nichts da, diesem Gauner habe ich meine besten Jahre geopfert mit Recherchen und Zeitzeugenbefragung. Immer auf der Suche nach einer Wahrheit, die nie aufgeschrieben wurde. Meine Bücher haben trotzdem nicht den erhofften Entrüstungssturm ausgelöst. Drogenschmuggel, Kriegstreiberei und Korruption sind inzwischen unter Bankern nur noch Kavaliersdelikte. Sein Clan hat noch immer die Macht, nicht nur auf dieser Insel. Auch wenn sein Geheimdienst inzwischen vom Staat übernommen wurde. Dienste sind auch nicht mehr, was sie mal waren. Allein die richtigen Connections zählen."

Edgar grinste. „Du lebst noch. Wie langweilig für dein Publikum. Du musst als Märtyrer sterben oder Amok laufen, um Schlagzeilen zu machen. Das ist jetzt modern."

„Wenn's der Auflagensteigerung hilft, könnte ich ja mal ein paar Scheiben der Banca March einschmeißen."

„Katzer, Du bist der geborene Looser, such dir ein anderes Hobby. Revoluzzer sind out. Unsere Symbole taugen nur noch für die Werbung. Entrüstungsstürme verkommen bei Facebook zu Reflexgewittern. "

„Sagt einer, der die akademische Laufbahn beschritten und wissenschaftliche Bücher geschrieben hat. Facebook, like mich am Arsch. Nur auf die Opportunisten ist Verlass. Die bleiben sich immer treu."

Die Ladentür hatte sich einen Spaltbreit geöffnet, um einen dürren Jungen hereinzulassen. Er verharrte unschlüssig am Eingang, offensichtlich von Katzers Anwesenheit irritiert. Edgar drehte sich freundlich zu ihm um.

„Komm rein, Amade, ich hab' was für Dich."

Amade kam zögernd näher. Edgar gab ihm drei Bücher, die der Junge hastig in eine Tüte vom Buchladen steckte.

„Der junge Mann hier heißt Amade, er ist das hellste Köpfchen von ganz Palma. Erst zwölf Jahre, aber hat schon mehr Bücher gelesen als die meisten Mallorquiner zusammen. Amade, dieser Caballero hier ist Rufus Katzer, ein Schreiberling aus Deutschland, er produziert auch Bücher."

Amade nickte mäßig interessiert und verdrückte sich mit dem schlechten Gewissen eines streunenden Hundes, der eine Wurst geklaut hat, wieder auf die Straße.

„Amade ist mein treuester Kunde, er liest alles, was ich ihm beiseite lege, Abenteuerromane, Geschichtsbücher, Fantasy, er hat den gefräßigen Geist einer siebenköpfigen Raupe. Mindestens einmal pro Woche holt er Nachschub."

„Erinnert mich an meine eigene Kindheit. Ich habe regelmäßig die Stadtbibliothek geplündert, nachdem der Bücherschrank meines Vaters nichts Neues mehr bot."

„Bei ihm zu Hause lesen sie nicht mal Zeitung. Er kommt aus einer Gitano-Familie. Da gibt da es kein einziges Buch."

„Ich glaube, manche halten Lesen für ein Laster von Schwächlingen. Lesen als Handlungsersatz. Übrigens - hast du mal wieder von Jürgen Mai gehört?"

Katzer und Mai hatten sich unter einem Polizeipferd in Berlin kennengelernt. Sie waren beide Reporter, Katzer bei der „Welt" und Mai als Volontär der „Bild". Beide standen unter einem aufbäumenden Gaul und schwenkten hektisch ihren Presseausweis bei einer Großdemo. Sie entkamen nur knapp der Kampfpeitsche des Polizeireiters auf seinem schäumenden Ross. Mai hatte schnell Karriere gemacht und war politischer Berater des Justizsenators geworden. Er war in die Teppichetagen der Macht aufgestiegen, nicht zuletzt dank guter Kontakte zu Apo-Anwälten in die Terrorszene. Ein begnadeter Strippenzieher, der sein gutes Herz gern hinter Zynismus tarnte. Darin ähnelten sie sich ein wenig.

Je mehr die Offiziellen auf Distanz zu ihm gingen, desto unentbehrlicher machte er sich bei der Lösung kniffliger Konflikte wie Flugzeugentführungen, Geiselnahmen und Botschaftsbesetzungen. In den Kanzleien wurde er als ‚Organ M' geführt. Er selbst hielt die Berufsbezeichnung „Troubleshooter" für angemessen. „Ich spreche auch mit dem Teufel, wenn es um Menschenleben geht."

„Hab ewig nix vom ‚Marschall' gehört, aber seine Telefonnummer schmückt noch meine Sammlung", brüstete sich Edgar. Den Spitznamen hatte sich Mai eingefangen, weil sein Vater, ein Wehrmachtsoffizier, beim Aufbau der Bundeswehr aktiv gewesen war. In der linken Szene nicht unbedingt eine Empfehlung.

„Sei nett und such mir die Nummer raus, vielleicht kaufe ich auch mal wieder ein Buch bei dir."

Katzer tippe die Nummer des Marschalls in sein Handy, klemmte die Bücher unter den Arm und entfernte sich Richtung Policia Nacional. Niemand hatte ihn darum gebeten, doch sein Reporterinstinkt trieb ihn, bei der frischgebackenen Elevin der Mordkommission vorbeizuschauen, die jetzt im Betonneubau der Polizeidirektion thronte. Isabel hatte nach Jahren als Dorfpolizistin in Pollença ihren Dienst bei Hauptkommissar Caplonch von der Mordkommission aufgenommen. Bei ihm wusste er seine Freundin in guten Händen, obwohl der Comisario ein noch größerer Starrkopf war als er. Katzer schätzte Caplonch als bedingungslosen Demokraten, hingebungsvollen Kriminalisten und Mitglied der größten Polizeigewerkschaft Sindicato Unificado, was in seiner Position einen fast selbstmörderischen Bekennermut bewies.

Katzers Vorwand, unangemeldet aufzuschlagen, war ebenso scheinheilig wie sozialengagiert – eine inoffizielle Nachfrage, ob ein Boris Losowski oder eine Darja Pfitzner in Mallorca aktenkundig geworden waren. Nebenbei wollte er aus erster Hand wissen, was von den Kollegen am Hafen von Pollença zu halten war, die eine Frau ihrem tobsüchtigen Mann überlassen hatten.

Er und Isabel waren vor Jahren ein Paar gewesen, und manchmal begleitete ihr Geruch ihn noch in den Schlaf. Er hatte sie an einem saufrühen Sommermorgen am Strand von Cala Molins kennengelernt, nachdem er mit seinem Kajak fast im Meer ersoffen, eine Nacht auf den Klippen gestrandet und vom Hubschrauber der Gendarmerie wieder an den Strand geleitet worden war, wo Isabel ihn mit einer Flasche Wasser begrüßt hatte. Eine kleine Flasche Wasser ist der Himmel, vor allem, wenn sie von einem Engel in Uniform gereicht wird und der Hals noch trockener ist als die Platzwunde am Kopf. Stand ihr gut, die Uniform.

Er hatte weder Augen für die Ambulanz noch für die Kameraden der Küstenwache im Heli gehabt und in den folgenden Tagen die Wiederbelebungsversuche mit Isabel erfolgreich fortgeführt.

Eine gute Zeit, die sein Malheur zur See mit einem Happyend zu Lande versöhnt hatte. Der Ruf der taffen Dorfpolizistin und ihrer eigenwilligen Ermittlungsarbeit war bis nach Palma gedrungen. Sie war zur Polizeiakademie in Avila empfohlen worden und als Lehrgangsbeste aus der kastilischen Festungsstadt zurückgekehrt. Seit sie bei der Mordkommission in Palma arbeitete, waren ihre Begegnungen mit Katzer seltener geworden. Er vermisste sie, Öhrchen vermisste sie auch, manchmal fand er den Preis für das Leben als Single zu hoch.

„Rufus der Einsiedler", frotzelte sie und strich eine blonde Strähne aus dem Gesicht. Der Rest ihres Blondschopfes war zu einem Pferdeschwanz zusammengebunden. „Welcher Tsunami hat dich aus dem Norden in den sündigen Süden des Eilands verschlagen?"

„Ich brauche dich."

„Was du nicht sagst."

„Ich wünsche mir Tag und Nacht, von dir mal wieder das Gleiche zu hören."

„Gib Acht, dass die böse Fee dich nicht erhört und deinen Wunsch erfüllt." War das nun neckisch oder niederträchtig? Ihr

Blick war cool. „Du kommst doch nicht, um Nettigkeiten loszuwerden."

„Nicht nur, aber eigentlich doch. Es ist ein Fluch, unwiderstehlich zu sein. Aber ich will dich nicht ausnutzen. Sag nein, wenn ich deine Karriere gefährde. Kannst du rausfinden, ob zwei Deutsche hier in Mallorca aufgetaucht sind, Darja Pfitzner und Boris Losowski, ich habe die amtlichen Daten für dich aufgeschrieben. Darja aus Berlin-Pankow ist jetzt 21, Boris Alter weiß ich nicht, aber er war in Berlin im Knast."

„Weswegen?"

„Krieg ich raus. Sie ist vor zwei Jahren spurlos verschwunden, ihr Vater sucht sie und ist heute beim deutschen Konsulat. Ist völlig durch den Wind. So einer wie der dreht gern schon mal durch. Wahrscheinlich lassen die verschwundenen Youngster hier irgendwo die Sau raus und suchen den Höhenflug."

„Vale. Nimm das Diensttelefon und frag in Berlin nach, wann und weswegen Boris Losowski gesessen hat. Ich schau in den Computer, ob wir was über die beiden haben."

Während Isabel mit flinken Fingern in die Tastatur griff, gab Katzer die Nummer des ‚Marschalls‘, die er von Edgar bekommen hatte, ins Telefon. Er erfuhr, dass sein gewählter Anschluss umgeleitet wird. Schließlich meldete sich ein Büro des Justizsenators mit dem Hinweis, dies sei eine Rufumleitung und der gewünschte Teilnehmer sei zurzeit nicht erreichbar.

„Hören Sie, hier spricht die Policia Nacional von Palma de Mallorca, Apparat Comisaria Isabel Cifre Cerda. Mein Name ist Rufus Katzer. Wir müssen dringend Herrn Jürgen Mai sprechen."

„Kleinen Moment. Ich verbinde weiter."

Schließlich meldete sich eine sonore Männerstimme mit einem knappen „Ja", während im Hintergrund eine Lautsprecherdurchsage wie auf einem Flughafen oder Bahnhof zu hören war. Katzer grinste und nickte.

„Hier spricht Rufus Katzer, derzeit im Einsatz für Kommissarin vom Dienst Isabel Cifre in Palma. Bin ich mit Jürgen Mai verbunden?"

„Biste, alter Junge. Mach hinne, mein Flieger geht gleich. Wie kommt's, dass Du noch lebst oder sprichst Du schon aus dem Jenseits? Ich dachte, Du bist im Waschgang für Wollsocken verschütt gegangen. Stattdessen tauchst Du bei den Schönen und Reichen in Malle auf. Immer noch auf dem Rennrad unterwegs?"

„Längst vorbei. Ich hatte meine Rennmaschine schon neben dem Schreibtisch, als die Yuppies noch ihren Porsche auf dem Bürgersteig parkten. James Dean machte die Jeans populär, mein Carbonflitzer hängt im Deutschen Sportmuseum. Und wohin bist du unterwegs?".

„Petersburg. Was treibst Du in Palma?"

„Ich helfe der Polizei wegen zwei verschwundener Berliner Bürger, deren Spur nach Mallorca führt. Einer ist Boris Losowski, der in Berlin gesessen hat, seine Begleiterin ist die unbescholtene Darja Pfitzner, jetzt 21. Was kannst du mir auf dem kleinen Dienstweg über Boris sagen, Jürgen, und komm nicht mit Datenschutz."

„Wird erledigt. Ich lasse dir ein Fax schicken. Wir müssen mal wieder quatschen, und bleib ein schlechter Mensch, nur Schurken interessieren das Publikum."

Katzer war happy. Das Keyboard seiner Connections lief geschmiert wie zur Kampfzeit. Kein Grund zur Euphorie, aber befriedigend. Ein Mann wie der ‚Marschall' hätte einen prima Paten in jedem Mafiafilm gegeben. Amoralisch wie eine Amöbe, ständig dabei, die Grenzen seiner Macht über gute Beziehungen zu erweitern, wobei den guten Beziehungen manchmal mit Knete zweifelhafter Herkunft nachgeholfen wurden. Er provozierte Widerspruch, nur um den Gegner zu zwingen, sich schließlich selbst in Frage zu stellen. Was hatte der Mann mit dem Ölkännchen, wie er sich selbst gern nannte, in Mütterchen Russland verloren?

„Eine Konferenz der europäischen Justiz-Gurus, angestoßen von diversen Denktanks und Politikberatern. Unsere Minister für Justiz, Inneres und Äußeres haben sich auf mich als kleinsten gemeinsamen Nenner geeinigt und lassen mich inoffiziell auf dem Ticket der Hanns-Seidel-Stiftung reisen."

„Der alte Marschall wie er leibt und lebt. Undurchschaubar, aber nicht zu ignorieren. Und was treibt den Monsterwels in den diplomatischen Schlamm von Mütterchen Russland?"

„Ich muss einen Typen treffen, den Mann mit dem Kinn. Gehört zum oberen Dutzend der russischen Oligarchen. Ein enger Vertrauter von Putin. Sein Wort hat mehr Gewicht als das ganze russische Parlament. Seit der Krim-Annektion hat er Einreiseverbot in die EU und seine Konten im Westen sind eingefroren, umso besser läuft sein Geschäft mit China und den arabischen Ländern. Es gibt da Gerüchte, Sachen, die Kindern Angst machen. Sorry, muss jetzt mein Handy ausmachen."

Katzer hatte selbst einige Erfahrungen als Problemlöser der Berliner Regierung gesammelt, aber der ‚Marschall' toppte jeden. Er gönnte ihm den Kick seiner exklusiven Kumpaneien und drückte den Anflug von Wehmut weg.

Ziellos schaute er Isabel über die Schulter, die sich vom Bildschirm zurücklehnte. Er riskierte einen Blick zwischen ihre festen Brüste von der Form frischer Äpfel, die zum Reinbeißen reizten.

„Wie ist Caplonch eigentlich so als Chef. Steht er auf große Titten, lacht er manchmal, ist er ein Gentleman oder was. Ich kenne ihn nur als Arbeitstier, private Kontakte hatten wir nie, dazu ist er zu mürrisch."

„Was er an Frauen schätzt, ist solide Arbeit und Intelligenz, nicht ihr Aussehen. Für seine Mitarbeiter geht er durchs Feuer und wenn einer einen Fehler macht, arbeiten wir alle doppelt, damit keiner was merkt. Bei den Konferenzen wird jeder nach seiner Meinung gefragt aber niemand erfährt, was er selber denkt. Am Ende heimst einer von uns die Lorbeeren ein. So wird man nie heiliggesprochen."

„Ich glaube, dieser Mann hält die himmlische Ordnung für ebenso korrupt wie die irdische."

„Möglich. Was wir beide hier machen, ist jedenfalls bestimmt nicht korrekt. Ich werde Caplonch auf jeden Fall über unser Tun informieren. Bei deiner Darja ist Fehlanzeige, aber bei Boris Losowski gibt's einen Treffer. Er soll Mitglied einer Motorradbande sein, die mehrfach mit Rauschgiftschmuggel auf Mallorca in Verbindung gebracht wurde. Ihm selber kann bisher nichts nachgewiesen werden. Wenn Caplonch einverstanden ist, bleibe ich dran."

„Na, das ist doch ein Anfang. Du kriegst gleich ein Fax aus Berlin mit allen Infos zu Boris Losowski. Lass uns inzwischen einen Cortado trinken."

„Kann nicht weg, ich habe Bereitschaft. Aber wenn du einen guten Cortado besorgst, könnte das meine Kooperationsbereitschaft deutlich erhöhen. Der Kaffee im Büro schmeckt nach Katzenpisse."

„Allzeit bereit. Du hast mir einmal das Leben gerettet, ich bleibe ewig in deiner Schuld. Apropos Schuld – was hältst du von deinen Kollegen in Port Pollença, die gestern eine Bürgerin ihrem tobsüchtigen Mann zum Abschlachten überlassen haben?"

„Da war öfter Streit. Woher sollten die armen Kerle wissen, dass diesmal ernst ist?"

„Also Frauenschicksal in Macho-Land. Frauen und Tiere sind Sachen oder so. Lang lebe das Matriarchat."

Katzer suchte ein Café, was nahe der Polizeizentrale von Palma so leicht ist wie eine Eisdiele in Grönland zu finden. Seit die Straße zum Polizeihauptquartier nicht mehr nach dem Faschistenführer Ruiz de Alda hieß, sondern nach einem mittelalterlichen Haudegen namens Simó de Ballester umbenannt worden war, gab es hier nur noch Umleitungen und Baustellen. Hauptkommissar Caplonch hatte die Umbenennung seiner Dienstadresse gegen den Groll der alten Garde mit einem Cardenal Mendoza Brandy gefeiert und sein Verhältnis zur Präsidentin des Inselrats deutlich verbessert.

Als Katzer endlich ein Café gefunden hatte, bestellte er einen Cortado für gleich und zwei Americanos zum Mitnehmen. Die Pappbecher in jeder Hand hinderten ihn nach seinem Hürdenlauf, den Schweiß von der Stirn zu wischen, als er wieder das Büro betrat. Isabel fächelte ihm mit dem gerade eingetroffenen Fax frische Luft zu. Ihre Fürsorge weckte in ihm den Wunsch, sie zu küssen. Sie ließ es geschehen, bevor sie dienstlich wurde.

„Sex, Alkohol und Nikotin sind im Büro tabu. Hier hast du deinen Boris. Scheint ein nettes Früchtchen zu sein. Mehrere Vorstrafen einschließlich Körperverletzung, was ihm anderthalb Jahre Haft eingebracht hat. Ein Typ, dem man nicht nachts allein auf dem Bahnhof begegnen möchte."

Katzer nickte, steckte das Fax ein und legte die Hand um ihre Hüfte. Sie blickte ihn streng an.

„Ich weiß, no sex, drugs and rock'n roll im office. Rufst du mich an, wenn du frei hast?"

„Schauen wir mal. Langsam wird Deine Geschichte knuffig."

„Toll. Du bist die Größte. Wenn's nicht zu sehr nervt, könntest du vielleicht noch das Konsulat anrufen und wissen lassen, dass ein gewisser Boris hier auf der Insel sein Unwesen treibt. Das macht dort sicher mehr Eindruck, als wenn ein Privatmann sich meldet und gibt einem gramgeplagten Vater, der seine Tochter sucht, ein bisschen Hoffnung."

„Wird gemacht."

Katzer machte sich angetörnt auf den Heimweg, was ihn mit Umsteigen, Warterei und Benzingestank im Bus bloß zwei lausige Stunden kostete. Das hätte er früher auch auf dem Rennrad geschafft, allerdings genussvoller. Daheim stolperte er über seine fünf Katzen und die Hündin. Öhrchen musste dringend Gassi, was etwas länger dauerte, weil sie unterwegs auf ein dreigängiges Müllmenue stieß, das der dringenden Verkostung harrte. 90 Prozent seiner Zeit verbringt ein Tierhalter damit, dem Hund alles wieder aus dem Hals zu holen, was nicht hinein gehört.

Die Warteschlange an der Waschstraße hatte sich inzwischen aufgelöst. Als Katzer sich durch die Walzen geschoben hatte, sah er klarer. Er hatte so was wie einen neuen Fall am Hals, dessen Dimensionen er nicht einmal annähernd ahnte. Für eine Heiligsprechung zu wenig, aber für ein Bierchen, einen Cortado und Hundefutter würde es reichen. Wenn da bloß nicht sein Bauchgefühl wäre. Auf der Rückfahrt im Bus war ihm eingefallen, woran ihn das Gesicht von Darjas Vater erinnerte, der im Bus neben ihm gesessen hatte wie Josefs Ältester zwischen Kreuz und Auferstehung – er sah aus wie Adolf Hitler, nur ohne Lippenbart. Aber wer denkt bei 35° und kaputter Aircondition schon an den Führer, es sei denn, er hätte ihn gerade zum Teufel gewünscht.

3.

Der ‚Marschall', nie um einen flotten Spruch verlegen, liebte keine Mätzchen. Statt die reichhaltigen Petersburger Kulturofferten zu nutzen wie die übrigen Konferenzteilnehmer, hatte er in seinem Fünfsternehotel herumtelefoniert und mehrere Treffen mit russischen Journalisten arrangiert. Bei Kollegen der „Trud", „Nowaja Gaseta" und „Nowosti" streute er die Info, dass er dringend an einem Gespräch mit einem der reichsten und mächtigsten Männer Russlands interessiert war. So einen Termin konnte man nicht einfach vereinbaren. Jürgen Mai wusste, dass die Dornenhecke der Höflinge um Dorschi Batomunkajew im Normalfall undurchdringlich war. Sein Dutzend Leibwächter und die Flotte gepanzerter Autos waren nur der letzte Verteidigungsring der Festung.

„Batomunkajew ist kein Journalist und braucht auch keine Journalisten", erfuhr er bei seiner Spurensuche. „Obwohl er sich neuerdings manchmal als einer ausgibt und einen Presseausweis hat. So konnte er an einer Pressesafari im umkämpften Donbas der Ukraine teilnehmen. Wie man hört, nicht nur mit Kamera, sondern mit dem Sturmgewehr. Er hat gezielt auf ukrainische Zivilisten geschossen, nicht nur auf Soldaten."

Jürgen Mai hatte dergleichen von Kollegen schon zuzeiten des Jugoslawienkrieges gehört, als Sarajewo jahrelang von den Serben belagert wurde. Auch damals hatten sich „Großwildjäger" bei den

Serben eingekauft, um ihrem „Hobby" zu frönen und auf Passanten in der Hauptstraße zu schießen.

Du musstest nur im richtigen Moment bei den richtigen Leuten antichambrieren und hoffen, dass sie die happige Abschußprämie wert waren. „Der Mann mit dem Kinn macht keine Termine", bekam Mai mehr als einmal zu hören. „Aber wenn du Glück hast und interessant genug für ihn bist, kommt er von selbst auf dich zu."

Am Hof Katharinas der Großen waren Audienzen eine vergleichsweise leichte Übung im Vergleich zu den russischen Oligarchen der Gegenwart. Die hundert reichsten Männer des Landes verfügen zusammen über mehr Devisen als das Bruttosozialprodukt ihres Landes ausmacht. Da ist es normal, persönliche Marotten wie Menschenjagd zu ignorieren.

Die Marschroute des ‚Marschalls' war abgesteckt. Er wusste, dass es keinen Zweck hatte, dem Mann mit dem Kinn hinterherzulaufen. Er vertraute auf den Köder, den er ausgelegt hatte und dessen Qualitäten er bei den passenden Gelegenheiten in den höchsten Tönen lobte. Der Rest war eine Frage von Zeit und Nerven. Von beidem gab es in St. Petersburg reichlich.

Im Diplomatengepäck des ‚Marschalls' befand sich der Prototyp einer neuen Geldzählmaschine der Bundesdruckerei, die unfehlbar jede ‚Blüte' erkannte. Ein perfektes Produkt deutscher Innovation und noch nicht in Serie. Dorschi Batomunkajew hätte sich das Gerät jederzeit beschaffen können, wenn er von seiner Existenz gewusst hätte. Möglich, dass er es sogar wusste. Woher aber wusste ein deutscher Diplomat, dass Batomunkajew sich für diese schlaue Maschine interessieren könnte? Und wenn er es wusste, was wusste der Kerl noch?

Am Ende des zweiten Konferenztages bat ein Saaldiener Jürgen Mai in den Empfang. Mai entschuldigte sich bei seiner Arbeitsgruppe und traf im Foyer einen Maßanzug mit Sonnenbrille, der ihn zum Aufzug bat. Der Fahrstuhl war von zwei weiteren Bodyguards flankiert, die ihren Abgang sicherten. Auf der Straße öffnete einer der Gorillas die hintere Tür eines gepanzerten Fahrzeugs. Der Chauffeur startete die schwarze Karosse und bog in eine Petersburger Prachtallee.

Jürgen Mai, von seinen Gorillas flankiert, schaute zufrieden auf seine Armbanduhr. Es war 18.32 Uhr, er würde nichts versäumen, das Ziel seiner Reise lag genau vor ihm. Er fragte nur aus Höflichkeit.

„Wohin fahren wir?"

Wie erwartet, erhielt er keine Antwort. Entweder sprachen die Kugelfänger rechts und links von ihm kein Englisch oder sie hatten ein Schweigegelübde abgelegt. Zu seiner Überraschung wandte sich der Mann, der ihn abgeholt hatte und jetzt neben dem Fahrer saß, in perfektem Englisch zu ihm im Rücksitz.

„Nehmen wir uns ein paar Minuten für ein kleines Sightseeing. Wir sind früh dran und Sie haben noch überhaupt keine Zeit für die Schätze von St. Petersburg geopfert. Gleich überqueren wir die

Neva, und jetzt, vorne links, sehen Sie die Peter-und-Pauls-Festung. Da kommt das Hermitage Museum und dies ist die St.Isaac Kathedrale. So eine Prachtstraße wie den Nevsky Prospekt finden Sie auch nicht überall. Gleich sind wir da. Gefällt es Ihnen?"

Die gepanzerte Karosse verschwand in der Tiefgarage eines pompösen Wohnhauses im klassizistischen Stil, dessen Garagentor sich automatisch hinter ihnen schloss. Trotz historisch anmutender Fassade mutmaßte Mai, dass es sich wie fast alles in Petersburg um einen Wiederaufbau nach dem Krieg handelte, für den die Regierung Milliarden investiert hatte. Ein guter Teil dieses Geldes war in die Taschen der neuen Mafia geflossen und damit auch in die seines Gastgebers.

Die Pistolenmänner neben Mai sprangen heraus und sicherten den Aufzug. Ein Druck auf den obersten Knopf beförderte sie direkt in den Wohnbereich eines Penthouse, wie der ‚Marschall' verblüfft registrierte. Dem Gast blieb keine Zeit, das erlesene Interieur antiker Schätze zu bewundern, das mit seltenen Bildern der russischen Avantgarde kontrastierte. Am anderen Ende des Museums stand, als Krönung aller Kostbarkeiten, Dorschi Batomunkajew, der Mann mit dem Kinn, und streckte ihm seine Hand entgegen.

Die Choreographie bei einem Tanz der Skorpione hätte nicht spektakulärer sein können.

Mai ging zwölf Schritte auf Batomunkajew zu und fixierte dessen Gesicht aus alterslosem Granit mit dem Kinn eines Bullbars, das es mit jeder Bisonherde aufnehmen konnte. Aus dem Augenwinkel registrierte er noch die Patek Philippe Armbanduhr an seinem Handgelenk, die informierten Kreisen zufolge einen Wert von anderthalb Millionen Euro hatte. Edelstahl, von Hand aufzuziehen, der ‚Marschall' kannte sich aus.

Er war gründlich auf sein Gegenüber gebrieft. Soweit man auf einen Mann überhaupt vorbereitet sein konnte, den im Westen kaum einer kannte und den Interpol als „Genie des Verbrechens" einschätzte. So einen Übermenschen zum Vater zu haben wie sein einziger Sohn Laszlo, den Interpol auf Mallorca unter den Jet-Set-Russen geortet hatte, machte jeden Sprössling zu einem Fall für den Seelenklempner.

Mai genoss den Kick, diesem Mann gegenüberzustehen, dem alles zuzutrauen war. Kluge Zeitgenossen vermieden es, sein Missfallen zu erregen. Er stand über den Gesetzen. Denen des Staates sowieso und manchmal sogar denen der orthodoxen Kirche.

Mit einer Geste gespielter Bescheidenheit deutete Batomunkajew auf die Gemälde im Raum.

„Dies ist die größte Privatsammlung der russischen Moderne, alles unbekannte oder vergessene Werke, die nie das Licht der Öffentlichkeit erblickten. Als die Künstler unter Stalin in Ungnade fielen, hat mein Vater ihre Bilder gerettet und in ein geheimes Versteck gebracht. Aus einigen Dutzend wurden einige Hundert. Er war Sowjetgeneral im spanischen Bürgerkrieg und hat den Abtransport des spanischen Goldschatzes nach Moskau organisiert. Nach seiner Rückkehr wurde er erschossen. Die Bilder haben durch ein Wunder im Versteck überlebt. Niemand wollte sie, sie waren ja nur Abfall einer degenerierten Zunft. Eines Tages wird ihre Rettung in der Kunstgeschichte den Stellenwert von Moses Marsch durch das Rote Meer einnehmen."

„Der Trip des biblischen Propheten war ein Spaziergang verglichen mit dem Lebensweg Ihres Vaters. Er hat, wie man hört, in Madrid seine Geliebte geschwängert und Ihre eigene Halbschwester Jola zurückgelassen, die sicher auch einen Anspruch auf das Erbe hätte."

„Mein Vater wurde von Stalin erschossen, seine Geliebte von Franco. Ihre gemeinsame Tochter Jola hat als Kind im kommunistischen Untergrund Spaniens überlebt, um nach dem Krieg in die DDR zu fliehen. Die Gemälde sind unser kulturelles Erbe und gehören der ganzen Menschheit."

„Aber ohne Zertifikat sind sie nicht mal die Leinwand wert, auf der sie gemalt wurden. Wer bestimmt über ihre Echtheit?"

„Ich allein. Das reicht. Der Streit zwischen Original und Kopie ist müßig. Ganz Petersburg ist eine Kopie seiner selbst. Das größte Kulturerbe der Menschheit wurde von Hitler dem Erdboden gleichgemacht und nach dem Krieg eins zu eins wieder aufgebaut. Mein Wort ist Milliarden wert. Wenn ich will, hängen meine Bilder morgen in allen Museen der Welt. Wie gefallen sie Ihnen?"

Der Mann mit dem Kinn musterte Mai mit Kobraaugen, die ihn alterslos machten. Der braune Teint tat ein Übriges, die Lebensjahre zu leugnen. Weiß der Teufel, was er sich jeden Tag von seinem Leibarzt spritzen ließ. Der Handschlag, den er mit dem Gast tauschte, hatte jedenfalls das Kaliber eines Schaufelbaggers. Mai bestand den Test, ohne mit der Wimper zu zucken und äußerte beiläufig, er sei leider kein Experte der schönen Künste.

Der Mann mit dem Kinn sagte etwas auf Russisch zu Mais Begleiter, was dieser auf Englisch übersetzte, noch bevor der Satz beendet war.

„Sie haben Mut. Sonst würden Sie keinem Mann etwas schenken, der schon alles besitzt."

„Kein Mut, nur Glück. Sie, Herr Batomunkajew, verfügen über mehr Geld, als Sie zählen können. Unsere Bundesdruckerei hat jetzt eine Zählmaschine, die 500-Euro-Scheine nicht nur zählt, sondern auch mit absoluter Sicherheit auf Echtheit überprüft. Dieses Ding kann man nicht kaufen, aber manchmal erhält man es umsonst. Lassen Sie das Gerät aus meinem Hotel abholen, wann immer Sie möchten."

Jürgen Mai präsentierte ein diplomatisches Lächeln.

Der Mann mit dem Kinn parierte mit gleicher Münze. „Und warum bekomme ausgerechnet ich das Gerät?"

„Betrachten Sie es als Aufmerksamkeit meines Landes. Ein Mann wie Sie wird sich ungern Falschgeld andrehen lassen. Im Umgang mit dem großen Geld gewinnen am Ende immer die, die am besten pokern." Was wie Smalltalk unter Gentlemen klang, war unter Eingeweihten das Kreuzen vergifteter Klingen, bei dem jeder Hieb tödlich sein konnte. Mais Auftrag bestand darin, das Schlüsselwort „Falschgeld" ins Gespräch zu bringen. Der Mann mit dem Kinn ließ nicht erkennen, ob er verstanden hatte.

Mai legte nach. „Bisher galt der Fünfhunderter als die fälschungssicherste Note der Welt. Kein Fälscher hat seine Zeit mit dem Riesen verschwendet, der schwer in Umlauf zu bringen ist. Er wird hauptsächlich als Schwarzgeld gehortet und von Gangstern als Zahlungsmittel für Drogen, Waffen und andere illegale Geschäfte benutzt. Wer legt sich schon mit der Mafia an und jubelt der Killerklientel solche Scheine als Blüten unter. Nur ein Verrückter kommt auf diese Idee. Falsche Fünfhunderter sind einfach nicht systemkonform. Trotzdem sollen in letzter Zeit solche Lappen massenhaft aufgetaucht sein. Schwer vorstellbar, dagegen ist Größenwahn ein Kavaliersdelikt."

In Batomunkajews Gesicht deutete sich eine Veränderung an. Mai glaubte ein spöttisches Lächeln in der starren Maske zu erkennen. Der Mann mit dem Kinn deutete auf eine Ledercouch, die drei Elefantenbullen genug Platz zum Kanastaspielen geboten hätte.

„Herr Mai, wenn es Ihre Zeit erlaubt, machen Sie mir die Freude, einen Tee mit mir zu nehmen."

Obwohl der Dolmetscher eine blumige Redewendung eingeflochten hatte, deutete Mai den O-Ton mehr als Befehl denn als freundliche Aufforderung und beeilte sich, mit einem angedeuteten Diener der Weisung Folge zu leisten. Batomunkajew setzte sich ihm gegenüber.

„Was würde Ihre Regierung tun, wenn die Zahl falscher Fünfhundert-Noten drastisch steigt?"

„Die souveräne Entscheidung liegt bei der Europäischen Zentralbank in Frankfurt. Sie könnte jederzeit und über Nacht entscheiden, den Fünfhunderter abzuschaffen."

„Ein Gesetz durchs Parlament zu bringen, kann Monate dauern. Ein Währungsbeschluß geht über Nacht. Korrekt?" Mai nickte.

„Ich verstehe die Angst der Eliten vor Falschgeld nicht. Was ist ein nachgemachter Fünfhunderter im Vergleich zu einem nachgemachten Meisterwerk im Wert von Millionen? Die Welt ist überschwemmt mit gefälschten Werken der Avantgarde, nicht nur der russischen. Bilder von Ivan Punin, Tatlin, Filonow oder Malewitsch sind Millionen wert, egal ob sie vom Künstler stammen oder einem Kopisten. Die großen Auktionen reißen sich darum. Sie stehen für Kraft und Klarheit, den Zusammenklang von Seele und Kosmos. Dieser Fetzen Papier dagegen" – er ließ sich vom Dolmetscher einen Fünfhunderter geben – „wird morgen abgeschafft und verliert seinen Wert, wenn ich Sie recht verstehe."

Der Mann mit dem Kinn erhob sich und verabschiedete Mai mit einem Blick auf sein Zeiteisen. Der ‚Marschall', mit dem Ergebnis seiner Mission zufrieden, wurde übermütig.

„Was ist das für ein Gefühl, auf eine Uhr zu schauen, die anderthalb Millionen wert ist?"

„Wenn du tot bist, mein Freund, bleibt dir nur noch eins - dein guter Name. Mein Name wird mein Vermächtnis sein, das schulde ich meinem Vater. Sagen Sie Ihrer Regierung meinen Dank für ihre Aufmerksamkeit. Ich hoffe auf eine baldige Verbesserung der deutsch-russischen Beziehungen."

4.

Isabel rief das deutsche Konsulat an. Eine junge Deutsche, die sich offenbar gegen ihren allmächtigen Vater zur Wehr gesetzt hatte, war verschwunden. Isabel nahm das persönlich. Seit ihrer Kindheit hatte sie gegen die Übermacht ihres eigenen Vaters rebelliert. Zwei eiserne Willen waren ineinander verstrickt, unlösbar durch Liebe und Hass aneinander gekettet.

Sie wollte die Konsulin sprechen. Die Konsulin war nicht da, dafür überschüttete ihre Stellvertreterin Tina Kluge Isabel mit Freundlichkeiten, soweit ihr Spanisch reichte.

„Riesig nett von Ihnen, sich so schnell zu melden. Dieser Herr Katzer scheint bereits ganz Mallorca alarmiert zu haben. Wir haben Ihr Fax über die beiden deutschen Staatsbürger erhalten. In der gleichen Angelegenheit war Darjas Vater bei uns heute im Haus. Wir haben täglich Anfragen wegen vermisster Familienangehöriger in Mallorca. Wenn sich jetzt die Policia Nacional von selbst einschaltet, muss da wohl ein besonderer Fall vorliegen."

„Na ja, wenn es sich um Damenbekanntschaften handelt, ist dieser Katzer sonst nicht so schnell. Ein eingefleischter Junggeselle. Das einzige weibliche Wesen, mit dem er ständig sein Bett teilt, ist seine Hündin."

„Oh, er liebt Hunde, wie schön."

„Mehr als die Menschen. Von Darja haben wir bisher leider noch keinerlei Neuigkeiten. Dagegen treibt sich ihr angeblicher Freund Boris mit einer Motorradbande rum, die vermutlich mit Kokainschmuggel zu tun hat. Frauen sind in diesem Club eigentlich verpönt. Wir werden uns diesen Boris vorknöpfen und versuchen, rauszukriegen, wo seine Freundin abgeblieben ist. Wenn es Ihnen Recht ist, melden wir uns wieder, sobald Neuigkeiten zu vermelden sind."

„Der Herr Pfitzner hat uns Bilder von seiner Tochter hiergelassen. Die würden wir Ihnen gern zur Verfügung stellen. Unsere neue Konsulin würde sie Ihnen am liebsten persönlich übergeben, um sich bei der Gelegenheit bekannt zu machen."

„Vale. Wie wär's, wenn wir uns morgen zusammen mit Rufus Katzer in seinem Lieblingscafé treffen? Um 12 Uhr im „Café Antiquari", Calle Arabi, nahe der Placa Mayor, wäre Ihnen das Recht?"

„Ja sehr. Wir freuen uns, Ihre Bekanntschaft zu machen."

„Die Freude ist ganz auf unserer Seite."

Isabel teilte Katzers Faible für das hippe Künstlercafé vor der Kirche St. Miguel, wo Ausstellungen, Livemusik und manchmal sogar Slampoetry geboten wurde. Edgar von der Buchhandlung „Dialog" hatte ihn mit seinem Künstlerfreund Francois bekannt gemacht, der das runtergekommene Antiquariat vor neun Jahren in ein kulturelles und kulinarisches Kleinod verwandelt hatte. Plakatgeschmückte Wände, witzige Fundstücke, Kuschelatmosphäre auf engstem Raum, obwohl Francois und seine freundlichen Helferinnen auf zwei Etagen plus Souterrain bedienten. Ein rostiges Damenfahrrad vor dem Eingang war das Icon und wies den Weg.

Am nächsten Tag gelang es nur dank der Umtriebigkeit von Isabels neuer Praktikantin Aina, die ebenfalls die Gelegenheit zum Ausflug genutzt hatte, ein paar Extrastühle für die Damen vom Konsulat im Freien zu organisieren, obwohl Katzers Hündin Öhrchen gleich brav unter dem einzigen freien Tisch Platz genommen hatte und somit keinen Sitzplatz brauchte. Sie fühlte sich sichtlich wohl im Damenkränzchen und genoss die Streicheleinheiten genauso wie die übrigen ihren Cortado und Cappuccino.

Katzer ließ sich von Konsulin Liefers mit ihrer Vertreterin Tina Kluge bekannt machen und spielte den Hausherren.

„Sie müssen hier unbedingt den Cheesecake oder den Applecrumble zum Kaffee probieren, und wenn Sie sich nicht entscheiden können, nehmen Sie beides." Bei der Erwähnung von Cheesecake hob Öhrchen erwartungsvoll die Schnauze.

Nachdem das konsularische Corps auf die Stühle verteilt war und die übrigen auf den Stufen vor dem Café Platz genommen hatten, rückte die Konsulin Liefers ihre Brille zurecht und zog die Fotos von Darja Pfitzner aus ihrer Handtasche. Katzer hatte bei ihrem ersten Interview die Damenhandtasche zum wichtigsten anatomischen Unterschied zwischen Mann und Frau erklärt und wissen wollen, ob sich der Inhalt einer Diplomatenhandtasche vom Normalutensil unterscheide. Sie hatte gelacht:

„Kommt ganz darauf an, ob ein Mann oder eine Frau sie benutzt. Ich führe selten Rasierzeug mit."

„Und mögen Sie unrasierte Männer?"

„Nicht zum Zitieren: Wichtiger als die Rasur ist mir am Morgen
danach der gemeinsame Kaffee. Das möchte ich aber nicht in meiner Personalakte wiederfinden."

„Ist denn das unstete diplomatische Leben nicht eine ständige
Belastung für feste Beziehungen?"

„Mal ehrlich, würden Sie diese Frage auch einem Mann im diplomatischen Dienst stellen? Unser Dienst ist sicher familienfeind-
lich, aber der Zwang zum ständigen Standortwechsel muss einer
Beziehung nicht unbedingt schaden. Zuviel Sicherheit ist Gift für die
Liebe."

Die Konsulin sprach leise die ersten Worte des Hesse-Gedichtes
„Stufen", Katzer ergänzte die folgende Zeile, dann wechselten sich
beide ab und lachten, wobei ihre grünen Augen mit ihren Grüb-
chen perfekt harmonierten. „Bereit zum Abschied sein und Neubeginnen", wiederholte er noch einmal mit Nachdruck und überlegte,
wie es sich anfühlen würde, eine Konsulin zu küssen.

Im Kulturcafé blickte Katzer zwischen Isabel und Emilie Liefers
hin und her, benebelt vom Schwebezustand zwischen Abschied und
Neubeginnen. Der Zustand hätte ebenso vom Calvados herrühren
können, den er sich in Erwartung des Cheesecake genehmigt hatte.
Emilie kramte indessen ein ganzes Päckchen Fotos aus der Handta-

sche. Katzer grinste anzüglich. „Das zum Thema Diplomatengepäck! Immer voller Überraschungen."

Die Porträts von Darja waren offenbar von einem Profi geschossen worden. Sie hielt ein Mikro in der Hand, hatte die Augen geschlossen und ein Gesicht, das im Soul verglühte. Das kurze schwarze Haar wurde von einem Scheinwerfer gestreift, ihr Kleid zeigte nackte Arme, nackten Hals und ein strenges Dekolleté. Francois, der gerade den Cheesecake servieren wollte und keinen Platz auf dem Tisch zwischen den Fotos fand, stutzte:

„Moment, die kenn ich doch."

„Echt jetzt, bist du sicher?"

Alle schauten irritiert von den Fotos auf. Öhrchen, schon ganz auf Cheesecake eingestellt, schaute am irritiertesten. Katzer, vorlaut wie immer, rutschte ein scharfes „Pfui" raus, worauf sich die Hündin beleidigt zusammenrollte. Stellvertreterin Tina Kluge vom Konsulat besänftige die Rottweilerlady mit Öhrchenkraulen: "Herrchen meint das nicht so. Francois, stellen Sie bitte meinen Cheesecake unserer Lady unter den Tisch, dann ist mehr Platz für die Bilder."

„Jetzt mal im Ernst, Francois, du meinst, du kennst die junge Dame?"

„Ganz sicher, die hat sich vor ein paar Wochen bei uns vorgestellt und gefragt, ob sie umsonst einen Abend vorsingen könnte. Sie war die Gigs am Ballermann leid, wo zwar Trinkgeld reinkam,

aber die Resonanz nicht befriedigender war als wenn sie im Bade-
zimmer allein sang. Bei uns kam sie gut an, richtig gut, tiefe Stimme
und Gänsehautfeeling. Wir hatten für letzte Woche einen Termin
mit Gage vereinbart. Das war dann leider ein Reinfall. Sie kam nicht
und hat sich auch nicht wieder gemeldet."

„Hat sie keine Telefonnummer oder Adresse hinterlassen?"

„Doch, aber sie hatte ihr Quartier bereits wieder gewechselt,
ohne Miete zu zahlen."

„Hoffentlich haben Sie nicht die einmalige Chance verpasst, einem Jahrhunderttalent zum Durchbruch zu verhelfen." Die Konsulin
Emilie Liefers machte sich über ihren Cheesecake her. „Vielleicht
sollten wir besser einen Talentscout auf Darja ansetzen, nachdem
unser Dichter hier mehr von süßem Gebäck als von verloren gegan-
genen Töchtern versteht und die Polizei Besseres zu tun hat als Fa-
milienprobleme zu lösen."

Isabel lächelte süßsauer. „Meine Praktikantin Aina kann ja mal
mit dem Foto in den einschlägigen Ballermann-Kneipen rumfragen,
ob jemand Kontakt zu der jungen Dame hatte. Ansonsten bleibt
uns nur dieser Boris Losowski als letzter Anhaltspunkt."

Katzer mischte sich ein, nicht ohne vorher einen neuen Cortado
bei Francois bestellt zu haben.

„Ich nehme mal Verbindung zu Harrys Chopper Laden in Cala Rajada auf. Harry kennt alles, was sich auf zwei Rädern auf Mallorca
tummelt. Repariert, frisiert und vermietet Harleys, ist gut infor-

miert und eine Topadresse der Biker-Community. Wenn es eine Motorradgang auf der Insel gibt, mit der Boris rummacht, muss Harry sie kennen."

Isabel, die längst erkannt hatte, wie sehr Katzer seine Rolle als Hahn im Korb zwischen fünf Damen genoss, konnte sich eine kleine Bissigkeit nicht verkneifen:

„Über die Bikerjahre bist du ja schon etwas hinaus, aber frag deinen Freund Harry doch mal, ob er nicht ein schickes Trike für dich hat, das kippt nicht so schnell um."

Aina empfand Mitleid wegen des schadenfrohen Gelächters:

„So alt sieht er doch noch gar nicht aus."

Katzer, dem eigenen Stil zwischen Elder Statesman und Jungem Wilden verpflichtet, lächelte ihr dankbar zu. Seine Motorradzeit war lange vorbei und die Epoche, wo er auf seiner BMW von Genua bis Bozen mit Freunden in einem Rutsch durchgerauscht war, nur noch blasse Erinnerung, doch vielleicht war die Gelegenheit günstig, seine Jugenderinnerung mit einer geruhsamen Harleyrunde auf Mallorca aufzufrischen. Möglicherweise sogar zusammen mit Isabel. Momentan kreisten seine Gedanken jedoch mehr um die Vergangenheit von Darjas Vater. Dessen Todesangst um ihr Schicksal schien nicht gespielt.

„Mein Reporterinstinkt sagt mir, dass wir die Vergangenheit von Darjas Daddy nicht außer Acht lassen sollten. Er behauptet allen Ernstes, seine Tochter sei entführt worden. Ich kenne seinen

Dienstgrad nicht, aber er war wohl überzeugter Stasi-Offizier, und so einer lebt in einer Welt voller Feinde, auch nach dem Zusammenbruch seines Regimes. Das ist ein heikler Punkt, eine diplomatische Herausforderung, an der sich unsere Freundinnen vom Konsulat vielleicht einmal versuchen sollten."

Emilie und Tina schauten sich an und nickten unisono, gerade als Francois mit dem frischen Cortado die Treppenstufen erreichte. Sie hatten ihr Lieblingsspiel vom doppelten Lottchen gut drauf. „Ist einen Versuch wert", tönte es im Gleichklang. Tina machte eine Notiz in ihren Block und blickte schelmisch über den Brillenrand.

„Wir haben auch die Adresse von Herrn Pfitzner. Er hat uns nach einer billigen Unterkunft in Palma gefragt und wir haben ihm das „Urban Hostel" an der Plaza del Mercat empfohlen. Eine Art Herberge mit Doppelstockbetten und Gemeinschafts- WC in einem renovierten Kloster. Sie sprechen da vier Sprachen und haben Internet. Pfitzner war zufrieden, er spreche zwar nur Russisch, das aber fließend."

Katzer nickte: „Ok, den nehm ich mir noch mal vor. Nachdem die Rollen verteilt sind, sollten wir den Tag nicht beenden, ohne die geniale Küche von Francois probiert zu haben. Es gibt auch vegetarische Gerichte, einverstanden?"

„Aber nur, wenn das Konsulat die Zeche übernehmen darf. Wir sind ja hier nicht zum Spaß. Alles rein dienstlich."

„Ein guter Plan. Auf unsere Multi-Task-Force „Darja". Könnte das Konsulat nicht auch als Treff für die nächsten Besprechungen herhalten, da wären wir ungestörter, quasi unter dem Schild der Genfer Konvention."

Das doppelte Lottchen Liefers und Kluge schaute sich belustigt an. Beide nickten. „Eine gute Idee. Unsere Küche ist zwar nicht mit dem „Antiquari" vergleichbar, aber wir sparen Zeit mit der Rumfahrerei."

Während sie entspannt das Treiben auf dem Kirchplatz verfolgten, hatte sich ein Junge mit einem Bücherpaket unter die Gäste gemischt. Er bot seine Lektüre für zwei Euro das Stück an. Einige kauften ihm ein Buch ab, um ihn schnell wieder los zu werden. Katzer winkte ihn zu ihrem Tisch.

„Moment, den Bengel kenn ich doch."

„Señor, jedes Buch nur zwei Euro. Billig, billig."

„Du bist doch Amade, wir haben uns kürzlich bei Deinem Freund Edgar getroffen, erinnerst Du Dich? Was machst Du denn hier?"

„Ich wohne hier um die Ecke im Töpferviertel, Plaça de sa Quartera. Was ich gelesen habe, verkaufe ich weiter. Ich passe auf, dass ich keine Flecken reinmache. Alles neuwertig, nur zwei Euro das Stück."

„Ein Euro, wenn Du mir alle gibst, die Du übrig hast."

„Sagen wir Eineurofünfzig, und wir sind im Geschäft."

„Abgemacht, Partner, ich bin öfter hier, lass uns Geschäftsfreunde bleiben."

„Ich kann auch tanzen. Wenn Du für mich sammelst, gebe ich für Euch eine Extrashow."

„Was tanzt Du? Streetdance?"

„*Flamenco, Señor, soy Gitano, no Americano.*"

„Leg los, las sehen. Ich geh mit dem Teller rum und sag allen, dass ich auch Papiergeld nehme."

Amade legte los. Und wie. Er stampfte mit den Füßen, verrenkte den Körper in provokanten Posen, stemmte die Arme in die Hüften und wirbelte über das Pflaster. Schnell schlugen einheimische Zuschauer den Takt dazu , schrien ‚Olé' und zückten die Börse. Amade trommelte ein Stakkato auf den Boden wie ein Stepptänzer und riss beide Arme hoch. Der Applaus war seiner, der gut gefüllte Teller auch.

Francois stand auf ein Zeichen schon mit der Karte bereit. „Heute Abend spielt übrigens das angesagteste Trio von Palma bei uns. Wenn ihr Lust habt, schaut einfach vorbei."

5.

Totale Finsternis, Grabesstille, Herzklopfen ohne Ende. War sie blind geworden? Das Pochen des Blutes drang an ihr Ohr, unterbrochen von ihrem leisen Stöhnen. Von außen kein Laut. Die Welt hatte aufgehört, zu antworten. Feedback *zero*.

Sie fühlte etwas Weiches, auf dem sie lag. Mit der rechten Hand ertastete sie eine Decke, die frisch gewaschen roch und ihre ansteigende Panik dämpfte. Ihre tastende Hand griff nach links und traf einen fremden Arm, der in einer kalten Faust endete. Sie fasste nach, um sich zu vergewissern und stieß im gleichen Moment einen gellenden Schrei aus.

Sie war von Natur kein schreckhaftes Wesen. Ihre Mutter hatte ihr abgewöhnt, unter dem Bett nach bösen Geistern zu suchen und ihr beigebracht, sich zu wehren. „Alle guten Menschen der Welt halten zusammen und treten gemeinsam dem Bösen entgegen. Wir sind viele und wir sind stark. Dir wird nichts passieren. Das Böse ist nie unter dem Bett, weil man es da am leichtesten findet. Es ist überall, wo wir es nicht vermuten, aber wir besiegen es."

Der Gedanke an den kalten Arm neben ihr, der zu einem entseelten Körper gehören musste, war grauenhaft. Wer tat ihr das an? Sie schrie und schrie, um nicht den Verstand zu verlieren. Als sie die eklige Gliedmaße von der Liege stoßen wollte wie ein totes Insekt, merkte sie, dass es sich um ihren eigenen Arm handelte, der eingeschlafen war, weil ihr verdrehter Körper die Blutzufuhr unterbrochen hatte. Schwer atmend und schweißüberströmt kam sie zu sich.

Es war mehr gewesen als Ekel vor dem eigenen Körper, das sie gezwungen hatte, sich zusammenzuziehen wie ein getretener Wurm. Etwas Schleimiges, Monströses, Mörderisches. Scham, Schmerz, ein spiralförmiger Korkenzieher, der ihren Körper durchbohrte vom Kopf bis zu den Zehen. Unmöglich, sich zu erinnern.

Der Schreck hatte sie hochfahren lassen. Ihr war schwindlig. Sie stöhnte erneut und schwang ein Bein von der Liege. Sie atmete heftig in die Finsternis. Es tat gut, einen glatten Steinfußboden unter den Füßen zu fühlen. Sie stand auf, ohne den Kontakt zwischen dem Bein und der Liege aufzugeben. Sie wusste nicht, wie lange sie auf der Liege verbracht hatte, aber es war der einzige Ort, der ihr in der Finsternis vertraut schien.

Sie kniete nieder, um mit den Händen die Umgebung zu ertasten. Die linke Hand funktionierte wieder, das war gut. Sie fühlte Fliesen, sauber und kühl, und setzte ihre Erkundung fort. Wenigstens war sie nicht auf der falschen Seite des Mondes gelandet. Dort gab es keine Fliesen. Um nicht im Dunkeln zu stolpern, beschloss sie, auf Knien zu kriechen, dem Schwindelgefühl und der Angst zum Trotz. Der Boden unter ihr roch frisch, aber er konnte sich jeden Moment in einen Abgrund verwandeln, nichts war sicher.

Es war stickig, sie schwitzte, sie brüllte mit überschlagender Stimme.

„Ich will hier raus! Wo bin ich, was ist passiert? Hört mich jemand? Lasst mich verdammt noch mal raus!"

Die Angst trieb sie zurück zu dem bisschen Sicherheit, das die Finsternis ihr zu geben schien, dem Bett, dem Mittelpunkt ihrer Ohnmacht und ihres Seins. Es war nur ein Meter, bis sie wieder an das breite Holzgestell mit der weichen Decke stieß. Sie setzte sich erschöpft und begann, den Körper abzutasten. Alles schien in Ordnung, bis auf den Umstand, dass ihre durchnässten Jeans ihr einziges Bekleidungsstück war. Wo waren ihre Jacke und ihre Stiefel? Seit wann war sie in diesem Grabgewölbe gefangen? Eine neue Panikwelle wischte Kopfschmerzen und Schwindel fort.

Du musst hier weg, du musst raus aus der Dunkelheit, du lebst, es gibt immer einen Weg, solange du lebst. Was ist das für ein schwarzes Loch ohne Licht und Geräusch, in das du geraten bist, warum bist du hier, wie bist du hierhergekommen?

Sie kniete auf den Boden und kroch, jede Bewegung vom Bett aus zählend, immer geradeaus, bis sie an einen Schemel stieß. Der Schmerz war fast tröstlich, wenigstens hatte sie der Dunkelheit einen weiteren vertrauten Gegenstand abgerungen. Vom Bett bis zum Schemel hatte sie sechs Kriechbewegungen gezählt, oder waren es sieben? Die Finsternis schien nicht nur Ungeheuer, sondern auch Menschenkram wie Möbel zu verstecken. Sie stand auf, um mit Schlurfschritten weiter zu gehen. Beim Aufstehen stieß sie mit dem Kopf an einen Tisch. Sie ging um ihn herum und zählte sechs Stühle. Einige Schritte weiter erreichte sie eine Wand, die unverputzt war und aus groben Fels bestand. Ein sicherer Halt in der umgebenden Schwärze.

Sie legte beide Handflächen auf den Felsen, der die Dunkelheit abschloss. Die Felswand gab keine Antwort, aber in Handhöhe war ein Schalter plus Steckdose. Der Schalter war tot. Kein Strom.

Sie war also in einem Raum. Jeder Raum hat einen Ausgang und vielleicht sogar Fenster, auch wenn sie verrammelt sind.

Sie begann, die Felswand auszumessen und zählte vier Schritte zur einen und sechs Schritte zur anderen Seite ihres Standorts. Keine Fenster, keine Türen. An der Ecke nahm sie die nächste Wand in Angriff mit dem gleichen Ergebnis. Keine Fenster, keine Türen, nackte Felswand. Die Katastrophe kam an der dritten Wand. Sie trat ins Leere und fiel drei Stufen hinunter. Ihr Entsetzen war tiefer als der Fall. Außer einem angeschlagenen Knie war nichts passiert. Trotzdem heulte sie über ihre Hilflosigkeit, hörte jedoch sofort auf, als sie eine Tür ertastete. Sie bummerte mit beiden Fäusten dagegen und schrie aus Leibeskräften. Es war eine klotzige Holztür, die einen dumpfen Ton von sich gab. Sonst passierte nichts. Keinerlei Reaktion von außen.

Langsam kam so etwas wie Erinnerung zurück. Vor einer Ewigkeit war sie fernab der Welt hierher gebracht worden . . . Sie war nicht allein gewesen . . . Man hatte sie gezwungen, etwas zu trinken . . . das Zeug war noch immer in ihrem Kopf und ihrem Körper . . . Es schüttelte sie bis in ihr Innerstes trotz der stickigen Hitze . . . vermutlich Fieber.

Das einzige, was die tun konnte, war ihre Erkundung fortzusetzen. Sie tastete vom Knie zur Wand. Im Gegensatz zu den anderen Wänden war die Seite mit der Tür offenbar gemauert, zwischen den kantigen Felssteinen waren Vertiefungen und Ritzen im rauen Putz.

Wenn sie richtig gezählt hatte, war ihr Gefängnis etwa 60 Quadratmeter groß. Ob sich außer der Liege und dem Tisch noch etwas darin befand, konnte nur die Erforschung der letzten Wand ergeben, die sie noch nicht kannte. Sie war erschöpft, die Dunkelheit und die Stille zehrten an ihrem Verstand. Sie glaubte immer wieder, Geräusche zu hören, Mäuse, Ratten, Ungeziefer und schlimmere Produkte eines überhitzten Gemüts. Sie tastete zum Bett und ging rundherum. Es war ein breites Doppelbett. Sie stieß auf einen Eimer, eine gefüllte Plastikflasche und ihre Stiefel. Sie setzte sich auf den Eimer und dachte daran, welch schrecklichen Durst sie hatte.

Sie öffnete den Schraubverschluss, roch an der Flasche und stellte fest, dass es sich um Mineralwasser handeln musste. Sie erinnerte sich nicht daran, jemals erlebt zu haben, wie stark klares Wasser nach klarem Wasser roch. Sicherheitshalber kostete sie einen kleinen Schluck, dann trank sie in hastigen Zügen. Die Finsternis hatte ihre verbliebenen Sinne geschärft. Irgendwann würde sie Hunger haben, jemand würde kommen, um etwas zu essen zu bringen. Der Gedanke an Essen verursachte neue Übelkeit.

Sie drängte die Panik zurück und überlegte. Wer immer dich in dieses Verlies geschleppt hat, will dich lebend. Sonst wärst Du schon verscharrt. Du wirst noch gebraucht. Du bist nicht verloren. Nur ein bisschen abseits von der übrigen Menschheit.

Plötzlich glaubte sie zu wissen, wo sie war. Etwas war schiefge-
laufen. Man hatte sie allein zurückgelassen als Faustpfand für eine
Million Euro. Sie hatte keine Ahnung, wo sich die verdammten Krö-
ten befanden. Sie hätte sie liebend gern jedem geschenkt, der ihr
die Freiheit zurückgeben würde. Freiheit erschien ihr in diesem
Moment als Befreiung von Dunkelheit und Stille und endloser Einsamkeit. Ein einziges vertrautes Geräusch würde genügen, sie aus
ihrem Abgrund zu holen.

Sie überlegte, wie lange sie in diesem Grab durchhalten könnte,
ohne den Verstand zu verlieren. Einen Tag, zwei Tage, eine ganze
Woche – wie lange war sie schon hier? Sie musste eine Möglichkeit
finden, die Zeit zu messen, das war wichtig, wozu auch immer. Zeit
zu haben oder nicht zu haben war etwas zutiefst Menschliches, es
gab jeder Absurdität zum Trotz eine Illusion von Kontrolle. Sie dachte an Grubenkatastrophen und verschüttete Erdbebenopfer, die
tagelang ausharren mussten. Immer hatten sie eine vage Vorstellung, wie viel Tage ihre Leidenszeit gedauert hatte.

Hör einfach auf deine innere Uhr, länger als einen Tag wirst du
kaum bewusstlos gewesen sein. Jetzt bist du wach und ein neuer
Tag in der ewigen Finsternis hat begonnen. Sie lachte hysterisch.
Also kein neuer Tag, eine neue Nacht. Eine neue Finsternis nahtlos
an die nächste gereiht. Nur unterbrochen vom Rhythmus ihres
Körpers. Darja tastete nach der Plastikflasche und warf sie mit
aller Kraft, die sie aufbringen konnte, durch die Dunkelheit. Befrie-
digt vernahm sie, wie die Flasche an eine Wand krachte und zu Boden schepperte. Sie suchte den Schemel und warf ihn hinterher.

Köstlicher Krach von berstendem Holz. Sie kroch dem Schemel hinterher, fand ihn und brach eines der Beine heraus. Sie wog den Knüppel in der Hand, schlug immer wieder damit auf den Tisch und riss ein zweites Bein aus dem Hocker. Mit zwei Schlegeln setzte sie ihren Lärm bis zur Ekstase fort, um dann erschöpft innezuhalten.

Sie ließ sich zu Boden fallen, atmete schwer, lauschte nach irgendeiner Reaktion. Das einzige, was sie vernahm, war ihr langsam werdender Herzschlag. Ich sitze in einer ziemlichen Scheiße, war alles, was ihr noch einfiel.

6.

Aina war glücklich. Kaum hatte sie ihr Studium der Sozialwissenschaften beendet, hatte sie schon ein rares Praktikum bei der Policia Nacional ergattert und durfte mit einer Befragung praktische Erfahrungen in den Kneipen des Ballermann und der näheren Umgebung sammeln. Richtige Polizeiarbeit. Sie war entschlossen, einen guten Job zu machen.

Sie hatte sich auf ihren Roller geschwungen und ihr Handyfoto von Darja unzähligen Flachwichsern und Strandpartygästen unter die Nase gehalten. „Haste nur diese Fresse, ich schau bloß auf Titten und Ärsche", kriegte sie so oder ähnlich immer wieder zu hören. Bis endlich ein Budenbesitzer im Balneario 6 nickte. „Die war öfter hier, hat auch gesungen, wurde manchmal von Rockertypen begleitet."

„Gehörte sie zu denen?"

„Sah so aus, sie fuhr auch so ein heißes Gerät, die Kerle waren alle Bewunderer von ihr und machen hier die Clubs und Discos unsicher."

„Hatten die Lieblingsplätze?"

„Na, alles was gut und teuer ist. Versuchs mal am Passeig Maritim."

Aina bedankte sich und schwang sich wieder auf ihren Roller, um Kurs auf den Jachthafen zu nehmen. Sie genoss den frischen Fahrtwind und wünschte sich nur, die Luftlöcher in ihren Jeans wären etwas größer, um ihrem Körper mehr Kühlung zuzuführen. Für das Discoleben war es viel zu früh, aber sie wollte ja nur ein paar Türsteher mit Darjas Foto konfrontieren und Barmixer bequatschen, die ihre Gläser in Erwartung des Massenansturms putzten. Den happigen Eintritt hoffte sie mit dem Beglaubigungsschreiben zu umgehen, das man ihr anstelle eines Dienstausweises mitgegeben hatte. Besser als Absperrleinen um eine Wasserleiche zu errichten war das allemal.

Das Beste zuerst, dachte sie und rollerte vergnügt zum „Titos", das nicht nur für seine VIP's, sondern vor allem wegen des gläsernen Fahrstuhls berühmt war, der sich über die Außenfront drei Etagen hoch erhob und einen atemberaubenden Blick auf Hafen und Kathedrale gestattete.

Aina bockte den Roller auf und legte einen perfekten Catwalk zum Eingang hin. Der Empfang war erheblich kühler als der Sommerabend. „Was willst du um diese Zeit, Mädchen, komm um Mitternacht wieder", raunzte der Mann am Empfang. „Wir haben noch keinen Einlass."

Aina kramte ihr Handy raus, gewährte ihm ihr schönstes Lächeln und einen ausführlichen Blick auf ihren vollen Busen unter dem knappen Top. „Hola Caballero, haste diese schöne Frau schon mal gesehen?"

„Wir haben hier alles, Gays, Lesben und Heteros zum Abwinken, weiß nicht, ob die schon mal dabei war. Aber bei uns findet jeder Topf seinen Deckel."

„Sie heißt Darja und ist oft mit einer Rockertruppe zusammen."

„Die schlagen hier manchmal auf, kann sein, dass sie dazugehört, frag mal an den Bars rum."

Aina genoss die Himmelfahrt im gläsernen Aufzug und hatte nur Augen für den Panoramablick vom dritten Stockwerk, so dass sie über einen Eimer stolperte, den das Putzkommando noch nicht abgeräumt hatte.

„Scheiße!"

„Sie wünschen?"

„Hätten Sie vielleicht mal ein Handtuch für mich, hab mir gerade nasse Füße geholt."

„Aber gern, braucht das Fräulein auch einen Fön?"

„Danke, geht schon." Aina grinste mit dem Barmann um die Wette, während sie das Handy aus der engen Hose pulte und ihm unter die Nase hielt. „Ich bin von der Policia Nacional und suche diese Sängerin, Darja Pfitzner, schon mal gesehen?"

„War vor einer Woche das letzte Mal hier, aber seit zwei ihrer Begleiter von der Lederfront eine Schlägerei begonnen haben, ist sie nicht mehr gekommen. Versuchs mal im „Abraxas", wo früher das „Pacha" war, ein paar Häuser weiter. Darf ich der Policia Nacional einen Cocktail anbieten, ist gut gegen nasse Füße und geht aufs Haus."

Aina strahlte, während der Mixer flink die Minzeblätter für einen Mojito ins Glas füllte, weißen Rum nachgoss, eine halbe Limette darüber ausdrückte und Eis und weißen Rohrzucker darüber schüttete.

„Das Wasser kommt obendrüber, nicht in die Schuhe, " meinte der Mann am Tresen. „Hemingways Lieblingscocktail. Sehr zum Wohl."

„Na ja, Hemingway stand auch auf Stierkampf und Großwildjagd. Damit würde er heute im Facebook nur noch einen Shitstorm ernten."

„Das ist ihm erspart geblieben, hat sich rechtzeitig die Kugel gegeben hat. Fuck Facebook, bringt alles auf den Hund. Einer hebt das Bein und alle anderen pissen darauf. "

Aina nippte andächtig ihren Cocktail und fand die Erfahrung eine gelegentliche Wiederholung wert. Mit einem Mojito im Magen war der Abgang im gläsernen Fahrstuhl noch geiler als nüchtern. Fast wie ein kleiner Orgasmus. Dank der alkoholischen Abfederung von Ainas Psyche war die Klatsche, die sie sich im „Abraxas" holte, leichter erträglich. Keiner wollte auch nur einen Blick auf ihr Handyfoto werfen.

„Tausende von Besuchern täglich. Wenn du nicht gerade wie Michael Douglas oder Udo Lindenberg aussiehst, wirst du hier gar nicht wahrgenommen. Keine Chance. Aber versuchs mal drüben im „Victoria", ist gemütlich und hat manchmal auch Karaoke-Abende."

Der Mojito hatte noch nicht seine volle Wirkung entfaltet, als Aina den Club Victoria stürmte und sofort mit lebhaftem Winken ihres Beglaubigungsschreibens den Geschäftsführer zu sprechen verlangte. Sie landete beim Vertreter des Vertreters, der ihr sagte, dass er gar nichts sagen könne. Seine Tattoos und Piercings waren umso sprechender. Aina schenkte ihm einen Luftkuss und ihr schönstes Plastiklächeln.

„Süßer, bleib cool, noch sind wir völlig inoffiziell. Uns liegen mehrere Aussagen über Kokain- und Amphetamingebrauch in eurem Laden vor, die wir bisher nicht allzu hoch bewerten wollen, das kommt auf die Kooperation von eurer Seite an. Ohne Kooperation könnte es aber auch eine Razzia mit Leibesvisitation aller Gäste geben, wenn dir das lieber ist. Besser, du sagt gleich dem Geschäftsführer Bescheid, dass sein Typ gefragt ist, um das Schlimmste abzuwenden. Ich bin nur der Vortrupp und brauche nur ein paar kleine Infos von ihm persönlich, wenn das ok ist. Also beweg deinen süßen Arsch, sonst ist deine Karriere hier von kurzer Dauer."

Insgeheim dankte Aina Hemingway und seinem Mojito für die Frechheit, die der Cocktail bei ihr freigesetzt hatte. Ehe sie schwächeln konnte und anfangen musste, sich Sorgen zu machen, erhob sich der Tätowierte wortlos und verschwand in einem Nebenraum. Als sich die gleiche Tür nach geraumer Weile wieder einen Spalt breit öffnete, trat eine Sekretärin ein, bat sie, ihr zu folgen und führte sie zum Boss des Clubs. Aina bedankte sich artig für die Aufmerksamkeit und fummelte ihr Handyfoto erneut aus der Tasche.

„Señor, wir wissen Ihre Bereitschaft zu schätzen, die *Policia Nacional* bei der Suche nach dieser Dame zu unterstützen. Es handelt sich um einen aufsteigenden Star der Gesangsszene, der seit einiger Zeit spurlos verschwunden ist. Vielleicht können Sie dazu beitragen, das Rätsel ihres Aufenthaltes zu lösen."

„Sängerin, sagten Sie? Hm, na ja, die war neulich bei unserem letzten Karaokeabend dabei, hat sich mächtig ins Zeug gelegt, aber ein richtiger Gig mit Band ist ja noch was anderes."

„Wann war das?"

„Ist eine Woche her oder länger."

„War sie allein?"

„Im Gegenteil. Brachte ihre eigene Claque mit, lauter Ledertypen, die mächtig Stimmung gemacht haben. Sie wurde am späteren Abend von einem feinen Pinkel begrüßt, der sie an seinen Tisch bat. Bei ihm saßen noch zwei andere Typen. Die haben unseren besten Schampus bestellt in der Magnumflasche. Geld spielte keine Rolle. Trotzdem hat die Dame dem Maßanzug irgendwann eine gescheuert und ihn wütend angeschrien. Einer von ihren Beschützern ist sofort mit gezogenem Messer an den Tisch gesprungen.

Der Garderobenständer in seinem Tausend-Euro-Zwirn ist ganz ruhig aufge standen und hat eiskalt erklärt, wer ihn anrührt, ist tot."

„Tot?"

„Er sah so aus, als ob er es meint. Es gibt so Leute, die keinen Widerspruch akzeptieren. Er hat sich umgedreht und zu den Leuten an seinem Tisch Russisch gesprochen. Die hatten schon ihre Hand auf dem ausgebeulten Teil ihres Anzugs. Das Mädchen hat dann gesagt, es sei alles in Ordnung und die Ledermacker alle gebeten, zu gehen. Die haben brav ihr Bier bezahlt und sind weg."

„Und was ist mit dem Mädchen?"

„Die ist noch eine Weile am Tisch geblieben. Dann haben alle gezahlt und sind mit ihr gegangen."

„Einfach so? Ist sie freiwillig mitgegangen? Ist Ihnen nichts aufgefallen?"

„Sah total harmlos aus. Das einzige Auffällige war, dass der Garderobenständer mit Fünfhunderter-Noten bezahlt hat. Das kommt auch in unserem Club nicht so oft vor. Zum Glück. Leider waren die Scheine falsch, wie sich zu spät herausgestellt hat."

„Kommt so was öfter vor?"

„Bei größeren Beträgen wird meist mit Karte bezahlt."

„Und wie sind die weg? Irgendwas gesehen?"

Der Boss griff zum Telefon. „Toni, die Russen neulich mit dem Falschgeld, wie sind die weg? Irgendwas gesehen?" Er lauschte einen Moment, ehe er auflegte.

„Stilvoller Abgang. Da sind zwei schwarze Limousinen vorgefahren, einer davon ein großer Mercedes, der andere ein Jaguar, aber das Mädchen ist in den vorderen Wagen eingestiegen. Ende Gelände."

„Danke. Ich leite das alles weiter. Vielleicht müssen wir das offiziell protokollieren. Meine Kollegen werden sich bei Ihnen melden."

Als Aina wieder den Passeig Maritim betrat und den Helm überstülpte, stellte sie fest, dass ihr Roller verschwunden war. Sie blickte in alle Richtungen, stampfte wütend mit dem Fuß auf, dann fiel ihr ein, dass sie den Roller vor dem Abraxas hatte stehen lassen. Sie nahm den Helm wieder ab und ging zurück zu ihrem vorletzten Einsatzort, wo die Vespa brav auf sie wartete. Sie beugte sich vorwurfsvoll zu ihrem Feuerstuhl und sagte streng:

„Hör mal, du Muschifön, das musst du noch lernen. Wenn Frauchen pfeift, kommst du schnellstens angelaufen und machst Männchen, verstanden?"

Sie schnallte den Helm auf den Gepäckständer und kramte ein letztes Mal ihr Handy raus, um Isabel anzurufen. Sie hatte versprechen müssen, über alle ihre Schritte laufend Bericht zu erstatten und sie tat es umso lieber, weil es etwas zu berichten gab. Isabel hatte sie dringend ermahnt, gut aufzupassen. Ein verschwundenes Mädchen sei genug.

„Hör zu, Isabel, es gibt eine Spur. Darja ist vor einer Woche im Victoria-Club drei Russen zu nahe gekommen. Sie sind nach Mitternacht alle zusammen weg und in zwei Autos davongefahren. Kennzeichen unbekannt. Die Russen haben mit Fünfhundertern bezahlt. Hast du schon mal so einen gesehen? Ich auch nicht. Nein, ist nicht unsere Gehaltsklasse. Ein Schein war übrigens falsch. Wir treffen uns morgen, bis dann.“

Aina war froh, nach einem Tag voll Gelaber und dummen Sprüchen endlich wieder den Sattel unter dem Hintern zu spüren. Sie spuckte in die Hände und fuhr mit Vollgas und wehenden Haaren nach Hause.

7.

Katzer konnte sich nicht entscheiden. Aufstehen oder noch etwas liegen bleiben? Er zählte vier leere Bierflaschen und einen vollen Aschenbecher im Arbeitszimmer, wo sein Bett stand. Dennoch hatte er einen klaren Kopf, was morgens um sechs, seiner üblichen Zeit, nicht immer der Fall war. Er fütterte seine Fellnasen, schnappte die Hündin und inhalierte die Morgenluft, die trotz nächtlicher Abkühlung noch immer mit Temperaturen aufwartete, bei denen Eisbären Hitzefrei nehmen. Pollença schlief noch, aber seine Hähne stimmten sich auf den neuen Tag ein. Fernab traf ein Esel mit abgehackten Lauten zwischen Wehmut und Verzweiflung den Ton eines verrosteten Pumpenschwengels und gab einem Weltschmerz Raum, der sich aller menschlichen Worte entzog.

Katzer dachte, wir alten Esel sollten zusammenhalten. Er hatte Lust, sich den Klagelauten des Tieres anzuschließen. Das mit dem Foto neulich war kein Zufall. Erneut hatte gestern die Vergangenheit ihre kalte Hand nach ihm ausgestreckt. Er betrachtete das Bild von sich selbst auf dem Schoß seines Vaters. Ein Berliner Poststempel auf dem Umschlag mit dem Datum vor einer Woche war der einzige Hinweis auf die Herkunft gewesen. Der Absender hatte einen wunden Punkt getroffen. Katzer grübelte. Das Foto war diesmal sehr privat. Außer ihm selbst besaß niemand einen Abzug. Oder doch?

Nach dem zweiten Kaffee überlegte er, Isabel zu wecken. Sie hatten bisher so viel lose Enden ohne richtigen Fall, dass er erwog, nicht noch mehr wertvolle Zeit damit zu verplempern. Am besten, du schmeißt alles hin, vermietest Stehplätze im Meer und wirst reich ohne Arbeit, riet der innere Schweinehund.

Die Frage, was er mit der gewonnenen Zeit anfangen sollte, nahm ihm die Entscheidung ab. In Wahrheit liebte er es, andere Leute zu wecken, weil es seinem Leben den Anschein von Wichtigkeit gab. Entschlossen tippte er Isabels Nummer in seinen Apparat.

„Guten Morgen, du Schöne, sag mir, dass die Welt gut ist und deine Praktikantin Darja gefunden hat."

„Ich schlafe noch. *Conjo*, wie spät ist es?"

„Spät genug, dem Tag die letzten brauchbaren Stunden abzutrotzen. Hat Aina was rausgefunden?"

„Hat sie. Können wir das später bei einem Einsatztreffen im Konsulat bekakeln? Nur so viel: Darja wurde vor einer Woche von drei Russen mitgenommen. Ziel unbekannt. Aber es kommt noch heftiger. Ich hatte letzte Nacht einen Tatortstermin mit Comisario Caplonch. Wir haben einen toten Rocker gefunden. Identität ungeklärt. Sag deinem Alfred Pfitzner Bescheid, er muss einen Blick auf die Leiche werfen. Vielleicht handelt es sich um Boris Losowski."

„Wird gemacht. Ich muss auch noch in Harrys Chopperladen, der hört in der Rockerszene das Gras wachsen."

„Das Gras bei den Rockern hört man nicht wachsen, das raucht man."

„Daran ist aber auf Malle bisher niemand gestorben."

„Jedenfalls nicht direkt. Der Tote trägt Kampfspuren. Gestorben ist er aber daran nicht."

„Sondern?"

„Du weißt, dass ich über laufende Ermittlungen nicht sprechen darf."

„Sehr witzig. Wer hat denn die Ermittlungen ins Laufen gebracht? Ohne mich und den Onkel von der Stasi stünde die Polizei ganz schön blöd da – vorausgesetzt, es handelt sich überhaupt um Losowski."

„Na ja, wenn er's ist, würdest du sowieso alles erfahren. Der tote Rocker ist erstickt. Sein Hals ist voller Fünfhundert-Euro-Scheine. Und jetzt halt dich fest – alles Blüten der feinsten Machart. Selbst die Fachleute haben eine ganze Weile gebraucht, um das herauszufinden."

„Als ob ich's geahnt hätte. Immer wenn die Post abgeht, schaltet mein System auf Schlafverzicht. Bin schon unterwegs zu Pfitzner und dann ab zu Harry. Ich rufe zurück, wenn ich durch bin. Wir treffen uns im Konsulat."

Katzer pfiff seine Hündin und fuhr mit ihr zum Urban Hostel nach Palma. Mit allem, was er inzwischen wusste, hoffte er seinem

Sonderling zusätzliche Details zu entreißen. Er war sich inzwischen sicher, von Pfitzner nicht die ganze Wahrheit erfahren zu haben. Die Stasi wusste immer alles, ohne jemals was preiszugeben. Er freute sich, Öhrchen bei diesem Gespräch dabei zu haben. Das Tier war sein Lügendetektor. Mit ihrer Körpersprache verriet sie ihm unweigerlich, wenn etwas faul bei seinem Gegenüber war. Von einem Typen, der sie verarschen wollte, würde sie nicht mal eine Wurst annehmen.

Im Urban Hostel war Frühstück bis zehn. Einige Figuren hingen noch rum. Alfred Pfitzner saß mürrisch im Gemeinschaftsraum vor Müsli und Zwieback. Katzer, der seine Hündin nicht hatte mit reinnehmen dürfen, musste wenig Überredungskunst aufwenden, um ihn zu einem Ortswechsel zu bewegen. Sie setzten sich vor ein Café an der Plaza del Mercat. Katzer legte seine Hand auf den Arm des Mannes, um die Aufmerksamkeit der Hündin auf ihn zu lenken. Öhrchen richtete alle Antennen auf den Kandidaten, ohne sich in Pose zu setzen.

„Herr Pfitzner, dies ist Ihre Stunde. Sie werden gebraucht. Sie haben hier was losgetreten, obwohl Sie den größten Teil der Wahrheit verschwiegen haben. Lügen durch Weglassen nennt man das. Also warum lügen Sie mich an, wenn Sie doch gleichzeitig meine Hilfe brauchen? Oder ist das nur ein Vorwand für andere zweifelhafte Geschäfte?"

Pfitzner verschüttete seinen Kaffee und stampfte entrüstet sein Croissant in den Aschenbecher.

„Was erlauben Sie sich? Das muss ich mir nicht bieten lassen."

Öhrchen war in Habachtstellung gegangen, jeden Moment bereit, auf den vermeintlichen Angreifer loszugehen. Sie knurrte verhalten, zufrieden mit dem Effekt, den sie bei ihrem Opfer auslöste. Der Typ roch nach Angst. Ein Rottweiler mit gefletschten Zähnen ist unterhaltsamer als ein einstürzendes Haus.

„Herr Pfitzner, der Spaß ist vorbei. Wir haben jetzt einen Todesfall."

„Was reden Sie – bin ich zu spät? Was ist mit meiner Tochter? So reden Sie doch!"

„Sie müssen reden, packen Sie endlich aus, Ihr Schweigen macht alles nur schlimmer. Jede verlorene Minute gefährdet das Leben Ihrer Tochter. Warum haben Sie Boris Losowski umgebracht"

„Was habe ich? Losowski ist tot? Was ist passiert? Was ist mit Darja?"

„Das würde ich von Ihnen gerne wissen. Sagen Sie mir jetzt endlich alles, bevor die Polizei Sie befragt. Die kann Sie schnell wegen Behinderung bei der Aufklärung einer Straftat einbuchten. Vor wem ist Darja aus Deutschland geflohen?"

Pfitzner legte seine Hände um den Kopf, als wolle er sich vor dem herabstürzenden Himmel schützen. Er stöhnte.

„Ich glaube, der SVR steckt dahinter."

„Was bitte ist der SVR?"

„Der russische Auslandsgeheimdienst."

„Was Sie nicht sagen."

Öhrchen klappte den Kiefer runter und ging in Lauerstellung.

„Ja doch, der Slusba Vneishei Rasvedki, eine mächtige Armee mit 13.000 Mitarbeitern, darunter Eliteagenten mit falschem Namen und falscher Biografie. Viele davon als Diplomaten und Journalisten getarnt. Ihr Gebiet ist die Politik, die Wirtschaft, die Technik und Wissenschaft."

„Aber Darjas Ding ist der Gesang. Was hat sie mit Spionage zu tun?"

„Gar nichts. Sie ist ein Engel. Ein Engel mit spanischem Temperament. Das hat sie von ihrer Mutter, der Jola. Jola war Spanierin. Und eine heißblütige Kommunistin, so habe ich sie kennengelernt. Genauso wie Jolas Mutter, die eine Märtyrerin des spanischen Bürgerkrieges war. Jolas Mutter war die Geliebte eines russischen Generals, von Stalin aus Moskau abkommandiert, um die spanische Republik zu verteidigen. Der General wurde abberufen und in Moskau erschossen, Jolas Mutter von Franco umgebracht. Jola war Vollwaise. Die spanischen Kommunisten haben sie bei Kriegsende nach Deutschland geschmuggelt. So haben wir uns kennengelernt."

Alfred Pfitzner verwandelte sich, während er sprach. Sein hohles Gesicht nahm weiche Züge an, die Blässe wich einem zarten Rosa.

Öhrchen spürte die Veränderung und entspannte sich. Das zerknautschte Croissant, das Pfitzner ihr anzudrehen versuchte, strafte sie mit Verachtung.

„Darja hat ihren russischen Großvater, den Bürgerkriegsgeneral, nie kennengelernt. Ihre Mutter Jola und ich haben nie über ihn gesprochen, er war ja von Stalin zum Staatsfeind erklärt worden. So einen Staatsfeind hatte man in der DDR nicht gern in der Familie. Da muss man sich doppelt anstrengen, um nicht in Ungnade zu fallen."

„Sie haben sich also angestrengt, um im Zustand der Gnade zu verweilen. So wie Millionen Deutsche unter den Nazis."

„Ich zähle nicht mehr. Ich bin und bleibe Marxist. Ich stehe auf der richtigen Seite. Ich habe meine Möglichkeiten genutzt, um mehr über Jolas Vater zu erfahren. Ich war sogar in Moskau und habe mit vielen Genossen gesprochen. Der erschossene General hatte nicht nur eine Tochter in Spanien, er hat auch einen Sohn in Moskau hinterlassen, der ist quasi ein Halbbruder meiner Frau Jola. Und er ist der „dyadya", der Onkel von Darja.

„Und wer bitte ist dieser geheimnisvolle „dyadya?"

„Er ist heute der mächtigste Mann Russlands."

„Sie sprechen nicht von Putin?"

„Wer ist Putin? Ich spreche von Putins wichtigsten Sponsor. Ich spreche von Dorschi Batomunkajew, dem allmächtigen Oligarchen.

Ich spreche vom „dyadya", dem Boss. Der „dyadya" macht die Gesetze, der „dyadya" macht das Wetter, der „dyadya" lässt Lebende zur Hölle fahren und Tote wiederauferstehen."

„Und dieser Halbgott ist der Halbbruder Ihrer gestorbenen Ehefrau, also Ihr Schwager. Und Ihre Tochter Darja ist seine Cousine. Damit gehören Sie zum Olymp der Unsterblichen. Muss ein tolles Gefühl sein."

„Kommt darauf an, ob sie Batomunkajew nutzen oder schaden. Meiner Karriere hat es nicht geschadet, obwohl ich für ihn ohne Nutzen war. Aber über meine Nützlichkeit oder Nutzlosigkeit lagen keine Erkenntnisse vor. Diese Unwissenheit hat mich geschützt. Ich hatte viele Freunde unter den Genossen."

„Gibt es die heute noch?"

„Teilweise schon."

„Und was ist mit Boris Losowski und Ihrer Tochter?"

„Könnte doch sein, dass die Verbindung zwischen den beiden dem SVR aus irgendeinem Grund missfallen hat. Ohne dass der „dyadya" überhaupt intervenieren musste. Vorauseilenden Gehorsam nennt man das. Schließlich hatte Losowski mit Drogen zu tun."

„Hört sich weithergeholt an. Aber vielleicht ist Losowski gar nicht tot. Unser toter Rocker ist noch nicht identifiziert. Setzen Sie sich bitte mit Comisario Caplonch in Verbindung und machen Sie einen Termin für die Pathologie. Dann sehen wir weiter."

Pfitzner ließ sich die Adresse der Pathologie geben. Er kramte verlegen in seinem Aktenkoffer, um einen abgegriffenen Plüschteddy hervorzukramen.

„Helfen Sie mir, bevor ich auch meine Tochter in der Pathologie besuchen muss. Diesen Teddy hat Darja von ihrer Mutter als Kind bekommen. Vielleicht kann er Ihnen und Ihrem Hund bei der Suche behilflich sein."

Katzer war davon überzeugt, dass Pfitzner ihm etwas verschwieg. Was, wenn er noch immer Drähte zum russischen Geheimdienst hatte? Pfitzners Stasi gab es offiziell nicht mehr, aber ihre fortexistierenden Seilschaften hatten immer wieder von sich Reden gemacht. Und was war mit seinen Drähten zum russischen Brudervolk? Einmal Stasi, immer Stasi. Wenn er Losowski identifiziert hatte, würde man weiter sehen.

Katzer beschrieb ihm den Weg zur Policia Nacional und fuhr mit Öhrchen zu Harrys Chopperladen. Er nahm die Autopista bis Manacor, fuhr dann auf der neuen Umgehungsstraße an den meisten Dörfern vorbei bis Arta und Cala Rajada. Eine Weltreise, die Öhrchen mit Kopf aus dem offenen Fenster und angelegten Lauschern genoss. Mit ihrem kaputten Ohr sah sie recht grimmig aus, obwohl sie der reine Schmuseengel war. Zum Glück wussten das die wenigsten.

Bei Sant Llorenç, das er von früher kannte, verließ er die Schnellstraße und bog in das Dorf ab. Nicht wegen der prähistorischen Talaiots, sondern wegen des Wochenmarkts und der schmucken kleinen Läden, die jetzt nach der Verkehrsumgehung an Besuchermangel litten, dafür um so mehr der alten Idylle bewahrt hatten. Er schaute in der Bäckerei vorbei, ließ sich drei Croissants und Mineralwasser geben wie früher, als er die Strecke noch mit dem Rennrad besucht hatte und hörte, dass Xesç, der Bäcker, schon Feierabend hatte. Ansonsten war alles wie früher, bevor die Fremden mit falschen Fünfhunderter gefüttert wurden.

Er rief Chopper-Harry an und signalisierte, dass er gleich aufschlagen würde. Sie begrüßten sich mit dem Faust-zu-Faust Ritual.

„Mal wieder Lust auf einen Ride?"

„Andermal. Wollte nur hören, was es Neues aus der Szene gibt. Schon von dem toten Rocker gehört?"

„Hat sich rumgesprochen, obwohl die Nachricht nur wenige Stunden alt ist. Der Tote trug die Kutte der ‚Zombies'".

„Was weiß man über dieses Chapter?"

„Haben seit Jahren ein Clubhaus in Palmas altem Industrieviertel Soledad. Total versaut. Zu viel schnelles Geld im Umlauf, ansonsten DFFL – Dope Forever, Forever Loaded".

„Und der Tote – Name, Herkunft, Rivalitäten?"

„Ich fürchte, es ist Losowski. Im Chapter tragen alle Kriegsnamen. Biker-Boris ist ‚Bängbäng.' Ich habe einen Kaufvertrag mit ihm gemacht, deshalb weiß ich, was in seinem Ausweis steht. Wenn er's ist, gehört die Maschine mir. Er hatte sie vor einem halben Jahr geliehen, wollte sie jetzt kaufen. Wir hatten Stress, weil er mit falschen Fünfhunderten gezahlt hat. Die hat die Bank gleich einbehalten. Ich habe ihm mit Anzeige gedroht und er hat versprochen, schnell echte Lappen aufzutreiben. Hat wohl mit den falschen Leuten gedealt."

Falsche Fünfhunderter, der Tag war noch jung, aber Katzer hörte das jetzt zum zweiten Mal.

„Harry, ich hoffe, dein Alibi ist wasserdicht. Wie lange kennen wir uns?"

„Seit Noa die Platznummern für die Arche verteilt hat. Ich bin sauber, sag das den Bullen. Losowski war übrigens DEIN Landsmann. Wie man unter Geschäftsleuten hört, ist das mit den Fünfhundertern kein Einzelfall. Tauchen jetzt überall auf. Stammen angeblich aus Russland. Glaub ich aber nicht. Die Russen kriegen ja nicht mal ein anständiges Motorrad hin. Meine Bank sagt, bei diesen Blüten waren Spitzenkräfte am Werk. So was haben die noch nie gesehen. Wenn das so weitergeht, fahren sich die Banken noch selber an die Wand. Völlig hirnverbrannt, das passt vorne und hinten nicht."

„Vielleicht ist das der Grund, dass die EZB den Lappen aus dem Verkehr ziehen will. Letztes Jahr wurden fast eine Million Riesen vernichtet. Bestimmt nicht wegen zu hoher Abnutzung."

„Dann müssen die, die das Zeug in Umlauf bringen, sich aber ganz schön beeilen."

Öhrchen, die gleichzeitig mit Katzer aus dem Auto gesprungen war, hatte sich inzwischen zu einer ausgiebigen Inspektion der aufgestellten Maschinen aufgemacht. Die interessante Geruchsmischung aus Gummi, Leder und blitzendem Chrom hatte es ihr angetan. Sie wackelte aufgeregt mit dem Schwanzstummel. Harry schaute ihr nervös hinterher.

„Du weißt, ich liebe Hunde. Je größer, desto besser. Aber pass bitte auf, dass sie nicht an meine Harleys pinkelt. Die warten alle auf Kunden."

Zwei ältere Herren mit Pferdeschwanz lachten, ehe sie ihren Rundgang fortsetzten. Harry heftete sich an ihre Fersen.

„Keine Sorge, Harry, im Gegensatz zu deinen Rockern weiß Öhrchen, was sich gehört. Ich hab sie gut erzogen."

„Apropos Erziehung – die ‚Zombies' kamen wie eine Invasion aus dem Nichts und waren plötzlich überall. Am Montag haben sie eine große Show am Kloster Lluc abgezogen. Die Touristen sollen reihenweise in Ohnmacht gefallen sein, als die da aufkreuzten und ihnen auf die Schuhe spuckten."

„Wann war das, sagst du?"

„Vor zwei Tagen. Da war „Bängbäng" mit Sicherheit noch dabei. Er hatte sich morgens einen ‚Riser' für den Lenker seiner Freundin geholt. Wendy und er waren zusammen hier."

„Wendy?"

„Ja, eine von hier, eine echte Spanierin. Keine Mama für alle, die beiden gehören zusammen."

„Du machst Witze, Wendy stammt aus Deutschland und heißt eigentlich Darja, obwohl das ein russischer Name ist."

„Spricht aber akzentfreies Spanisch. Keine Frau, die man übersieht. Hat sich mit ihrem Auftritt in Lluc fast so unsterblich gemacht wie die „Schwarze Madonna" auf dem Klosteraltar."

Katzer dachte spontan an eine frühere Freundin, deren höchstes Ziel es war, „einmal Liebe zu machen auf einem Altar." Sie hatten dieses Ziel nie erreicht und er war immer in ihrer Schuld geblieben. Vielleicht sollte er der „Schwarzen Madonna" demnächst eine Kerze spenden, aber vermutlich würde sie für einen alten Atheisten keinen Finger krumm machen.

8.

Zwei Tage vorher.

Der Harley-Tross hatte sich in Zweierformation die Bergstraße hoch zum Kloster Iluc geschoben. Kriechtempo 30 kmh, überholen unmöglich. Auf dem Rücken der Fahrer prangte das Emblem mit dem Schriftzug ‚Zombies‘. Die meisten trugen ärmellose Kutten und zeigten wilde Tattoos. Keine Maschine glich der anderen. Alle Teile waren individuell zusammengeschraubt. Die entgegenkommenden Autofahrer glotzten auf die Prozession wie auf das Ungeheuer von Loch Ness, die Hinterherfahrenden fluchten vor sich hin und packten die Butterbrote aus.

An der Spitze der Chopperparade fuhr ein Pärchen, das alle Genderklischees zu verhöhnen schien. Die blonden Haare des Typen, von einem roten Band zusammengehalten, aber nicht gebändigt, reichten bis auf seine Schultern und umrahmten ein Botticelligesicht von lüsterner Schönheit. Die Frau neben ihm trug Lederkluft, zeigte die männlichen Züge einer Frieda Kahlo und einen schwarzglänzenden Pagenkopf. Während die Locken ihres Kumpels im Wind flatterten und seinem Milchgesicht die Gloriole eines Märtyrers verliehen, hatte sie den Reißverschluss der Lederjacke bis zum Nabel offen und ließ die nackten Brüste vom Fahrtwind kühlen. Auf den Lippen trug sie einen Hauch kussechter Verachtung.

„Süße, du verlierst gleich deine Titten", scherzte ihr Begleiter. Ihre Mundwinkel zuckten. „Fuck you, Laszlo, wenn du so weiter glotzt, fallen dir die Augen raus." „Wenn schon, Wendy, dich mach ich auch im Dunkeln klar."

„Dann stell dich ganz hinten an und warte, bis du dran bist." Wendy gab ein wenig Gas und übernahm die Führung in den letzten Kurven bis zum Kloster. Laszlo stellte sich aufrecht in die Pedalen und fuhr mit himmelwärts gestreckten Armen bis vor die Kneipe am Kloster vor. Als der restliche Tross seine Maschinen im Halteverbot aufgebockt hatte und grölend in die Bar Café sa Placa einfiel, ließ der Wirt bereits die Biergläser volllaufen. Laszlo goss sein erstes Helles genüsslich über Wendys Brüste, doch bevor er seine Zunge in den Sud aus Schweiß und Gerstensaft versenken konnte, zippte sie die Lederjacke zu.

„Cool down, mein Küken, wir haben noch was vor, du erinnerst dich." Die übrigen Gäste, einer Gratisorgie entgegenfiebernd, zogen sich pikiert hinter die Sonnenbrillen zurück. Das Klosterareal war schließlich nicht der Ballermann. Dagegen sprach schon das lautstarke Kauderwelsch der Clique, das zur Verwirrung der Lauscher auf Russisch, Spanisch und Englisch geführt wurde. Russische Harleyfans auf Malle waren nicht alltäglich, nicht einmal an diesem lauschigen Montagabend, und Spitznamen wie „Dawai", „Stoi" und „Stenka" schon gar nicht. Im allgemeinen Sprachgewirr fiel kaum auf, dass Wendy sich entfernt hatte, um im Klosterinneren nach der Schwarzen Madonna zu suchen. Als sie vor der hölzernen Statue mit dem dunkelhäutigen Madonnenantlitz stand, verfiel sie in tiefe

Andacht. Statt des Kreuzeszeichens reckte sie schließlich die geballte Faust zum Abschied. „Wir Gitanos halten zusammen, gelle? *Hasta la siempre, Gitana mia!*"

Zurück bei den Bikern wandte sie sich mit gedämpfter Stimme an einen Kraftprotz namens Bängbäng und fragte, ob alles klar sei. Dabei berührte sie mit zierlichen Fingern seine rechte Pranke, während er mit der Linken seinen Sack kratzte. Bängbäng nickte.

„Alles unter Kontrolle, ich ruf noch mal im Höhlenhaushaus an und frage, ob alles bereit ist." Er zog sein Handy aus der Kutte, gab eine Nummer ein und lauschte. Dann folgte ein schnelles Stakkato auf Spanisch. „*Estamos a Lluc*, wir sind in einer halben Stunde bei euch." Er steckte das Handy in die Kutte, legte seine Tatze auf ihre Hand und nickte. „Sie sind da und erwarten uns." Wendy schaute kurz auf die klotzigen Ringe an seinen Fingern und das nietenverzierte Hundehalsband mit dem Eisernen Kreuz unter seinem Kinn, ohne ihm in die Augen zu blicken:

„Es wird klappen."

Mit gellenden Pfiffen machte sich die Meute auf dem Gelände breit, stellte Stühle und Tische kreuz und quer, um zwischen ihnen ein Geschicklichkeitsfahren zu starten. Auf jeden geglückten Versuch folgten ein Schnaps und ein Bier. Die übrigen Gäste zogen es vor, zu zahlen und sich zu verziehen.

Rülpsend traten die Zombies ihre Harleys wieder an, ließen Hubraum bis 70 PS dröhnen und gaben Stoff. Langsam schob sich die

Kavalkade, die Verbotsschilder missachtend, den geteerten Weg hoch in Richtung Olivenhain. Der Montagabend war windstill und der Benzindunst stand noch eine ganze Weile über dem Gelände.

Der schattige Olivenhain mit den uralten Bäumen ließ nicht nur Wendy verstummen, die den würzigen Duft der Jahrhundertriesen in ihre Lunge zog. Sie waren allein. Niemand war hier während der Woche unterwegs. Bald war das Ende des Asphaltweges erreicht. Im Kriechtempo bewegte sich die Kolonne weiter über Kiesboden und gewann Höhe. Bängbäng drehte beim Fahren trotzig mit einer Hand eine Fluppe und inhalierte. Laszlo stimmte das russische Volkslied von den schwarzen Augen an. „Ochi tschornyje" dröhnte sein Bariton in die Berglandschaft. Dabei blickte er über die Schulter zu Wendy. Sie ignorierte ihn.

Zu ihrer Linken kam das verlassene Quartier der Carabiners in Sicht, dessen Besatzung früher gegen angemessenes Handgeld vom Schmugglerkönig March seinen Leuten sicheres Geleit auf ihren einsamen Pfaden gewährt hatte. Die Outlaws auf ihren Harleys transportierten verbotene Substanzen weit höherer Gewinnspanne. In der Verlassenheit des Bergmassivs um den Puig Roig, das sich in der Abendsonne färbte, hatten auch sie nichts zu befürchten. Die Gemeinde Escorca hält sich für ihre 140 Quadratkilometer Gebietsfläche ganze zwei Dorfpolizisten, die jeden der 240 Bewohner persönlich kennen. Wenn hier einer was zu verbergen hat, kann er das ungestört tun. Escorca ist die regenreichste, einsamste und menschenärmste Region Mallorcas.

Der schmale Bergpfad erlaubte kein Nebeneinanderfahren mehr. Die letzten Kurven bis zum Höhlenhaus Es Cosconar waren für die schweren Maschinen ein Trial-Test. So müssen sich Hannibals Elefanten bei der Alpenüberquerung gefühlt haben. Aber vor den Höhlenwohnungen von Es Cosconar war genug Platz, die Harleys aufzubocken, obwohl schon ein Land Rover am Straßenrand parkte. Bängbäng machte eine einladende Handbewegung: „Der Eingang zur Unterwelt". Die breite Tür zum Haupthaus stand offen.

Obwohl die Abendsonne direkt in das Höhlenhaus schien, mussten sich ihre Augen erst an das Halbdunkel gewöhnen. Drinnen saßen drei Männer, die in der City von London kaum aufgefallen wären, vor ihrem Weinglas. Die Harley-Russen drängten hinein, stolperten und griffen lachend ins Weinregal, um sich zu einem Willkommenstrunk zu verhelfen. „Bedient euch nur, " sagte einer der City-Männer, „macht's euch gemütlich, wir haben ein Picknick kommen lassen."

„Und wir haben den Nachtisch", juxten die Wilden, „falls wir nicht alles auf der Holperstrecke verloren haben. 50 Kilo für eine Million, Spitzenqualität zu 85 Prozent, wie vereinbart. Aber erst Planschen, dann Party."

Wendy sah zu, wie alle ins Freie rannten und sich nackt auszogen, um sich eimerweise das kalte Wasser aus der Zisterne über die Köpfe zu gießen. Drinnen wurde Hardrock aufgelegt, die Boxen bis zur Schmerzgrenze aufgedreht. Jetzt oder nie! Wendy riss sich das durchgeschwitzte Leder vom Leib und stand nackt unter den Rockern. Es dauerte einen Moment, bis sich alle Köpfe prustend und brüllend zu ihr drehten.

Bei unzähligen Straßenkonzerten hatte Wendy sich die Seele aus dem Leib gesungen, es genossen, die Menschen mit ihrer Stimme in den Bann zu ziehen. Jetzt ging es um alles oder nichts. Led Zeppelins „Stairway to Heaven" zerriss die Stille.

Ihr vom Eiswasser gestraffter Körper verharrte sekundenlang bewegungslos, dann stieß sie die Faust in die Höhe, alle Blicke auf sich vereint. Ihre Stimme dröhnte mit Robert Plant im Duett, darüber die Gitarre von Jimmy Page:

„Es gibt eine Dame, die sicher ist, das alles Gold ist, was glänzt. Sie kauft sich die Stufen zum Glück . . ."

Der magische Zirkel, den sie mit knappen Gesten um sich zog, mehr noch die Einsamkeit desjenigen, der alle Brücken hinter sich abgebrochen hat, hielt die geifernde Meute ebenso auf Abstand wie ihre tollkühne Improvisation. Teilweise eine Tonlage höher als Robert Plant, teilweise seinen Song mit Scat-Vocals und Schreien aus Schmerz und Protest begleitend, drückte sie dem Lied ihr Brandzeichen auf. Sie war in diesem Moment das, was viele von ihnen gerne gewesen wären, sie war sie selbst, die Gilana, sie war authentisch.

Sie war ihre Mutter Jola, sie war ihre Großmutter, die Geliebte des Generals, und sie war alle weiblichen Wesen zurück bis zur Sonnengöttin. Sie hatte die letzte Stufe der Leiter zum Himmel erklommen, bereit, ihren Platz zu behaupten. Das Wasser, das aus ihren Haaren lief, mischte sich mit ihren Tränen.

Die Meute johlte und pfiff. Wendy sprang in ihre Jeans, warf die Lederjacke über die Schultern und schlüpfte barfuß in die Stiefel, um den Haupteingang des Höhlenhauses zu betreten. Tief in die vorspringende Felswand getrieben, hatte es etwas Magisches. Bängbäng, der sie aufhalten wollte, wurde von Laszlo daran gehindert. Der mörderische Blick aus seinen Botticelli-Glubschern widersprach dem Lächeln auf seinen Lippen. „Lass gut sein, Kleiner, die Lady will allein sein."

Der Schlag, mit dem Bängbäng das kalte Lächeln versenken wollte, wurde mit einem Karatehieb pariert. Die City-Macker in ihrem Maßgeschneiderten hatten das Schauspiel belustigt verfolgt. Sie wurden von einem sich balgenden Haufen „Zombies" zurück in das Höhlenhaus gedrängt, in dem eine lange Holzstange voller getrockneter Schinken, Peperoni und Küchenkräuter ihr wildes Aroma im Abendlicht verströmte. Laszlo konnte das Lästern nicht lassen. Er stichelte Richtung Bängbäng.

„Hier könnten wir dich gut zum Trocknen daneben hängen."

„Schieb dir die Stange in deinen schwulen Arsch."

„Meine Herren, kommen wir zum Geschäft", mischte sich einer der Anzugträger ein, bevor die Situation weiter eskalierte. „Abgemacht sind 50 Kilo für eine Million. Koks gegen Kohle. Wir zahlen, ihr liefert. Wenn einer so freundlich wäre, den Stoff im Nebenhaus zu deponieren, nehmen wir einige Stichproben vor." Bängbäng lächelte schief.

„Und wo ist der Zaster? Wir würden auch gern ein paar Stichproben machen."

„Der kleine Lederkoffer ist Eurer. Die Scheine sind abgezählt und in Banderolen verpackt. Ich ruf schon mal unser Taxi."

Während Citymensch Nummer eins sich mit Pipette und Testsäure über das Koks hermachte, ging Nummer zwei mit einer Stablampe in die Abenddämmerung und trat neben die herrenlosen Harleys. Nummer drei wartete, bis der erste weitere Proben genommen hatte und mit dem Kopf nickte.

„Alles 85 Prozent rein."

Sein Kompagnon nickte gleichfalls und säuselte ins Sprechfunkgerät:

„Bitte kommen, bitte kommen."

Die verdutzten „Zombies" hörten das näher kommende Knattern eines Hubschraubers, das durch die Felswände verstärkt wurde. Der Mann mit der Stablampe winkte dem Piloten mit seinem Lichtkegel in der Dämmerung auf einen Landeplatz. Der Sprechfunk übertönte das Knattern mit einem vernehmlichen „Roger".

Ein Mann in Tarnanzug sprang aus dem Heli und half dem Lampenträger, die Plastikbeutel mit dem Koks in den Hubschrauber zu verstauen. Zwei Anzugträger sprangen hinterher. Alles ging blitzschnell. Die Rocker waren so baff, dass sie zu spät bemerkten, wie der zurückgebliebene Citymann eine MP unter den Decken des Buffets hervorholte und gemächlich zum Land Rover schlenderte.

„Macht's Euch gemütlich, Jungs, und lasst Euch Zeit. Ich habe Feuerschutz von der Luftwaffe, und wer mir zu nahe kommt, kriegt blaue Bohnen statt Kaviar. Also nur keine Eile, Ihr findet Euren Weg alleine zurück." Die Tür wurde zugeknallt und der Wagen rumpelte um die erste Kurve davon.

Die ‚Zombies' standen dämlich rum. Boris starrte Laszlo an. Laszlo starrte zurück. „Was nun?"

„Nach dieser Heli-Aktion müssen wir mit dem Schlimmsten rechnen. Wenn jemand Alarm schlägt, sperrt die Gendarmerie alle Straßen und wir sind die ersten, die durchsucht werden. Vielleicht kann Laszlo ja erklären, wo wir unser Taschengeld von einer Million Euro herhaben. Mir fällt dazu gerade nichts ein. Am besten, wir verstecken das Geld hier und greifen die Kohle, sobald die Luft rein ist."

„Gute Idee. Du übernimmst das, Boris, und Wendy lassen wir als Pfand zurück. Ihr traut keiner was Böses zu. Außerdem haben wir dann die Garantie, dass Bängbäng keine Zeit vertrödelt. Mit seiner Süßen auf Nummer sicher wird er sich schnellstens auf die Socken machen, um die Sache zu regeln. Keinen Widerspruch, der Präsident hat entschieden."

Wendy stieß einen Schwall spanischer Flüche aus. „Hijos de Puta" war einer der milderen Ausdrücke. „Schiebt euch doch das Geld in den Arsch."

Boris versuchte, sie zu beruhigen.

„Ich krieg das hin. Ich bin gleich wieder hier und hol dich. Komm runter, nimm einen Absacker und genieße die Natur." Sie spuckte ihnen ins Gesicht.

Laszlo wischte sich mit dem Daumen über das Gesicht und leckte ihre Spucke genüsslich ab.

„Danke für den kostbaren Saft. Ich nehme die Einladung an. Und jetzt ab in den Sattel, Leute, zurück in die Stadt, ich komme gleich nach, muss nur noch ein gutes Versteck für die Kohle finden."

Laszlo reichte ihr ein neues Glas Wein und eine blaue Pille. „Liquid ecstasy, nimm das und mach es dir nicht so schwer." Diesmal leerte sie das ganze Glas auf einen Schluck, um es anschließend auf dem Boden zu zerschmettern. Ohne weiteren Widerstand ließ sie sich abführen.

Ihr war schwindlig. Die Tür schloss sich hinter ihr. Sie hörte undeutlich, wie sich die Harleys entfernten. Ohne sie. Sie wollte sich einen Moment hinlegen. Ihre Beine gaben nach, Laszlo lag schwer über ihr, aber vielleicht war das nur ihre Einbildung, noch schwerer war der Nebel, der ihr Gehirn umhüllte, bis sie seine wilden Bewegungen und sein Eindringen nicht mehr spürte.

Eine tödliche Stille hatte sich über das Felsenhaus gesenkt. Auch vom Hubschrauber war nichts mehr zu hören. Der Pilot hatte bereits das Meer erreicht. Über dem Wasser gewann er schnell an Höhe. Er sagte etwas, was die beiden angeschnallten Männer nicht verstanden. Er machte ein Handzeichen, sprang auf und setzte sie mit einem Elektroschocker außer Gefecht. Ihm blieb gerade noch genug Zeit, die trudelnde Maschine wieder zu stabilisieren. Er nahm Kurs auf das offene Meer. Zwei Kilometer vom Ufer entfernt warf er den ersten ins Meer. Der Fuß des zweiten hatte sich in seinem Gurt verfangen. Er unterdrückte den Impuls, den Gurt mit dem Kampfmesser durchzuschneiden. Wenn er die Maschine nicht heil ablieferte, konnte er sie genauso gut im Meer versenken mit der ganzen Schweinerei, die damit verbunden war. Er hatte gelernt, aus einem Hubschrauber über der Ostsee abzuspringen oder ein Torpedoboot bei 100 km/h zu verlassen. Mit sicheren Griffen entfernte er den Fuß seines Passagiers aus dem Gurt und warf ihn über Bord. Gerade noch rechtzeitig, um den trudelnden Helikopter vor dem Absturz zu bewahren. Er nahm wieder Kurs auf das Festland und orientierte sich an den Lichtern der Autobahn nach Palma. Nachdem er auf dem Privatflughafen Son Bonet gelandet war, lud er hastig die Kokainpäckchen in seinen Jeep und gab Vollgas. Er gab noch reichlich Arbeit.

Als ‚Nicolai el Nieto', Mallorcas beliebtester Playboy und Held vieler Fernsehshows, mit seinem Land Rover wieder das Kloster erreicht hatte, stand am Zufahrtsweg nach Escorca der Citroen der beiden Dorfgendarmen mit Standlicht. Die Polizisten winkten den Citymann mit freundlichen Gesten zum Anhalten. Der ließ blitzschnell die MP vom Nebensitz unter die vordere Bank verschwinden und öffnete sein Fenster. Einer der Gendarmen lümmelte sich grinsend in den Wagen.

„Hola Nicolai, ist ja schwer was los heute Abend. Soviel Trubel hatten wir seit dem Busunglück vor drei Jahren nicht mehr. Ein Sonderkommando der Policia Nacional war hier mit einem ganzen Regiment. Nehme an, das hing mit einer Rockerbande zusammen, die hier für Unruhe gesorgt hat. Vorhin ist auch noch ein Hubschrauber aufgetaucht, von dem keiner weiß, wo er herkam, und das Sonderkommando hat sich aus dem Staub gemacht. Gesagt haben die nichts, aber der Bürgermeister will dich gern sprechen. Hast du einen Moment Zeit?"

„Für den Bürgermeister immer. Hoffentlich ist bald wieder Ruhe hier. Die Ruhe ist das wichtigste in Escorca. Die Insel der Stille, hier ist sie noch Wirklichkeit. Macht Euch noch einen schönen Abend nach dem Schreck." Nicolai drückte dem Dorfpolizisten einen 50-Euro-Schein in die Hand und stieg aus dem Wagen.

Für Boris von der Harley-Gang war der Abend noch nicht gelaufen. Er hatte immer geahnt, dass Laszlo ein Arschloch war. Jetzt wusste er es genau. Bald musste die Führungsfrage gestellt werden. Nachdem sie das Chapter der Zombies in Soledad erreicht hatten, gab Laszlo ihm den Schlüssel seines Jaguars und erklärte, wo das Geld in Cosconar zu finden war.

„Bring das mit der Kohle in Ordnung. Und verlier keine Zeit, das Mädchen wartet."

„Sie wird sich gedulden müssen. Ein paar Stunden Sicherheitsabstand werde ich brauchen, und mit deinem Jaguar komme ich sowieso nicht bis an das Gehöft. Das ist doch die reinste Mausefalle. Scheißlauferei. Scheißplanung. Lass nächstes Mal einen Fachmann ran. Die Upperclass ist mit dem Heli unterwegs."

Boris grabschte den Schlüssel und machte sich auf den Weg. Vor der Garage von Laszlos schwarzer Limousine im runtergekommenen Arbeiterviertel Soledad saß ein Penner, der sein Basecap über die Augen gezogen hatte, eine Flasche Fusel neben sich. Boris gab ihm einen Tritt.

„Mach dich vom Acker, Kakerlake."

Der Mann rollte zur Seite, während Boris sich bückte und das Tor aufschloss. Der Mann hatte seine Abrollbewegung schulmäßig beendet und stand schon wieder auf den Beinen, ehe Boris sich aufrichten konnte. Ein Tritt in den Magen nahm ihm die Luft. Der Schlag mit der Fuselflasche auf seinen Schädel raubte ihm endgültig die Besinnung. Der Schläger rückte sein Basecap zurecht, nahm Boris die Autoschlüssel ab und zerrte ihn in die Garage. Drinnen schloss er das Tor und öffnete die Heckklappe des Jaguar. Im Verbandskasten fand er einen Packen Fünfhunderter, die er Boris in den Hals stopfte. Der Bewusstlose bäumte sich auf, während der Basecap-Brutalo ihm mit einer alten Klobürste aus der Garage die Scheine tiefer in den Hals stieß. Er ließ die Bürste stecken. Um das Todesröcheln seines Opfers zu stoppen, trat er ihm mit aller Kraft in die Rippen. Ohne seinen letzten Atemzug abzuwarten, stopfte er den Sterbenden in den Kofferraum des Jaguars, fuhr rückwärts aus der Garage, um nach einer rasanten 180-Grad-Drehung den Weg in die Nacht über den Autobahnring zur Calle de Manacor einzuschlagen. Von da nahm er die Autopiste nach Vilafranca de Bonany, umfuhr Manacor und raste auf der Ma-15 weiter nach Arta und Cala Rajada. Die Autobahn und die vierspurige Landstraße unterschieden sich hauptsächlich durch die blauen und gelben Schilder, ein typischer ‚Kompromiss' des konservativen Inselrats, der das Verkehrsprojekt gegen die größte Bürgerbewegung durchboxen musste, die die Insel je zu verzeichnen hatte. Dem Jaguarfahrer mit Bleifuß kam die Betonpolitik der Partido Popular sehr zugute, denn er hatte noch ein happiges Programm auf seiner To-do-Liste.

9.

Das Meer war spiegelglatt. Katzer hatte einen Kajakausflug entlang steiler Felswände mit widerhallenden Vogelschreien und wilden Ziegen geplant, um das verschwundene Mädchen, einen penetranten Stasioffizier und die marodierende Motorradbande aus dem Kopf zu kriegen. Vorher hatte er sich gründlich mit Öhrchen die Füße vertreten, weil seine treue Begleiterin Kajakfahren grundsätzlich ablehnte.

Ein Handyanruf von Isabel hatte alle Pläne zunichte gemacht „Planänderung. Wir sehen uns nicht im Konsulat, sondern im Präsidium. Es geht nicht mehr um ein vermisstes Mädchen, es geht um Mord. Pfitzner hat den Leichnam von Losowski identifiziert. Caplonch hat die Sache an sich gezogen. Wie sehen uns im großen Sitzungssaal und du hast die Ehre, dabei zu sein."

Ade, spiegelglattes Wasser mit Streichelbrise, willkommen Autobahn, stickiges Palma mit Menschengewühl und Stau. Dem Ruf des knarzigen Hauptkommissars nicht zu folgen, hätte das Ende einer fast familiären Beziehung bedeutet, die über Jahre mühsam gestrickt worden war, das Ende von dem, was er berufsbedingt liebte, nämlich im Dreck anderer Leute zu wühlen. Willkommen *Policia Nacional*.

Immer das gleiche Szenario. Ein ovaler Tisch, dreißig bis vierzig Stühle, eine Pinnwand von der Größe eines Fußballtores und eine Projektorfläche, die vom Ende des Tisches schlecht zu sehen war, weswegen dort nur geduldete Gäste und niedere Dienstgrade der *Policia Nacional* Platz nahmen. Im großen Besprechungsraum, in den Comisario Caplonch ein Dutzend Experten und Mitarbeiter eilig zu einer Sondersitzung eingeladen hatte, war die Spannung greifbar. Der Comisario wirkte wie immer unnahbar.

Katzer, von Caplonch wegen seiner alten Verbindung zu ausländischen Diensten und wichtigen Personen in den Rang eines „Verbindungsmannes" erhoben, kam wie immer zu spät. Er hatte erst noch Hundelady Öhrchen zu einer Bekannten mit Finca und großem Garten bringen müssen, wo sie im Gras liegen und den Schmetterlingen bei der Arbeit zuschauen konnte. Katzer hätte sich gern danebengelegt.

„Ihr Futter habe ich mitgebracht, damit sie deine Hühner in Ruhe lässt."

Caplonch hatte seinen Vortrag nicht unterbrochen, als Katzer leise in den Raum schlich und sich auf einem der billigen Plätze niederließ. Der Projektor zeigte eine Großaufnahme vom Gesicht des Ermordeten, Katzer nahm an, dass es sich um Boris Losowski handelte. Aus seinem Mund quollen 500-Euro-Scheine, seine Augen waren qualvoll verdreht. Seine langen Haarsträhnen umrahmten den Kopf wie ein Heiligenschein und das Eiserne Kreuz am Hundehalsband ließ dem Betrachter jede Menge Spielraum, über die Ironie der Geschichte nachzudenken.

„Das Opfer ist erstickt worden, über die spezielle Art und Weise seiner Massakrierung kein Wort an die Öffentlichkeit, das bleibt aus ermittlungstaktischen Gründen geheim. Der oder die Täter wollten ein Zeichen setzen."

Der Polizeisprecher Marcos Frias machte sich eifrig Notizen. Katzer konnte das Sticheln nicht lassen. „Gel Marcos, das mit dem Eisernen Kreuz ist aber nicht geheim, das ist ein Schmankerl für die deutschen Residenten." Der Comisario schaute ihn an wie einen Fettfleck auf seiner Krawatte. „Der Señor Katzer will uns damit sagen, dass die Deutschen ein höheres Geschichtsbewusstsein haben als wir und ihre Kriegserinnerungen nicht an der Garderobe abgeben."

Isabel hob beschwichtigend den Arm. „Warum schließen wir ein Frau als Täter aus? Eifersucht, gekränkte Liebe, Vergewaltigung?"

„Dazu wird der Señor Médico gleich Einzelheiten berichten. Zunächst noch ein gravierender Umstand: das Opfer ist für uns kein Unbekannter. Losowski war seit einem halben Jahr unser bester Informant in der Rockerszene und hat für die Polizei als verdeckter Ermittler gearbeitet."

„Freiwillig?"

Katzer, auf Krawall gebürstet, parierte seine Zurechtweisung durch Caplonch mit der neuen Zwischenfrage, was seine Freundin Isabel ihm in einer Gedächtnisnotiz als Wichtigtuerei ankreidete. Caplonch nahm die Unterbrechung diesmal ungerührt zur Kenntnis und fuhr fort.

„Losowski ist von uns vor einem halben Jahr auf frischer Tat beim Kokainschmuggel erwischt worden. Er hat einen Deal mit den Ermittlern gemacht und uns seitdem ständig mit Informationen aus der Szene versorgt. Von ihm stammt der Tipp zum größten Drogendeal auf mallorquinischem Boden. 50 Kilo Kokain zum Schnäppchenpreis von einer Million Euro. Der Übergabeort mitten in der Tramuntana ist ebenfalls einmalig. Es kommen drei oder vier Fincas in Frage, am wahrscheinlichsten ist die Höhlenfinca „Es Cosconar", die meist verschlossen und verlassen ist. Sie gehört übrigens der Bank-Familie March, die natürlich genau so wenig mit den Machenschaften zu tun hat wie die Mauren, die das Höhlenhaus vor 700 Jahren gebaut haben. Der Aufseher ist zur Zeit nicht erreichbar, wir verschaffen uns Zutritt, sobald die Staatsanwaltschaft zugestimmt hat."

Caplonch setzte seine Unschuldsmiene auf, die er immer benutzte, wenn höhere Gewalt die Wege des Rechts im Ungewissen enden ließen und nur noch Ironie seinen unverrückbaren Glauben an Ordnung und staatliche Überparteilichkeit retten konnte.

„Leider hat niemand daran gedacht, dass sich die Großabnehmer des Kokains mit einem Hubschrauber aus dem Staub machen würden. Schlimmer noch: Wir müssen davon ausgehen, dass Boris als Informant verraten wurde. Die Abnehmer des Kokains waren gewarnt. Der Verräter sitzt in unseren eigenen Reihen. Die interne Ermittlung ist eingeschaltet."

„Den Schuh müssen wir uns anziehen, " erklärte Jimona, Leiter der Drogenfahnder, von den Kollegen spöttisch ,los invisibles', die

Unsichtbaren. genannt. „Obwohl man bei der erwarteten Menge von 50 Kilo mit allem hätte rechnen müssen. Von dem Umsatz leben die üblichen Organisationen ein ganzes Jahr. Wir haben den Flughafen Son Bonet gecheckt und herausgefunden, dass der Heli privat gemietet wurde. Der Pilot hatte ausländische Papiere, sprach kein Spanisch und sein Geld war ebenso falsch wie sein Pass – nachgemachte Fünfhunderter von bester Qualität."

„Wahrscheinlich aus derselben Werkstatt wie die, die bei unserem Tippgeber Losowski im Hals steckten", bemerkte der Chef der KTU.

„Und da sag noch einer, Polizeiarbeit sei unterbezahlt. Wie viel Scheine steckten denn in seinem Hals?"

Katzer war nicht der einzige, der den Zynismus von Caplonchs Stellvertreter Gaston Granja belachte.

„Zweiundzwanzig. Alles Blüten. Genug für einen, der den Hals nie voll kriegte. Fundort der Leiche an der Straße nach Cala Rajada vor Castel de Capdepera. Keine Kampfspuren. Fundort Vermutlich nicht der Tatort. Mehr über den Zustand des Toten und Todeszeitpunkt vom Médico."

„Auf der Straße herrscht Tag und Nacht viel Verkehr. Der Tote wurde von einem vorbeifahrenden Touristen kurz nach 22 Uhr gemeldet. Er war höchstens eine Stunde tot. Die Leiche ist wahrscheinlich am Fundort abgelegt worden. Sie trägt zahlreiche stumpfe Verletzungen. Beide Arme gebrochen, ebenso das Nasenbein,

Blutergüsse am ganzen Körper, aber keine Schuss- oder Stichwunden. Vielleicht ein 32 er Schlüssel. Das Opfer ist kräftig, Mitte 30, es könnte sich um zwei oder mehr Täter gehandelt haben. Alles weitere nach der Obduktion."

„Die Täter handelten ohne Furcht vor Entdeckung. Die Leiche wurde gut sichtbar platziert. Und was sagt die Spurensicherung?"

„Wie gesagt keine Kampfspuren, dafür jede Menge Reifenabdrücke. Fabrikat wird noch untersucht. Auffällig die Oberbekleidung des Opfers, eine Kutte vom Chapter der ‚Zombies', aber kein Motorrad. Wenn er Biker war, wurde es mitgenommen."

„Die auffälligste Spur ist das Falschgeld", meldete sich Caplonch noch einmal zu Wort. „Das ist ein wiederkehrendes Muster. Der Hubschrauber, mit dem das Koks von Escorca abtransportiert wurde, wurde in Son Bonet gemietet und gleichfalls mit falschen Fünfhundertern bezahlt. Auch die Papiere des Piloten waren offenbar falsch, nach ihm wird gefahndet. Könnte ein Söldner-Veteran gewesen sein, wettergegerbter Typ, um die sechzig, von der Sprache her Ausländer. Nationalität unbekannt."

Katzer warf sich in Positur, um den Makel zu überspielen, den miesesten Platz im Raum abbekommen zu haben. Er stemmte beide Arme auf den Tisch, blickte reihum jedem der Anwesenden in die Augen und zog umständlich einen Fünfhunderter aus der Tasche, um ihn in die Höhe zu halten.

„Ich wette, hier im Raum ist keiner, der schon mal einen Fünfhunderter hatte oder der einen kennt, der ihn hatte. Im Volksmund heißt er „Bin Laden". Jeder kennt ihn, keiner hat ihn gesehen. Dieser hier ist echt. Hat mich einige Mühe gekostet, ihn zu beschaffen. Vom Wert her die drittgrößte Banknote der Welt, wenn man vom wertlosen Simbabwe-Dollar-Schein von 100 Millionen absieht, den niemand mehr aus dem Straßenmüll aufliest. Platz eins hält der 10000-Singapur-Dollar, der auch abgeschafft werden soll. Es folgt der 1000-Frankenschein unser Schweizer Freunde, und dann schon die 500-Euro-Note, die ebenfalls bald nicht mehr gedruckt werden soll."

Katzer kostete die auf ihn gerichteten Blicke aus.

„Diese Scheine sind fast ausschließlich ein Zahlungsmittel der Unterwelt. Ergo stammt die gefälschte Lightversion, mit der wir es jetzt zu tun haben, wahrscheinlich aus der Unterwelt für die Unterwelt. Ich habe ein wenig bei den Banken recherchiert und unter der Hand erfahren, dass die falschen Fünfhunderter in jüngster Zeit wie die Pilze sprießen. Das dürfte den schweren Jungs nicht gefallen. Ein gefährliches Spiel. Es wird noch viele Tote geben. Losowski war nur der Anfang."

Katzer nutzte das andächtige Schweigen für einen Nachtrag.

„Es muss eine Anzeige von Harrys Chopperladen vorliegen, wo Losowski ebenfalls mit Falschgeld aufgetreten ist. Ich habe mit dem Inhaber gesprochen, die verschwundene Harley, mit der Losowski fuhr, war noch nicht bezahlt, sie gehört dem Chopperladen."

„Schön, endlich zu erfahren, dass Biker-Boris für die Guten gestorben ist", nörgelte Isabel. „Das Deutsche Konsulat wird sich sicher darum kümmern, dass seine Angehörigen, wenn es welche gibt, die richtige Inschrift für seinen Grabstein finden. er noch lebte, haben wir und das Konsulat nach Boris und seiner Freundin Darja gesucht, die ebenfalls verschwunden ist. Dazu weiß unsere Praktikantin Aina mehr. Ich persönlich fürchte das Schlimmste. Alfred Pfitzner, ihr Vater, krempelt Mallorca von unten nach oben, um sie zu finden. Rufus Katzer, der mit ihm gesprochen hat, weiß mehr. Geben wir erst mal Aina das Wort."

Die Praktikantin blickte selbstbewusst in die Runde.

„Die verschwundene Darja ist als Sängerin auf der Insel rumgetingelt. Ich habe in einschlägigen Touristen-Hotspots nach ihr gefragt. Im Victoria-Club wurde sie zuletzt mit Biker-Boris gesehen, sie trennten sich, und Darja ging mit drei Russen mit, die sie in ihr Auto geladen haben. Der Barkeeper weiß nicht, ob sie freiwillig mit ist."

„Schon wieder die Russen", warf Katzer ein. „Chopper-Harry sprach auch von Russen, mit denen Boris sich herumgetrieben hat. Und Alfred Pfitzner, übrigens hoher Stasi-Offizier a.D., hatte nach eigenen Angaben gute Kontakte zum russischen Geheimdienst SVR. Er hat, wie ich höre, Losowski inzwischen identifiziert. Losowski ist in dieser Sache das beste Beispiel, wie schnell aus Tätern Opfer werden können. "

Dass Stasi-Pfitzner ihm gegenüber auch vom russischen Oligarchen Dorschi Batomunkajew gesprochen hatte, behielt Katzer aus Gründen, die er sich im Moment selber nicht eingestehen wollte, für sich. Bei ihm hatte es schon geklingelt, als Darjas Vater diesen Namen erwähnte. Vorher hatte er ihn aus dem Munde des ‚Marschalls' vernommen. Er hielt es für besser, noch einmal mit seinem Kumpel Jürgen Mai über den bösen Onkel, den „dyadya", zu sprechen, der die größte Sammlung russischer Avantgardisten sein eigen nannte. Außerdem wollte er ganz unverbindlich bei seinen Spezi Max Friedmann von Europol anrufen, mit dem er schon bei einem früheren Vorgang in Mallorca kooperiert hatte.

„Die verschwundene deutsche Bürgerin Darja Pfitzner könnte Losowski ebenfalls identifizieren", ließ sich die stellvertretende Konsulin vernehmen, bevor sich die Runde auflöste. „Darja kannte Boris seit Jahren. Das wäre doch ein guter Grund, sie zur Fahndung auszuschreiben." Tina Kluge vom Konsulat sah sich hilfesuchend um. Caplonch nickte. „Ist schon veranlasst." Katzer winkte ihr anerkennend zu. Caplonch zog ihn diskret zur Seite.

„Sie pflegen doch gern einen zweifelhaften Umgang, nicht wahr?"

Katzer wollte protestieren, aber der Comisario winkte ab.

„Bleiben Sie dran. Halten Sie Kontakt zu allen Quellen, die Ihnen zugänglich sind und halten Sie mich auf dem Laufenden. Völlig inoffiziell, versteht sich."

„Inoffiziell kann ich gut."

Beim Rausgehen drängte er an Tina Kluges Seite.

„Wissen Sie eigentlich, dass ich als Kind vertauscht wurde? Ich kam als Baby eines Milliardenmoguls zur Welt und bin an die falsche Mutter ausgehändigt worden. Das Balg an meiner Stelle richtet gerade die Welt zugrunde. Um das Schlimmste zu verhindern, muss ich sofort ein Ferngespräch führen – ob das von Ihrem Konsulat aus möglich ist?"

Tina Kluge lachte diskret und machte eine einladende Geste. Ich bin mit dem Taxi gekommen. Nehmen wir Ihr Auto?"

„Schade. Ich hatte gehofft, endlich mal mit einem CD-Schild unterwegs zu sein. Von der Raupe zum Schmetterling – eigenes Boot, eigenes Haus und als Krönung ein CD-Schild fürs Image. Können wir uns ersatzweise wenigstens duzen? Mit einem Mitglied des Diplomatischen Korps per Du zu sein, käme der Erfüllung meiner Großmannssucht recht nahe. Außerdem duzen sich auf Mallorca fast alle, das ist normal."

„Gern, aber nur, wenn Du mir verrätst, wer dieser Tycoon ist, der gerade die Welt zugrunde richtet."

„Tina, ich rede mich um Kopf und Kragen. Damit Du weißt, was mir unsere Duz-Freundschaft wert ist, sag ich Dir, was ich über den bösen Buben denke. Er lebt in Putin-Land, ist unermesslich reich, unermesslich skrupellos und unermesslich machtbesessen. Die Europäische Union hat ihm im Rahmen der Krim-Sanktionen ein Einreiseverbot erteilt und seine Konten im Westen einfrieren lassen, was weniger ihn als seinen Sohn trifft, der auf Mallorca lebt. Ich werde den Verdacht nicht los, dass die feine Familie etwas mit den Dingen zu tun hat, die uns derzeit so viel Kopfzerbrechen machen. Deshalb muss ich dringend mit einem alten Bekannten sprechen, der den Oligarchen kürzlich getroffen hat."

„War das eine offizielle Begegnung? Und wo hat die stattgefunden?"

„Das war alles andere als offiziell und es war in Sankt Petersburg. Das Treffen war so inoffiziell, dass es amtlich nie stattgefunden hat. Vielleicht können wir dem Gespräch mit meinem Gewährmann einen offizielleren Touch geben, wenn ihr es im Konsulat zu euren Unterlagen tut."

„Wir sollen mitschneiden?"

„Könnte nützlich sein. Ok, wir sind bei meiner Staatskarosse. Wollen Sie – willst du – immer noch einsteigen?"

„Bei Dir mit dem größten Vergnügen."

„Wusstest du, dass man Leute mögen kann, ohne genauso zu denken oder zu sein wie sie?"

„Klar, ob du wen magst, entscheidet dein Instinkt lange bevor der Verstand sich einschaltet."

Katzer riskierte einen Kavaliersstart mit seinem musealen Escort ohne Kollateralschaden für den fließenden Verkehr. Tina reagierte gelassen.

„Oberhammergeil."

„Höre ich da den Discojargon der Jugendjahre? Hat deine Karriere dir mal einen Abstecher in den Berliner „Tresor" erlaubt?"

„Klar doch, der alte Wertheim-Keller an der Leipziger, gleich nach der Maueröffnung."

Sie fuhren das kurze Stück bis zum gläsernen Palazzo des Konsulats am Hafen von Porto Pi. Katzer fuhr vor wie ein Staatsgast. Er durfte seine Rostlaube zwischen den Konsulats-Karossen parken und hätte sie am liebsten samt Tina Kluge die letzten Meter getragen. Er folgte ihr in ein Arbeitszimmer mit Panoramablick auf die schaukelnden Edelyachten.

„Schön habt ihrs hier. Bei euch Hauskatze sein wäre das Paradies."

„Wir geben unser Bestes. Hast Du auch Katzen? Deine Viecher haben's sicher gut bei dir, oder?"

„So einen Trottel wie mich finden die nicht so schnell wieder. Mit ihrem schwarzen Anführer haben die jetzt sogar gelernt, wie sie meinen Kühlschrank plündern. Leider vergessen sie danach immer, die Tür wieder zu schließen. Musste mir vom Tischler eine Tür zum Verriegeln davor bauen lassen."

„Mit der Nummer seid ihr zirkusreif."

„Danke im Namen des Kollektivs. Richtig kuschelig, euer Konsulat, mit Aircondition und Wohlfühlfaktor. Wenn ich jetzt noch telefonieren darf, bin ich wunschlos glücklich."

„Hätte ich doch früher gewusst, wie leicht Männer glücklich zu machen sind. Noch ein Mineralwasser zur Arbeit?"

Katzer dankte und griff zum Glas, während er die Nummer des ‚Marschalls' eingab und geduldig die Umleitungen ertrug. „Hier Deutsches Konsulat Palma, wir hätten gern Herrn Jürgen Mai gesprochen."

Nach den üblichen Zwischenstationen ertönte das erlösende „Ja" des ‚Marschalls'. Diesmal nicht unterwegs sondern aus einem Büro, das vermutlich noch steriler war als die Pathologie, wo Biker-Boris seinen Tiefkühlschlummer hielt. Katzer stellte sich einen Raum mit abgeblendeten Jalousien und kahlen Wänden vor, ohne Bilder und Bücher, der keinen Rückschluss auf den Benutzer zuließ. Wenn es im Leben des ‚Marschalls' etwas Privates gab, zeigte er es nicht. Jedenfalls nicht so, dass es rückverfolgbar war. Katzer pflegte den Umgang mit ihm und seinesgleichen wie einen kostbaren Schatz.

„Jürgen, vor meinen Augen schaukeln die schönsten Jachten von Palma, aber am Horizont drohen schwarze Wolken. Nein, nur bildlich, aber wir haben bereits einen Toten, eine Entführung und den größten Kokainschmuggel in der Geschichte der Balearen. Als ob das nicht genug wäre, tauchen überall falsche Fünfhunderter auf, genug, um damit die Kathedrale zu tapezieren. Mein Gefühl sagt mir, dies ist erst das Vorspiel. Wenn sich der Vorhang zum Hauptakt hebt, wird ganz Westeuropa zittern."

„Ich glaube, ich weiß, was du meinst."

„Die große Falschgeldhype in den Medien hat noch gar nicht begonnenen, aber die Unruhe in den Banken gleicht einer Raubtierfütterung, wenn der Wärter im Stau steckt. Alle versuchen, das

Chaos kleinzureden, gleichzeitig gießen rivalisierende Unterweltler Öl ins Feuer. Es gibt Gerüchte, dass die falschen Fünfhunderter aus Russland stammen."

„Darüber herrscht ein hohes Grundrauschen bei den Geheimdiensten. Die Herkunft der Blüten ist aber nach wie vor offen. Sowohl China als auch Russland werden genannt. Ich glaube, China ist Quatsch. Die Chinesen würden kein solches Risiko für ihren Außenhandel eingehen. Ich habe dir von meiner Begegnung mit Dorschi Batomunkajew berichtet. Das muss strikt unter uns bleiben. Seine Motive sind völlig unklar, aber dem Mann mit dem Kinn ist alles zuzutrauen. Nach unbestätigten Informationen hat er die besten Fälscher der Welt engagiert – ob für die Blüten oder seine Kunstsammlung wissen wir nicht."

„Kann es sein, dass er den Westen wegen der Sanktionen gegen Russland erpressen will?"

„Du hast keine Ahnung, wer der Mann mit dem Kinn wirklich ist."

„Dann erklär es mir."

„Das ist unmöglich. Du würdest es nicht glauben."

Katzer war elektrisiert. Die beiden kannten sich seit den wilden Sechzigern und er würde dem ‚Marschall' alles abkaufen, sogar, dass auf der dunklen Seite des Mondes die grünen Männchen Walpurgisnacht feierten. Er hoffte, sein Freund würde zur gegebenen Zeit mit der Wahrheit rausrücken.

„Ok, Jürgen, wir bleiben in Verbindung. Ich hab auch was für dich. Ich bin hier auf einen hohen Stasi-Offizier gestoßen, dessen Tochter eine Cousine von Batomunkajew sein soll. Sein Name ist

Alfred Pfitzner. Darja Pfitzner wurde wahrscheinlich von Russen entführt. Ihre Entführer haben ebenfalls mit Falschgeld um sich geworfen."

„Pfitzner hatte zu DDR-Zeiten Kontakte zu Batomunkajew und zum russischen SVR, dem Auslandsgeheimdienst. Und jetzt halt Dich fest. Pfitzners Tochter ist in Wahrheit das leibliche Kind von Batomunkajew, nicht seine Cousine."

„Ist das Dein Ernst? Ich faß es nicht. Warum kommst Du erst jetzt damit? Wenn das so ist, ist Darja ihrem Vater nicht davongelaufen, sie ist los, ihren wahren Papa zu suchen."

„Das ist durchaus möglich. Halten wir uns gegenseitig auf dem Laufenden."

Katzer hatte es plötzlich eilig. Schuld war ein Geistesblitz, der ihm im gleichen Moment gekommen war, als er das Gespräch mit dem ‚Marschall' beendet hatte. Er verabschiedete sich hastig von Tina mit Küsschen und Umarmung und beeilte sich, zum Auto zu kommen.

Während er das alte Töpferviertel ansteuerte, überlegte er, wo er seinen Escort abstellen konnte. In den verwinkelten Gassen von Sa Gerreria war Parken unmöglich, die Gegend um die Plaça de sa Quartera war so eng, dass man sich kaum als Fußgänger umdrehen konnte. Kurz vor der stark frequentierten Sindicat fand er eine Lücke, wo Parken zwar nicht erlaubt, aber möglich war. Er ging weiter zum winzigen Quartera-Platz, passierte eine Suppenküche der Caritas und stieß fast mit zwei Nelkenfrauen zusammen, die zu ihrer Geschäftsrunde in die Touristenviertel aufgebrochen waren. Er fragte sie nach Amade, nachdem er sich rasch vergewissert hatte, dass seine Brieftasche noch an ihrem Platz war.

„*Hola, guapas*, meine Schönen, Ihr wisst doch sicher, wo hier der clevere kleine Knirps wohnt, der so toll Flamenco tanzt?"

Die Nelkenfrauen schenkten ihm ihr schönstes Lächeln und zeigten viel Gold in ihrem Gitano-Gebiß. Sie wiesen ihm gestenreich den Weg, gleich an dieser Häuserzeile vorbei mit den Stahlstützen unter den maroden Balkons und dann um die Ecke. Er gab jeder einen Euro und verzichtete auf die Nelke. Amade zog ebenfalls Bargeld den Blumen vor.

Der erste Hauseingang um die Ecke war so schmal, dass ein Erwachsener eigentlich nur seitlich hineinkam, und so steil, dass man außen über die Fassade bequemer in die oberen Stockwerke gelangt wäre. Daneben war ein Hofeingang, der zu einen Patio mit viel Gerümpel führte. Zwischen dem Gerümpel saß Amade auf einem ausrangierten Autoreifen und versuchte, aus zwei alten Skateboards die besten Teile zu einem neuen zu montieren. Katzer begrüßte ihn mit dem Rappergruß.

„Hallo Partner, ich glaube, Du kennst Deine Stadt. Weißt Du, wo die Russen-Biker, die ‚Zombies', ihr Chapter haben?"

„Weiß doch jeder, ist aber weiter im Osten, das alte Fabrikenviertel."

„Wirf mal ein Auge auf die und schau, wie viele das sind. Alles, was Du rauskriegst, interessiert mich. Ruf mich an."

„Kostet zehn Euro und nochmal zehn, um meine Chipkarte aufzuladen."

„Zehn für Dich, fünf für das Handy, weil wir jetzt Partner sind."

„Abgemacht, ich melde mich."

10.

Der Abendhimmel trug das gleiche Blauviolett wie die Scheine, die Nicolai ‚El Nieto' für sein Kokain an die Russen gelöhnt hatten. Ein Schnäppchen! Er hatte seiner ausufernden Hausparty den Rücken gekehrt, das üppige Grundstück im Süden der Insel überquert und war bis zum Strand gegangen, weil der Himmel über Mallorca meist langweiliger ist als das Meer. Warum hatten die verrückten Russen ihr Zeug nicht selber unter die Leute gebracht und den satten Gewinn eingestrichen, anstatt es zum Ausverkaufspreis einem Playboy aus der High Society wie ihm anzudrehen?

Der schwule Laszlo aus der russischen Szene hatte den Kontakt zu ihm gesucht, soviel war klar. Sie waren sich kaum zufällig im BMC-Palace von Magaluf begegnet, dem größten Diskoschuppen Mallorcas. Unter den 5000 Gästen triffst du niemanden rein zufällig. Im Nachhinein erwies sich das Treffen als bestens geplant und Laszlo war zu gut informiert über ihn, ‚El Nieto', um unvorbereitet zu sein. Laszlo hatte seine Informanten überall. Alles in allem ein sympathischer Typ, von seiner Marotte mit der Motorradgang abgesehen, aber heute hatte er seinen Jaguar vor der Disko geparkt. Seine Russen wollten geschäftlich in Mallorca richtig einsteigen. Das mit dem Kaviar im letzten Jahr war nur ein Witz, nicht profitabel genug, aber geeignet, die nötige Infrastruktur zu schaffen und betuchte Leute zu treffen.

Mit der Flotte des Unternehmens ‚Pescadero mediteráneo' hatte Laszlo einen Partner gefunden, der bereit war, gegen entsprechende Beteiligung am Profit auch größere Transport-Risiken einzugehen. Die Fangquoten im Mittelmeer lohnten die investierte Zeit sowieso nicht mehr.

Alle Probleme schienen gegenüber Laszlos Sexappeal zu schmelzen wie das Eis in seinem Cocktailschwenker. Für einen Russen trank er auffällig wenig, verglichen mit dem Flatrate-Saufen der Briten in der Disko. Nicolai hatte amüsiert seine Augen über den halbnackten Körper Laszlos schweifen lassen. Ein perfekter Körper als perfekte Hülle für eine Seele mit erzengelhaftem Versucherpotential.

„Würdest du jemals mit Krawatte auftreten?"

„Wenn die Krawatte das Einzige wäre, was ich tragen müsste, immer."

Nicolai passte gut in das Beuteschema des russischen Raubtiers. Laszlo Batomunkajew hatte den unstillbaren Jagdinstinkt seines Vaters. Leider war die Welt zu klein für zwei von ihrer Sorte.

Seine Freunde hatten Nicolai vor Laszlo gewarnt. Er sei eine lebende Zeitbombe, unberechenbar, größenwahnsinnig und ein echter Satan. Würde sogar Jungfrauen fressen, am liebsten roh. Das Gerücht ging auf die Partydroge „Canibal" zurück, die Laszlos gelegentlich naschte. Je mehr Nicolai über Laszlo erfuhr, desto mehr mochte er ihn. Das große Geschäft war schließlich nur noch so etwas wie ein intimer Akt zur Besiegung ihrer neuen Freundschaft.

„Ich suche einen seriösen Partner für einen Superdeal. Ich kann unbegrenzt liefern. Mein Schnee ist sauber wie vom Himmel gefallen. Zum Einkaufspreis von drei Millionen, und wenn du sofort zuschlägst, kriegst du es für ein Drittel. Wir wollen den Markt im Sturm erobern, ich bin kein Freund von Petitessen."

Laszlo besiegelte den Deal zwischen ihnen per Handschlag, der nur wenige My schlapper war als der seines Vaters.

Der Seewind fuhr in Nicolais Föhnfrisur und unterzog das Meisterwerk seines Coiffeurs einem Härtetest, gegen den der Liebesrausch mit seinem gutgebauten Bettgenossen René nur ein Vorspiel war. Er trieb gleichzeitig die letzten Segelboote zum Hafen. Ein Zodiac tuckerte mit gedrosseltem Tempo in Strandnähe vorbei. Nicolai musste nachdenken, wozu ihm in seinen 43 Lebensjahren wenig Zeit geblieben war. Das stattliche neue Hotel, in das er alles investiert hatte, war inzwischen eine Bauruine, weil die versprochenen Genehmigungen ausblieben und eine Bürgerinitiative dagegen Sturm lief. In seinen Kreisen pflegte man diesen neumodischen Aufwallungen meist nur mit feinem Spott oder Anspielungen auf die gute alte Zeit zu begegnen, als König Jaume jeden Nachbarschaftsstreit mit dem Schwert bereinigte.

Alles war schief gelaufen bei ihrem Deal. Das Kokain, der Dreh- und Angelpunkt des Geschäfts, war nach dem Verladen in den Hubschrauber spurlos verschwunden, und mit ihm seine beiden Partner. Dabei waren alle besonders stolz auf diese Transportidee gewesen. Sie stammte von Laszlo. Er hatte Nicolai auch den Piloten für den Hubschrauber vermittelt.

Mitten in der Einöde von Escorca einen halben Zentner Koks spurlos verschwinden zu lassen, war genial. 50 Kilo kannst du gerade auf einer Sackkarre bewegen, wenn du eine hast. Das Dumme war nur, dass auch die beiden Partner Nicolais sich nach dem Start einfach in Luft aufgelöst hatten und unauffindbar blieben, ebenso wie das Kokain, das sie abtransportieren wollten. Lediglich der Hubschrauber war vom Piloten wieder ordnungsgemäß abgeliefert worden, leider ohne Inhalt.

Nicolai und seine Kumpane hatten das Geld für den Kauf zu einem deftigen Aufpreis auf dem Schwarzmarkt beschafft, dreißig Prozent Zinsen, rückzahlbar innerhalb eines Monats. Biker-Boris, einer aus der Russen-Gang, an die sie verkauft hatten, war kurz darauf tot aufgefunden worden. Nikolai war doppelt schockiert. Erstens über den Mord, zweitens darüber, weil ihm klar war, dass er das erforderliche Geld für die Rückzahlung niemals in einem Monat zusammenbekommen konnte. Er würde als Betrüger dastehen und musste das Schlimmste befürchten.

Seine Hauptabnehmer wären René und die anderen Lebenskünstler gewesen, die das Leben leicht und kurzweilig machten. Maler, Musiker, Müßiggänger und professionelle Partypeople, die selber schnupften und beträchtliche Mengen an dritte weitervertreiben wollten. Ganz Mallorca war auf Koks, selbst Piloten und ganze Cabincrews naschten, ohne deshalb gleich einen Jahresvorrat zu bunkern.

El Nieto sog den salzigen Seewind in seine Lungen und chillte. Er gewann seine Selbstsicherheit zurück. Was konnte ihm schon passieren? Er war frei wie die Möwen am Strand, beliebt und allseits geachtet. Der Maslo-Clan war unantastbar auf der Insel, eines der ältesten Geschlechter mit unbegrenztem Kredit, Geld war pfui, ein Händedruck genügte.

Als Nicolai die männlichen Schritte hinter sich hörte, dachte er an René, als er die kräftigen Arme an Schulter und Gesäß spürte, dachte er immer noch an René, doch der Geruch von Meerwasser und Neopren verdarb den Gedanken und wandelte ihn in schiere Panik. Jede Abwehr kam zu spät, der Arm an seinem Hals drückte unbarmherzig zu und die Hand zwischen dem Gesäß zerquetschte seine Eier.

Der Kampfschwimmer im Schutzanzug machte sich an ihm zu schaffen. Er filzte seine Taschen, nahm Brieftasche und Handy an sich und ging zurück zu seinem Zodiac, um den Motor anzuwerfen und mit Höchsttempo davonzubrausen.

Eine Stunde später hatte die Guardia Civil das protzige Privatgrundstück abgesperrt, immer mehr Wagen mit Blaulicht waren vorgefahren, die Beamten hatten zu tun, ein halbes Hundert Partygäste zu befragen und Personalien festzustellen. Nicolai starrte währenddessen mit toten Augen in den Abendhimmel, dessen lila Farbe langsam der Dunkelheit wich. Sein Mund stand wie in Bewunderung weit offen, gefüllt mit Fünfhundertern feinster Fälscherqualität. Die Spurensicherung sammelte fleißig Plastikmüll, fand aber nichts von Bedeutung im Sand.

Nicolais Freund René war erschüttert. Alle hatten ihn als Letzten zusammen mit dem Gastgeber gesehen. Niemand hatte besonders darauf geachtet, als sie zusammen im Schlafzimmer verschwanden. Dass Nicolai anschließend allein an den Strand gegangen war, war ebenso normal wie Renés Unruhe, die ihn schließlich dazu getrieben hatte, seinem Freund zu folgen und dessen Leiche im Sand zu finden. Alle fanden es auch normal, dass die Guardia Civil René schließlich bat, auf das Revier mitzukommen, sich erkennungsdienstlich behandeln zu lassen und die Nacht im Revier zu verbringen. Schließlich war er der letzte gewesen, der Kontakt mit dem Ermordeten gehabt hatte. Das glaubten alle zu wissen.

Einige Gäste gaben an, dass es im Laufe des Abends Streit zwischen den beiden gegeben habe, was René mit einer verächtlichen Handbewegung abtat.

„Wir lieben uns. Wir sind seit zwei Jahren unzertrennlich. Alle wissen das, ebenso wie alle wissen, dass ich nicht die Taschen voll Fünfhunderter habe, um sie Freunden in den Hals zu stopfen."

Die Nachricht vom Tod El Nietos verbreitete sich wie ein zerplatztes Hühnerei auf der heißen Pfanne. Comisario Caplonch, den sie noch in der gleichen Nacht erreichte, versetzte seine Frauen und Männer in höchste Alarmbereitschaft. Nicht nur der Inselrat, auch die Presse und die Finanzwelt hatten unangenehme Fragen.

Katzer hätte vielleicht mit ein paar Antworten aushelfen können, denn er hatte am Nachmittag ein Treffen mit dem Bürgermeister von Escorca, der mit Nicolai befreundet gewesen war. Niemand kannte den Grund ihrer Freundschaft, die zwei waren so gegensätzlich wie Tiefsee und Himalaja, weil es keinen Grund für eine Freundschaft in Mallorca braucht, wenn sie nur lange genug zurück reicht und mindestens seit dem Eroberer Jaume I in der Familie vererbt ist.

Pepe, der Alcalde von Escorca, verkörperte die heile Welt von Wildwest. Herr über die 80 einsamsten Fincas der Insel, keine Hotels, kein Arzt, keine Schule, kein Ortskern, 200 einsame Picknicktische im Bergwald und eine Tanke. Als Vorposten der Zivilisation in Pepes Wildem Westen fungierte ein Kiosk mit Brot, Obst, Duschgel und Eiern, von Maria am Leben gehalten. Pepe empfing Katzer in seiner blauen Cordripp-Jacke und einem karierten Hemd, das seinen Stiernacken freigab und nur am Bauch von drei Knöpfen zusammengehalten wurde. Ein Gemütsmensch mit offenem Gesicht, der seine Tochter täglich mit dem Auto zur Schule bringt. Jedes fünfte Gemeindemitglied kann weder lesen noch schreiben.

„Nicolai hat viel für die Gemeinde gespendet. Ohne seine Hilfe hätten wir nie die kleine Herberge in Sa Calobra einrichten können. Sein Tod trifft uns ins Herz."

„Gehört ihm nicht auch die Felsenwohnung Es Cosconar?"

„Nicht ihm, aber seiner Familie. Er kommt ein oder zweimal im Jahr mit Freunden zum Grillen. Eine Luxushöhle, auch wenn man es von außen nicht sieht."

„Hast du ihn dieses Jahr mal getroffen?"

„Gestern erst, nachdem das Sonderkommando der Polizei unverrichteter Dinge wieder abgezogen ist. Es gab das Gerücht, die alte Schmuggelroute sei wieder auferstanden. War aber ein Fehlschlag. Nicolai sucht manchmal die Einsamkeit, wenn ihm die Schickimickiwelt zu viel wird. Wir haben einen ‚Mortitx L'U Negre' getrunken und uns über Weinbau unterhalten. Das braucht er manchmal. Das Gespräch mit einfachen Leuten und die Einsamkeit."

„Urlaub von sich selbst, sozusagen?"

Pepe nickte. „Ich hab noch ein paar Flaschen von dem Mortitx. Soll ich uns eine aufmachen?"

Katzer nickte. Sie probierten den gerbigen ‚L'U Negre' aus 400 Meter Höhe, wo es 2 – 8 Grad kälter ist als in den übrigen Anbaugebieten der Insel und die Trauben widerstandsfähiger sein müssen, wie Pepe dozierte. „Riech mal den Duft nach Garrigue, Ästen, Tabak, Kräutern und Schwarzkirsche."

„Dunkle satte Beerenfrucht und kräftige Tannine," murmelte Katzer nach einem Probeschluck. „Wenn du vielleicht auch ein Schälchen Wasser für meine Hündin hättest? War sonst noch was los, als das Sonderkommando hier war?"

„Die Hölle war los. Am Nachmittag fiel eine Horde Biker bei uns ein, die haben hier ihre Show abgezogen und sind dann weiter Richtung Puig Roig. Ziemlich wilde Truppe. Nicolai war abends noch bei mir, als die zurückkamen. Die sind ohne anzuhalten nach oben weitergefahren Richtung Sóller, vermutlich nach Palma."

„Könnte es sein, dass Nicolai sich mit denen unterwegs getroffen hat?"

„Komische Frage. Er ist viel früher hoch und vor ihnen wieder runtergekommen. Maria vom Kiosk hat gesehen, wie er mit zwei anderen City-Freunden hochgefahren ist. Die sind vermutlich über Nacht in Es Cosconar geblieben. Das kommt vor."

„Zu der Harley-Bande gehörte auch ein Mädchen. Ist die auch wieder mit zurückgekommen?"

„Keine Ahnung. Niemand von uns hat die Truppe im Dunkeln gesehen. Wir haben nur noch den Krach gehört. Wie eine Horde wildgewordener Traktoren."

„Hat jemand außer der Familie einen Schlüssel für die Höhlenwohnung?"

„Ja, der Verwalter. Der ist aber zurzeit in Barcelona seine Schwester besuchen."

„Wie lange braucht man bis Es Cosconar?"

„Wenn du schnell bist und die Abkürzungen nimmst, von hier zu Fuß eine Stunde."

„Prima. Meine Süße und ich brauchen noch etwas Bewegung. Wir werden uns ein bisschen die Füße vertreten. Und vielen Dank für den Mortitx. Ich werde auf dem Rückweg bei der Bodega halten und ein paar Flaschen mitnehmen. Darf ich sagen, dass wir ihn beim Bürgermeister verkostet haben und mit den besten Empfehlungen kommen?"

„Mach das. Grüß Aurélia Mercier von mir. Die Chefin kommt aus dem Elsass."

Katzer verfluchte anschließend sich selbst. Der Wein zur frühen Stunde war ihm zu Kopf gestiegen und sackte in die Beine. Für den Rest seines Ausflugs wünschte er sich einen Blindenhund. Er fragte sich, was Öhrchen mit der Geruchsprobe von Jessicas Teddybär anfangen würde.

11.

Als die Polizei auf dem Parkgelände El Nietos mit Blaulicht und Sirenen die letzte Partystimmung vertrieben hatte, lag der Zodiac-Mann bereits in seiner Garage von Palmas Arbeiterviertel „Soledad" im Tiefschlaf. Viele der gammligen Quartiere wurden gerade luxussaniert und zogen aus der morbiden Nachbarschaft leerer Fabriken und des Neogotischen Klosters Extraprofite. Drogendealer, Zuhälter und Hehler führten Rückzugsgefechte im Barrio. Der Zodiac-Mann nutzte seine Gabe, jede Minute zu schlafen, die ihm das Leben zwischen Angriff und Verteidigung bot. Sein Überlebenstraining als KSK-18-Kampfschwimmer bei der DDR-Marine hatte ihn zur Killer-Maschine konditioniert. Die Kameraden nannten ihn ‚Trimmer'.

Killer sind nur im Kino komisch. Keiner von den hundert KSK-Kameraden der DDR-Marine war vom Bund übernommen worden. Ihr Ausbilder schlug sich als Strandkorbwächter an der Ostsee durch. ‚Trimmer' machte einfach weiter, wo man ihn hingestellt hatte, als Elitekämpfer hinter feindlichen Linien, geführt von Alfred Pfitzner und seinen Kumpanen.

Er schlief auf dem Garagenboden, nachdem er einen geringschätzigen Blick auf Wohnung und Bad mit eingelassener Wanne und gefliesten Wänden geworfen hatte. Seinen Rucksack hatte er unter den Kopf gelegt und nur die Schuhe ausgezogen. Das Garagentor zur Straße stand einen Spalt offen, im Wind rollte eine leere Büchse Chili con Carne über die Fliesen.

Bei Sonnenaufgang hatte er seinen kahlrasierten Kopf unter das kalte Wasser des Gartenschlauchs gehalten, die Stoppeln vor einer Spiegelscherbe mit dem Kampfmesser abgeschabt und seine Bleibe ohne Frühstück verlassen. Mit einer 2-Liter-Flasche Mineralwasser war er zum Hafen geschlendert, das zweischneidige Kampfmesser unterhalb des Knies am Mann. Vom Steg sprang er ins Wasser und kraulte ein Paar Züge bis zu seinem vor Anker treibenden Zodiac. Der Motor sprang sofort an. Er nahm Kurs auf Sa Calobra. Unterwegs befestigte er drei Angelleinen am Boot. Er fing einen Dorsch, entschuppte ihn mit dem Kampfmesser und verschlang die Leber und einige Weichteile nach sorgfältigem Kauen roh. Zur besseren Verdauung zündete er eine „Fortuna" mit seinem Sturmfeuerzeug an.

Außer Sichtweite vor der felsigen Bucht von Sa Calobra, hinter dem markanten Felsen „Morro de sa Vaca", setzte er den Rucksack auf, ließ den kleinen Anker nieder und sprang ins Wasser, um in das Flussbett des Torrente de Pareis zu kraulen. Er setzte seine weiße Schirmmütze auf den kahlen Schädel, ehe er im Flussbett langsam aufwärts joggte, bis er die erste wassergefüllte Gumpe erreichte. Er umging sie links. Nun waren die steilsten und spektakulärsten zwei Kilometer erreicht, die er wie einen Großstadtparkour meisterte. Grätschen, springen, abrollen und mit dem Rest-Schwung die Gegenwand meisternd. Er erreichte eine Quelle, in der er seine Wasserflasche auffüllte, watete durch eine glitschige

Gumpe und zwängte sich durch eine Engstelle, die die Einheimischen *„Grossos estrenyeu-vos"* nennen – macht euch dünn, ihr Dicken. Als er die Höhle Cova des Romagureal erreicht hatte, suchte er seitlich an der abflachenden Schlucht den Ausstieg zum alten Schmugglerpfad Pas de n' Ali. Er folgte kaum sichtbaren Trittspuren des vergessenen Pfades, verzichtete dabei auf Kompass oder GPS, da die verlassene Kaserne der Guardia Civil auf der Höhe eine ausreichende Orientierung bot. Von dort war es für ihn ein Kinderspiel bis zur Höhlenwohnung Es Cosconar.

Seine Beine waren nach dem vorgelegten Höllentempo schwer geworden. Bei der Marine hatten sie solche Orientierungsmärsche mit mehr Gepäck zurückgelegt. Trimmer schaute auf die Uhr. Knappe drei Stunden, laut Kletterführer hätte er vier bis fünf gebraucht. Man wird nicht jünger. Knochenkalle, sein alter Kommandant zu DDR-Zeiten, wäre zufrieden gewesen, auch wenn er das ums Verrecken nicht über seine strichdünnen Lippen gebracht hätte. „Das kannst du besser, Trimmer", war sein höchstes Lob. Den Letzten belohnte er stets mit 50 Kniebeugen und Liegestützen. Diese Übung hatte er selbst als Strandkorbwächter beibehalten.

Trimmer hielt auf das Gehöft zu, das er nur von der Beschreibung kannte. Es war unverwechselbar, tief in den vorspringenden Felsen geklotzt, vor einer Ewigkeit errichtet, auf den Jüngsten Tag harrend. Dauerhafter als jeder Plattenbau allemal. Kein Mensch weit und breit. Er lief unschlüssig herum. Es gab mehrere Eingänge, massiv verschlossen. Er hoffte, dass er sie nicht sprengen müsste.

Er hatte gelernt, Schiffe zu sprengen, aber das hier war nicht die Titanic.

Er hatte dem Toten gestern mehrere Schlüssel abgenommen und probierte herum. Einer, der wie ein Safeschlüssel aussah, passte am Haupteingang. Er knipste die Taschenlampe an, fand den Lichtschalter und ging hinein. Er hatte mit allem gerechnet, nur nicht mit den Schinken und Würsten, die in der bäuerlichen Küche über der Bar baumelten. Mit seinem Kampfmesser säbelte er ein Stück vom Serranoschinken ab und schob es in den Mund. Er hatte noch nie von den „cerdos negres" gehört, die ihr Leben auf schattigen Weideflächen mit Eichelfressen und Johannisbrotschoten verbrachten. Es schmeckte einfach nur gut. Er schnitt noch ein Stück ab, kaute bedächtig und wischte das Messer an der Hose ab. Der Ausflug hatte sich schon gelohnt.

Jetzt mussten nur noch die Frau und die Million gefunden werden, die hier deponiert waren. Hauptmann Pfitzner, dem er seit einer Ewigkeit direkt unterstellt war, hatte seine Befehlsgewalt zwar inzwischen an diesen Russen Laszlo abgegeben, ihm aber unmissverständlich eingebläut, dass die Rettung Darjas absoluten Vorrang hatte. Das Geldversteck kannte er, Darjas Verbleib dagegen war mysteriös.

In der Hauptwohnung war sie jedenfalls nicht. Da sie seit gestern hier sein sollte, müsste sie irgendwo Spuren hinterlassen haben. Er trat ins Freie. Das sengende Sonnenlicht ließ ihn die Augen zusammenkneifen. Er beschloss, erst mal das Geld zu bergen. Er fand den Tiefbrunnen und zog die Kette hoch. Nach wenigen Metern kam die Tasche ans Tageslicht, die Laszlo beschrieben hatte. Sie enthielt mehrere Bündel neuer Fünfhunderter. Trimmer machte sich nicht die Mühe, sie zu zählen und steckte sie samt Tasche in seinen Rucksack. Dann schaute er sich um.

Von allen Türen, die er an der gestaffelten Felsfront von Es Cosconar sah, schien ihm die des Geräteschuppens am wenigsten gesichert. Er versuchte, sie mit seinen Kampfstiefeln einzutreten. Das einzige Resultat war ein schmerzendes Knie. Du wirst zu alt für das Geschäft, Trimmer, murmelte er erneut. Gegen diese Felsenfestung hilft nur ein Torpedo. Er holte seine AR 15 mit Pistolengriff aus dem Rucksack und entnahm ihr eine Patrone, um sie mit einem faustgroßen Stein in das Schloss zu treiben. Ein gedämpfter Hilfeschrei unterbrach ihn. Der Ruf klang Spanisch, was er nicht verstand, aber es war klar, dass jemand sich nach dem Lärm melden musste, wenn überhaupt einer in dieser menschenfernen Zuflucht am Leben war.

„Hallo, ist da jemand?"

„Hilfe", ertönte es erneut, diesmal auf Deutsch. Die Stimme klang wie aus dem Mittelpunkt der Erde.

„Moment, Puppe, das haben wir gleich."

Trimmer, jetzt in Eile, legte den Lauf der Halbautomatik an die halbversenkte Patrone und gab einen Schuss ab. Das Schloss gab nach, die dicke Eichentür ließ sich bewegen. Das erste, was er im Halbdunkel erkennen konnte, war ein Motorrad, zu seiner Überraschung spiegelblank geputzt und spinnwebenfrei. Eine Indian Harley mit nach hinten gezogenem Klemmblock für den Lenker, einen Riser, der das relaxte Fahren garantierte.

Trimmer fühlte sich schon am Ziel, obwohl das gesuchte Mädchen unsichtbar blieb. Er hoffte, der Schuss würde unbeachtet bleiben, obwohl eine verstärkte Polizeipräsenz seit den Vorfällen vom Montag nicht auszuschließen war, aber eine schnelle Fluchtmöglichkeit mit dem Motorrad könnte seinen Auftrag erheblich erleichtern. Der mühsame Rückweg über den Torrente de Pareis zum Zodiac in Sa Calobra würde ihm und dem Mädchen erspart bleiben. Er stierte weiter in die Dunkelheit, stöberte nach der Frau, die er befreien sollte, stolperte und fluchte.

„Wo bist du, verdammt noch mal, ich kann dich hören, aber ich sehe nichts."

„Im Nebenraum", ließ sich die Stimme vernehmen.

„Hier ist kein Nebenraum." Er leuchtete mit der Taschenlampe die Wände ab. „Sprich weiter, damit ich mich orientieren kann."

„Hier, hier, hier, ich stehe vor einer verschlossenen Verbindungstür, hilf mir endlich raus." Sie gab Klopfzeichen.

Wo die Stimme herkam, stand ein schweres Regal. Trimmer rückte es von der Wand ab und stieß auf die Tür. Sie war unverschlossen. Er drückte die Klinke runter. Das Klopfzeichen verstummte. Ein leises Wimmern und der modrige Geruch war alles, was er wahrnahm. Im ersten Moment glaubte er an einen eingesperrten Hund. Er kniete nieder und zog die Frau auf die Beine.

„Kannst du gehen?"

„Weiß nicht. Gib mir einen Moment Zeit, um meine Augen an das Licht zu gewöhnen. Die Helligkeit blendet mich."

Er hielt sie am Arm. Sie schlurfte ein paar Trippelschritte neben ihm. Er führte sie zum Motorrad. Ihr kamen die Tränen. Sie hielt die Augen immer noch geschlossen, sank auf die Knie und roch das Leder und das Metall der Maschine.

„Ist das deine? Ist die betriebsbereit?"

Sie nickte. „Danke, dass Du mich rausgeholt hast. Lass uns schnell abhauen. Ich muss dringend hier weg."

„Hast du eine Verabredung?"

Sie versuchte, zu lachen. Eine Grimasse war das einzige, was sie zustande brachte. Murmelte etwas von einer Verabredung mit dem Leben und Stairways to Heaven oder so. „Ich will endlich ans Licht. Weiß nicht genau, wie lange ich im Finstern war. Ich bin barfuß. Müssen noch meine Stiefel suchen und die Jacke."

„Du bist seit gestern hier. Ich bin so schnell gekommen wie möglich."

„Mir ist es wie die totale Ewigkeit erschienen. Lebendig begraben. Vergessen, abgemeldet, tot."

„Unter der Woche herrscht hier totale Einsamkeit, wandern ist nur sonntags um den Puig Roig erlaubt. Mach deine Augen langsam auf und gewöhne dich an das Licht. Ich such deine Treter."

Er ging mit der Taschenlampe in die Dunkelkammer, fand die Jacke und einen Stiefel und suchte lange nach dem zweiten. Als er ihn endlich gefunden hatte, klatschte er die Sohlen mehrfach gegeneinander, wie um die Finsternis zu vertreiben, die eine unangenehme Erinnerung wachgerufen hatte. Zu ihrer Ausbildung beim KSK18 hatte eine 24-Stündige Dunkelhaft gehört. Sie hatten ein Schwein abstechen müssen und von seinem Blut getrunken. Trimmer hatte getan, was getan werden musste.

Er nahm das Mädchen beim Arm und schleifte es ein paar Mal hin und her wie einen Wischlappen.

„Mit Deinem Bike können wir schnell verduften. Viel besser als zu Fuß zurück zur Küste. Setz meine Sonnenbrille und meine Kappe auf, schieb Deine Haare drunter, dann siehst Du aus wie ein Kerl. Fällt weniger auf als ein Weib."

Das Mädchen knickte immer wieder ein, setzte sich auf den Boden, ließ sich die Stiefel von ihm anziehen.

„Ich kann nicht gehen."

„Brauchst du nicht. Ich setz dich hinten auf die Mühle. Du musst nur gut festhalten. Ich weiß nicht, ob jemand meinen Schuss gehört hat, und wenn, kümmert es keinen. Lass uns einfach so schnell wie möglich abhauen."

Sie blickte ihn zum ersten Mal richtig an. Sie versuchte, in seinem Gesicht zu lesen. War er einfältig oder brutal oder beides? Sie schwankte. Ihr Instinkt sagte ihr, dass er brutal ehrlich war und keine Verstellung kannte. Ein Tatmensch.

Er schob die Harley aus dem Schuppen, trat sie an und zog das Mädchen in den Sattel. „Einfach schön festhalten, Puppe."

Eine Indian mit Easy-Rider-Lenker ist Fahrvergnügen pur. Nur nicht abwärts auf einer engen Schotterstraße.

„Wer bist du? Warum ist Boris nicht gekommen? Ich habe eine Ewigkeit auf den Scheißkerl gewartet. Was zum Teufel geht hier vor?"

„Immer der Reihe nach. Mich gibt es gar nicht. Vergiss mich. Boris gibt es auch nicht mehr, den kannste gleichfalls streichen. Er hat Euch an die Cops verpfiffen. Weißt du wenigstens, wer du bist?"

„Das Biest aus der Tiefe. Ein Zombie."

„Kann es sein, dass die Finsternis Deinen Verstand geraubt hat? Ich kenn mich da aus. Mein Befehl lautet, eine Darja aus der Höhle zu holen und zu Oberst Alfred Pfitzner zu bringen. Batomunkajew hat es befohlen."

„Ich will nicht zu meinem Vater."

„Wenn du von Oberst Pfitzner sprichst, er ist nicht dein Vater."

„Sag ich doch. Wir haben nichts miteinander zu tun. Und wer ist diese Batomunkajew?"

„Weiß nicht. Oberst Pfitzner kümmert sich um alles."

„Ich bin nicht aus Deutschland abgehauen, um wieder bei Pfitzner zu landen. Ich bin volljährig. Ich tue, was ich will."

„So so, eine Deserteurin. Ich bin Soldat und gehorche Befehlen. Du bist Darja und du kommst zu Pfitzner, so lautet der Befehl, danach kannst du von mir aus machen, was du willst."

Sie fuhren im Schritttempo den Kiesweg Richtung Kloster Iluc. Immer wieder brach die Maschine auf dem lockeren Untergrund aus. Es kostete Trimmer die ganze Kraft, um nicht die Kontrolle zu verlieren. Sie begann zu zweifeln, ob sie in ihrem Totenhaus nicht besser aufgehoben war. Sie balancierte am Rande des Wahnsinns. In der Finsternis war sie mehr sie selbst gewesen als nach ihrer Rettung. Der Unbekannte hatte ihren Namen genannt, der ihr immer fremd geblieben war. Sie versuchte sich an das Gesicht ihrer Mutter zu erinnern, wenn sie sich lächelnd über den Kinderwagen beugte. Hatte sie ‚dada' gesagt, oder Dascha? In der Höhle hatte sie zu ihr gesprochen.

Je mehr sie ihre Augen wieder nutzen konnte, desto schärfer wurden ihre Erinnerungen. Den gleichen Pfad war sie Montag bergauf gefahren mit allen anderen. Warum war sie allein zurückgelassen worden?

„Wer bist du? Wie hast du mich gefunden?"

Sie krallte sich in seinem Rucksack fest.

„Vergiss mich. Wir haben uns nie gesehen. Ich bringe dich zu Pfitzner, dann kannst du machen was du willst. Wir fahren jetzt nach Palma."

„Was ist mit Boris?"

„Der wollte mit dem Geld abhauen und Dich sitzenlassen. Jetzt ist er tot. Sein Risiko."

Sie fühlte nichts. Keinen Schmerz, keine Verzweiflung, keine Erleichterung. Nur Verwirrung. Er sah nicht, wie sie weinte.

„Die Polizei sucht dich. Sie wollen, dass du Boris in der Leichenhalle identifizierst."

„Er hat mich allein gelassen, der Schuft. Das letzte, woran ich mich erinnere, ist der Hubschrauber. Da kam plötzlich ein Hubschrauber, mit dem niemand gerechnet hatte. Zwei der Anzugträger haben das Kokain mitgenommen und sind damit eingestiegen. Ich wüsste gern, wo die hingeflogen sind."

„Ich auch. Mit diesem Stoff in Größenordnungen bist du reich."

„Größenordnungen. Ein Ossie also. Deine Sprache verrät dich."

„Die Dunkelheit schärft das Ohr."

„Wo hast du das gelernt?"

„Egal."

Der Rücken des Rambo vor ihr gab Sicherheit. Sie drückte ihr Gesicht in seinen Rucksack und spürte den Stahl seiner Halbautomatik. Sobald sie den ekligen Schotterweg hinter sich gelassen hatten, gab Trimmer Gas. Das Kloster würdigte er keines Blickes. Er vertraute darauf, dass sie bis Palma kämen, schaltete auf Reserve und schoss an der Tankstelle am Coll de sa Batalla vorbei.

Der Sprit reichte bis Palma, weil Trimmer bergab im Leerlauf rollte. Er tankte voll und ging zahlen. Als er zurückkam, war die Maschine verwaist. Er rüttelte an der verschlossenen Toilettentür. Weit und breit niemand. Auch nicht an der Zapfsäule vor ihm, wo vorher ein gelber Lieferwagen gestanden hatte. Wahrscheinlich hatte sie sich mitnehmen lassen. Trimmer zuckte mit den Schultern und trat die Harley an.

Katzer kam eine Stunde zu spät. Als er Cosconar erreichte, fand er die offenstehenden Türen der Höhlenwohnung. „Da war einer schneller als wir." Er gab Öhrchen den Teddy zum Schnüffeln. Sie schaute ihn mit schiefgestelltem Kopf an. „Such!"

Sie verschwand wie eine Rakete im Haupthaus, rannte bellend herum, kam wieder rausgeschossen, um gleich darauf im Geräteschuppen zu verschwinden, durch die offene Regalwand zu schlüpfen und mit einem Satz auf das Doppelbett zu springen. Sie wühlte wild darauf herum, zerrte bellend an der Decke, um sich hechelnd auf den kühlen Steinfußboden zu werfen.

„Braves Tier", lobte Katzer, holte ihr Wasser aus der Zisterne und goss sich selbst einen Krug ein. Das Wasser aus dem Tiefbrunnen schmeckte frisch und rein. Die Luft in der Höhle dagegen roch nach Fäkalien und war verbraucht. Er kraulte Öhrchen am Kopf, während sich seine Augen an das Halbdunkel gewöhnten. Darja hatte hier zwei Tage in der Dunkelheit verbracht. Wer tat einem Menschen so etwas an? Und warum? Vermutlich hatte sie auch nichts zu essen bekommen. Cosconar war wochentags wie abgeschnitten von der Welt. Und der Verwalter weilte auf dem Festland, wie der Bürgermeister erzählt hatte.

Er musste so schnell wie möglich ihren Vater finden, obwohl er nicht glaubte, dass es Alfred Pfitzner war, der sie entdeckt und befreit hatte. Der Geräteschuppen war aufgeschossen worden. Das sah nicht nach einem Mann aus, der zehn Jahre den gleichen Anzug trug. Er war ein Schreibtischtäter.

Ihm fiel ein, dass er nicht einmal mehr Pfitzners Adresse hatte. Der Kerl war untergetaucht und meldete sich nur noch telefonisch beim Konsulat. Offenbar hatte er die Sache selbst in die Hand genommen.

Katzer beeilte sich, sein Auto bei Lluc zu erreichen, trabte bergab, die Hündin vor ihm her. Öhrchen drehte sich immer wieder ungeduldig nach ihm um. Vielleicht war Darja gar nicht befreit, sondern nur an einen anderen Ort verschleppt worden. Jeden Sonntag war der Rundwanderweg um den Puig Roig frei für Ausflügler, Darja hätte sich dann in ihrer Höhle bemerkbar machen können. Vorausgesetzt, sie wäre nach sechs Tagen dazu noch in der Lage gewesen.

„Öhrchen, wir müssen das Mädchen retten. Die Welt wartet auf ihre Stimme."

An seiner Autotür verbrannte er sich fast die Finger. Er riss die Türen und Fenster auf, um die Hitze rauszulassen, ohne viel Erfolg. Er griff das Handy vom Nebensitz, sprang ins Freie und rief Isabel an.

„Wir haben Darja gefunden, jedenfalls den Ort, wo sie eingesperrt wurde. Öhrchen ist da ganz sicher, sie war in Cosconar gefangen. Jemand war vor uns da, die Türen sind jetzt offen, das Gehöft steht leer."

„Woher hatte der Hund die Witterung?"

„Der Papa hatte uns ein Spielzeug seiner Tochter überlassen."

„Und mit wem spielt das Töchterchen jetzt?"

„Werde nicht zynisch. Sie braucht unsere Hilfe."

„Hätte ich fast vergessen. Zwei Tote, eine Entführte, eine Million Euro, die sich in Luft aufgelöst haben – sonst noch was? Wir werden die Fingerabdrücke und sonstige Spuren in der Finca sichern. Ich gebe gleich alles an die Sonderkommission weiter, wir krempeln jetzt jeden Stein auf der Insel um."

„Das hat nicht mal Jaume der Eroberer geschafft. Die letzten Mauren laufen immer noch auf der Insel rum. Aber ein bisschen Stress in der Unterwelt kann nicht schaden."

„Moment mal, ich höre gerade, bei Port de Sóller ist eine Wasserleiche angeschwemmt worden."

„Hat die irgendwas mit unserem Fall zu tun?"

„Keine Ahnung. Laut Personalpapieren handelt es sich um Luis Toubes de Montserrat y Noguera, eine bekannte Gesellschaftsgröße aus dem Süden der Insel."

"El Luisito? Was ganz Besonderes. Da haben wir mal eine Wasserleiche, die richtig Wellen schlägt."

„Der Abteilungschef ruft. Ich muss hin."

Isabel stieg bei Gaston Granja in den grauen Volvo. Sie fuhren durch den Tunnel nach Port Sóller, wo die Guardia Civil die Unglücksstelle am Hafen bereits abgesperrt und einen Sichtschutz vor der Leiche errichtet hatte. Das Gesicht des Toten war noch gut zu erkennen. Gaston Granja wurde blass, als er sich über ihn beugte. „Ich kannte Luis Toubes gut. Wir waren befreundet. Er wollte nach dem nächsten Wahlkampf groß in die Politik einsteigen."

„Mein Beileid", murmelte Isabel.

„Da man normalerweise nicht mit Anzug und Schuhen Schwimmen geht, müssen wir wohl von einem Unglück oder einem Verbrechen ausgehen. Wenn es ein Verbrechen war, werde ich Caplonch bitten, mich von dem Fall abzuziehen. Meine persönliche Beziehung zu Toubes ist bekannt."

„Jeder auf Mallorca kennt El Luisito."

„Ich war noch letzte Woche mit ihm auf einer Party."

„Rede mit Caplonch. Ich glaube nicht, dass das ein Problem ist. Machen wir einfach unsere Arbeit. Familie, Angehörige und Freunde befragen, bei dem Bekanntenkreis von Luisito brauchen wir jeden aus unserer Truppe."

Aina kam aus dem Einsatzwagen in die Absperrung gerannt.

„Laut Nachricht aus der Zentrale ist Luisito seit Montag wie von der Bildfläche verschwunden. Für ein Herdentier wie ihn ziemlich komisch. Er ist eigentlich nie allein. Aber es kommt noch komischer. Auch eine zweite Gesellschaftsgröße wird seit dem gleichen Tag vermisst. Es handelt sich um den Bankier Esteban Vacas Garcia. Kann Zufall sein. Aber die beiden kannten sich."

„Hoffentlich waren sie nicht zusammen schwimmen." Gaston Granja konnte es nicht lassen, schon wieder Witze zu machen. Isabel kannte ihn inzwischen gut genug, um zu wissen, dass ihm nicht zum Lachen war. Er sah sie an.

„Es wäre nett, wenn Du fährst, Isabel."

„Kein Problem."

Isabel stellte den Sitz des Volvo vor. Auf dem Rückweg zum Präsidium hatten sie gerade wieder den Sóller-Tunnel passiert, als sie den Anruf bekamen, dass Fischer von Port Sóller eine weitere männliche Wasserleiche in ihr Netz bekommen hatten. Isabel stellte das Blaulicht aufs Dach, machte einen rasanten U-Turn auf der

Ma11 und fuhr mit halsbrecherischem Tempo zurück zum Hafen. Gaston Granja wurde schlecht wegen der engen Kurven. Isabel grinste in sich rein:

„Kotzen kannst du, wenn wir bei der Leiche sind."

Die Kollegen von der KTU hatten noch gar nicht ihre Schutzanzüge ausgepellt und waren schon vor ihnen am Ort. Die zwei Fischer vom Kutter standen im Weg und mussten mit sanfter Gewalt vom Schauplatz entfernt werden, weil sie vergeblich zu verhindern versuchten, dass ihr Netz bei der Bergung der Leiche beschädigt wurde.

„Und wer zahlt uns den Schaden? Der Fang lohnt nicht mal das verbrauchte Diesel."

„Höhere Gewalt. Bei Sturm gibt's auch keinen Ersatz."

Der Rechtsmediziner meckerte prophylaktisch beim Eintreffen der Polizeitruppe:

„Immer schön der Reihe nach. Ich schmeiße jeden ins Wasser, der mir nochmal in die Quere kommt. Die Verbrechensbekämpfung wäre wesentlich leichter, wenn nicht dauernd die Polizei in die Quere käme. An solchen Tagen sehne ich mich nach meinem kühlen Arbeitsplatz in der Pathologie."

Einen Plastikanzug bei 30° zu tragen ist eine Herausforderung, die dem Médico weit schlimmer erschien als jedes Sezieren einer Wasserleiche, selbst wenn sie schon Wochen bei den Fischen unterwegs war, was aber auch bei Leiche Nummer zwei nicht der Fall zu sein schien.

Isabel hatte schon ihre Schutzhandschuhe übergestreift und mit geübtem Griff nach der Brieftasche im Anzug des Toten geangelt, während Granja einen Blick auf das Gesicht der Wasserleiche warf. Isabel nickte ihm zu:

„Esteban Vacas Garcia, der zweite Vermisste. Lieber Herr Doktor, bevor Sie handgreiflich werden, liege ich völlig falsch mit der Vermutung, dass die beiden Toten ungefähr zur gleichen Zeit mit dem Wasser Bekanntschaft gemacht haben?"

„Vorbehaltlich der Obduktion und rein nach Augenschein würde ich sagen, beide haben ungefähr vier Tage bei den Fischen verbracht. Ob sie ertrunken sind oder schon vorher tot waren, werde ich den Damen – und natürlich auch dem Herren Abteilungsleiter – sofort mitteilen, wenn ich meine Arbeit beendet habe. Die eine Minute, die mir bisher zuteil geworden ist, reicht leider nicht ganz."

Gaston Granja schaute auf seine gepflegten Fingernägel, blickte einen Moment in den Himmel, ehe er sich zu Isabel und Aina wandte:

„Wenn wir ausschließen, dass die beiden Hand in Hand irgendwo von Bord gesprungen sind, um gemeinsam Selbstmord wegen der gesunkenen Börsenkurse zu begehen, dann liegt wohl ein Doppelmord vor. Wenn sie von einem Schiff gestürzt wären, hätte jemand den Unfall längst gemeldet. Also sind sie vom Himmel gefallen, vorbehaltlich der Strömungsergebnisse, um die Aina sich kümmern wird. Am Montag hatten wir die verpatzte Kokain-Fahndung, die durch den unvorhergesehenen Helikoptereinsatz ein Reinfall geworden ist. Wenn mich nicht alles täuscht, ist es den zwei Herren im Heli wohl zu eng geworden, was in Gesellschaft von 50 Kilo Kokain schon mal vorkommen kann. Wenn ich noch rechnen kann, sind wir damit bei vier Toten."

„Plus einer verschwundenen Deutschen, deren Schicksal ungewisser ist denn je", meldete sich Aina zu Wort.

„Wollen wir hoffen, dass sie nicht die fünfte Tote ist, wenn wir ihre Nähe zum ermordeten Boris Losowski in Betracht ziehen", murmelte Isabel.

Gaston Granja sah jetzt wirklich blass aus. Isabel glaubte zu wissen, warum.

12.

Katzer ließ der Tod von El Luisito und dem Bankmenschen Esteban Vacas kalt. Die Tageszeitungen und Inselpolitiker dagegen überschlugen sich mit Nachrufen auf die Wasserleichen. Luisito war einer der Unberührbaren von Mallorca, Polsterklasse der Promis, korrupt und konservativ. Der Name des Bankers dagegen war völlig unbekannt. Er war immer ein korrekter Filialleiter mit tadellosem Familienleben gewesen, dem niemand ein Fehlverhalten zutraute. Katzer bewegten andere Sorgen. Er hatte wieder Post aus Berlin. Zum dritten Mal. Diesmal ein altes Pressefoto von seinem Vater, wie er bei einem Empfang im Amerikahaus einen russischen Journalisten von der TASS begrüßte. Wieder ohne Absender und ohne Erläuterungen. Katzer kannte den TASS-Kollegen. Jeder wusste, dass er für den KGB gearbeitet hatte.

Was, wenn das Spielchen mit den Familienfotos auf Pfitzners Mist gewachsen war? Je mehr Katzer darüber hirnte, desto plausibler erschien ihm der Zusammenhang. Gut möglich, dass Pfitzner noch Helfer bei der alten Stasi-Seilschaft hatte. Da der Stasioffizier auf Mallorca weilte, musste ein anderer die Fotos für ihn abgeschickt haben, um Katzer mit intimen Kenntnissen über seine Familie zu beeindrucken. Der alte Fuchs dachte wie ein guter Schachspieler viele Züge voraus. Alles hing mit allem zusammen – aber wie?

Das größte ungelöste Problem blieb das Verschwinden von Pfitzners Tochter. Seit Katzer ihre Spur aufgenommen hatte, häuften sich die Toten rechts und links des Weges. War sie Opfer oder gar selber Täter?

Katzer hatte ein Puzzle mit vielen weißen Teilen, die noch kein Bild ergaben. Die auffällige Falschgeldflut schien ihm einen Versuch wert, rauszukriegen, was Max Friedmann dazu sagen würde. Friedmann war Europolbeamter mit ausgezeichneten Spanienkontakten. Sie hatten sich in Mallorca kennengelernt, als Friedmann mitten im Schlamassel steckte und die Frage, ob er am Beginn einer brillanten Karriere oder kurz vor dem Absturz in die Besenkammer stand, noch offen war. Katzer hatte die Waage ein wenig zu Gunsten von Friedmann beeinflusst. Friedmann hatte Zugang zum Informationssystem „Sirene", dem Schengener „Supplementary Information Request at the National Entry."

„Gequirlte Kacke", wie Katzer das Kauderwelsch der Dienste gern verächtlich abtat. Aber mit nichts in der Hand konnte man vielleicht durch heftiges Umrühren Schaum schlagen und mit ein bisschen Glück sogar eine Torte backen.

Katzer drückte die gespeicherte Nummer von Max Friedmann in Wiesbaden und sofort antwortete eine junge ihm unbekannte Stimme: "Büro Referatsleiter Friedmann, Sie wünschen?"

„Hier Büro Rufus Katzer, Mallorca, wir müssen dringend den Herrn Referatsleiter Friedmann sprechen."

„Um was geht es bitte?"

„Streng vertraulich. Sagen Sie bitte Herrn Friedmann, dass sein alter Bekannter Rufus Katzer ihn in einer Angelegenheit der *Policia Nacional* persönlich sprechen möchte."

„Ich verbinde."

„Hallo Rufus, alter Junge, was gibt's Neues auf der Insel?"

„Gratuliere zum Referatsleiter, Friedmann, das nenne ich einen schnellen Aufstieg. Wir haben hier ein heiße Sache laufen, die Deiner Karriere einen neuen Schub geben könnte. Eine Flutwelle von falschen Fünfhunderten gefährdet Europa. Vermutlich aus Russland. Mehrere Tote, weitere zu befürchten. Entführung, Erpressung, Sex & Crime, alles, was ein gutes Beamtenherz beben lässt. Max, ich würde sagen, ein Erdbeben nach Richterskala 7. Entscheidungsfreudige Typen wie du sind gefragt, um das Unheil vor der finalen Katastrophe zu stoppen."

„Mit weniger als Weltuntergang gibst Du Dich nicht ab, oder?"

„Würde ich dich sonst belästigen? Jetzt sind wieder mal die Besten gefragt. Max, setz dich sofort mit dem BKA in Verbindung und beschaff mir den besten Geldfälscher Deutschlands für ein vertrauliches Hintergrundgespräch. Und zwar bis gestern. Mach' s dringend, ich warte auf Rückruf, du kriegst alles Infos vom laufenden Meter, sobald die Löschflugzeuge starten. Feuer frei, Max, es hängt wieder mal alles von dir ab. Ich baue auf dich, mein Goldjunge."

Katzer hatte sein Bestes gegeben, um den jungen Max Friedmann heiß zu machen, mit dessen Unterstützung er vor zwei Jahren in Mallorca eine Staatsaffäre geregelt hatte. Nicht zu dessen Nachteil. Es blieb ihm gerade genug Zeit, weitere vier Löffel Kaffee durch den Filter zu jagen, ehe sich der Aufsteiger aus dem Labyrinth von Europol wieder meldete.

„Katzer, ich habe mit den Falschgeldspezialisten vom BKA gesprochen. Es gibt in Köln einen Mann von internationalem Format, den unsere Leute für den besten Geldfälscher der Welt halten. Angeblich nicht mehr im Geschäft, ein begnadeter Grafiker und Fotograf, im Kölner Milieu als ,De Duv' bekannt. ,De Duv' heißt die Taube, falls du kein Kölsch kennst. Der Name täuscht, er ist der Adler auf der Dollarnote. Übrigens dein Jahrgang, ein Methusalem der Branche, sei nett zu ihm."

Katzer verkniff sich jeden Kommentar zum Methusalem. Er rief ,De Duv' an, der schon nach dem dritten Schluck Kaffee abhob. „Hört das denn nie auf, ich bin ein alter Mann, ich will nichts als meine Ruhe," sagte er mit jugendlicher Stimme und dem Fieber eines Jagdhundes, der von der Leine gelassen wird.

„Sie wissen, worum es geht. Eine Flut falscher Fünfhunderter überschwemmt Europa, die das Finanzsystem erbeben lässt. Beste Qualität. Sie werden als der Größte Fälscher der Welt in die Geschichte eingehen. Ich brauche Infos aus der Szene, Sie bleiben anonym."

„Ich habe nie eine einzige Euronote gefälscht. Nur Dollars, die nie in Umlauf gekommen sind. Außerdem bin ich Künstler, kein Fälscher. Habe meine eigene Galerie mit gefragten Werken."

„Lassen wir die Vergangenheit ruhen. Was halten Sie als Fachmann von Leuten, die falsche Fünfhunderter in Umlauf bringen?"

„Das sind Irre oder eine neue Art von Terroristen."

„Denke ich auch. Aber die Scheine kommen aus Russland."

„Nein, aus Albanien."

„Vielleicht werden sie dort hergestellt, aber der Auftraggeber sitzt in Russland."

„Nennen Sie Name, Adresse, Organisation. Das können Sie nicht. Sie wissen gar nichts, Sie bluffen. Was wollen Sie von mir?"

„Ihren Sachverstand als Experte. Niemand kennt sich besser aus in der Szene als Sie. Wer steckt hinter dieser Schweinerei?"

De Duv ließ einen tiefen Seufzer hören.

„Ich habe keine Fakten. Nur ein paar Gerüchte, die in der Branche herumschwirren. Als ich in dieser Sache vor einem halben Jahr angesprochen wurde, habe ich sofort abgelehnt. Euroscheine nicht mit mir. Der Auftraggeber hat dann ein Team der fünf besten Leute der Welt zusammengestellt, Profis mit einer Ausrüstung, von der ich nur träumen kann. Spezialfarben, Maschinen, Abnehmer. Für Euros brauchen Sie Papier mit angerauten Kanten, Portraitfenster mit Wertzahl, Sicherheitsstreifen in der Mitte der Note und Mikroschrift, die mit bloßem Auge nicht erkennbar ist. Im UV-Licht erscheinen eingearbeitete Fasern mit fluoreszierendem Rot, Blau und Grün, die Euroflagge wird grün, die Sterne scheinen orange."

„Hören Sie auf, ich will keinen Lehrgang, nur ein Bild von der Organisation. Wer hat Sie vor einem halben Jahr angesprochen?"

„Also, die waren scharf auf mein Wissen. Feine Linien kriegen Sie nur im Offsetdruck. Das Problem damit: dieser Druck ist sehr flach, die leichten Erhöhungen und das Erhabene vom Stahlstich fehlt. Selbst Laien fühlen den Unterschied. Meine Idee mit dem UV-Lack hat die Fälscherkunst revolutioniert. Ein Lack, der in sekundenschnelle hart wird, nicht wegsackt. Man muss die im Offsetdruck vorgedruckten Scheine durch den UV-Druck jagen, dann stehen die Reliefs schön heraus. Alle Sicherheitscodes kann man fälschen."

„Verstanden, und wer macht jetzt die perfekten Noten?"

„Ich habe was von einem Mann mit dem Kinn gehört, der in Russland lebt. Aber an dem kommt niemand ran. Keine Polizei der Welt, keine Mafia, kein Parlament, nicht mal die NATO."

Katzer geriet ins Grübeln.

„Ich kenne trotzdem jemand, der ihn stoppen könnte. Schauen wir mal. Vielen Dank, Sie haben mir sehr geholfen. Man sollte Sie für das Bundesverdienstkreuz vorschlagen."

„Sie machen Witze. Mit meinen Vorstrafen?"

Katzer hatte während des Gespräches sogar seinen Kaffee kalt werden lassen. ‚De Duv' hatte eine angenehme Stimme. Eine Stimme kann man nicht fälschen, nur technisch faken, aber dann ist sie nicht mehr angenehm. Das Timbre stimmt nicht. Ein Tipp für die Smartphone-Branche. Ein Phone, das die Stimme jedes Ochsenfroschs zum Operntenor macht, wäre der Seller.

Katzer drehte sich eine und inhalierte tief. Das Lungentorpedo aktivierte seine grauen Zellen, leider ohne Ergebnis. Wollte der Mann mit dem Kinn wirklich den Lauf der Welt ändern? Wenn ja, in welche Richtung? Und was hatte Darjas angeblicher Onkel mit diesem unschuldigen Mädchen zu tun? Ein menschenverachtender Kingkong, der seine Pranken nach einer reinen Seele ausstreckte?

Das Klingeln des Telefons unterbrach die Stille des Hauses. Öhrchen hob irritiert den Kopf. Er nahm den Hörer und lauschte.

„Hier spricht Alfred Pfitzner. Sie erinnern sich an mich?"

„Muss ich wohl. Woher haben Sie meine Nummer?"

„Die haben Sie mir selbst gegeben. Ich erhielt Ihre Visitenkarte von Ihnen im Bus nach Palma."

„Richtig. Was verschafft mir die Ehre nach Ihrem plötzlichen Verschwinden?"

„Ich muss Sie sprechen, allein, wo wir ungestört sind."

„Ich wüsste ein nettes Café, oder haben Sie einen anderen Vorschlag?"

„Kein Café, kein Publikum, ich muss sicher sein, dass uns niemand beobachtet."

„Einverstanden. Machen Sie einen Vorschlag."

„Wir treffen uns in der Cala Boquer, allein und ohne Beschattung, kein Mensch darf über unsere Begegnung informiert sein. Bringen Sie den kleinen Teddy von Jessica wieder mit, den ich Ihnen gegeben habe. Sie haben nichts erreicht. Er ist nutzlos für Sie."

„Wann wollen wir uns treffen?"

„Kommen Sie heute Abend um 19.00 Uhr. Dann ist alles menschenleer. Gehen Sie bis zum Strand. Sie werden mich finden."

„Das ist ein verdammt weiter Weg. Man kann sich im Dunkeln die Knochen brechen."

„Dunkel wird es erst ab Neun. Sie sind fit. Sie schaffen das spielend."

„Alles für einen verdammten Teddy. Pfitzner, Sie spinnen. Ich kann Ihnen das Ding doch per Post zuschicken."

„Versuchen Sie keine Tricks. Ich habe keine Adresse. Bedenken Sie, wie viel Tote es schon gegeben hat. Wollen Sie der nächste sein?"

„Ich habe keine Angst um mein Leben."

„Es gibt aber Menschen, die Ihnen nahe stehen. Ein Unfall ist schnell passiert. Tragen Sie keine Verantwortung?"

„Die Rolle des sorgenden Vaters ist ihrerseits offenbar ausgespielt. Jetzt spricht der alte Stasioffizier."

„Behalten Sie einen kühlen Kopf. Reizen Sie nicht meinen Zorn. Ich habe wichtigeres zu tun, als meine Zeit mit Ihnen zu verplempern. Sie kommen um 19,00 Uhr ins Boquer-Tal."

Katzer drückte das Gespräch weg, ohne zu antworten. Sollte der Stasi-Stiesel ruhig ein paar Stunden im Ungewissen tappen, ob er mit seiner Frechheit Erfolg hatte. Er überlegte, ob er die Boquerbucht mit dem Kajak vom Meer her besuchen sollte, das wäre von seinem Liegeplatz in einer Stunde leicht zu schaffen. Er könnte Pfitzner überraschen, wenn er von der falschen Seite käme. Zu Fuß wäre der Weg mindestens doppelt so lang. Er verwarf die Idee. Er wollte Öhrchen mitnehmen, die er am Abend leicht durch die Finca am Eingang des Tals schmuggeln konnte. An ihrer Seite fühlte er sich sicherer.

Er holte den abgegriffenen Teddy hervor und fragte sich, was es mit dem unscheinbaren Spielzeug auf sich hatte. Pfitzner hatte ihm das Kuscheltier als Geruchsprobe für seine Tochter überlassen, warum auf einmal dieser Aufstand? Entweder war der Mann inzwischen völlig durchgeknallt oder er hatte plötzlich etwas erfahren, was er vorher noch nicht gewusst hatte.

Er sah dem Teddy in die alterstrüben Augen, dachte an das Kind, das mit ihm gespielt hatte, bog das Spielzeug hin und her und stellte fest, dass in seinem Inneren eine Versteifung war, die das Verbiegen behinderte. Er riss mit einer schnellen Bewegung den Kopf des Teddys ab und starrte auf das Ende eines länglichen Schlüssels. Er zog den Schlüssel aus dem Teddy, was sich anfühlte, als ob er ihm das Rückgrat entfernte.

„Das also ist das Pudels Kern."

In der Hand hielt er einen Schlüssel, der in ein Schließfach oder einen Safe passen konnte. Der Bart des Schlüssels war vielfach gezackt. Eine Nummer oder irgendein anderer Hinweis, wo er passen könnte, war nicht zu erkennen. Katzer wog ihn in der Hand. Er war zehn Zentimeter lang und ziemlich schwer.

Wahrscheinlich wusste Pfitzner inzwischen, wo der Schlüssel passte. Vielleicht konnte er mit ihm handeln – er würde den Schlüssel nur rausrücken, wenn er erfuhr, welches Geheimnis damit zu entschlüsseln war. Er hatte immer noch den blassen Typ im ärmlichen Anzug vor Augen, dem man fast die Brieftasche geklaut hatte, vom Gram um die verschwundene Tochter gebeugt. Seine persönliche Sicherheit war nicht unmittelbar gefährdet, warum also die Polizei oder das Konsulat mit hineinziehen, was ihn der Möglichkeit berauben würde, mit Pfitzner vielleicht ein Geschäft am Rande der Legalität zu machen.

Er ließ einen resignierten Blick über die Unordnung im Haus schweifen. Er hatte seit Tagen keine Lust gehabt, aufzuräumen, vom Saubermachen ganz zu schweigen. Immer gab es Wichtigeres zu tun.

Wegen des stachligen Gesträuchs in der Boquerbucht tauschte er am Abend ein paar lange Cargohosen gegen die Shorts und warf sie auf den Berg ungewaschener Klamotten, die dringend in die Maschine mussten. Zwei seiner Katzen hatten es sich in der Schmutzwäsche gemütlich gemacht. „Morgen ist Großreinemachen", drohte er den Fellnasen.

Er steckte den kopflosen Teddy in eine Seitentasche. Den Schlüssel hängte er sich an einer Schnur um den Hals und stopfte ihn unter sein T-Shirt. Er leinte seine bullige Begleiterin an und ging mit ihr zum Auto, um die paar Kilometer bis zum Eingang von Can Boquer zu fahren. Der makellos blaue Himmel über der Insel wirkte so falsch wie ein Werbegag der Fremdenwerbung.

Das Tor stand wie immer offen, die Warnung „Perros NO" missachtete er. Öhrchen folgte bei Fuß. Katzer nahm an, Pfitzner würde vor ihm da sein und nicht ganz den beschwerlichen Weg bis zum Meer vorgegangen sein. Er hatte richtig vermutet. Nach 20 Minuten ertönte ein scharfes „Halt"! Links unterhalb seines Weges neben dem Eingang einer alten Vorratshöhle stand Pfitzner, in der Hand eine Makarow. Katzers Atem stockte. Militärspielzeug war in seinem Plan nicht vorgesehen.

„Kommen Sie langsam näher und geben Sie mir den Teddy! Der Hund bleibt hinten. Ihre Kampfkuh hat auf diesem Privatgelände sowieso nichts zu suchen."

„Die Hündin ist immer bei mir, selbst wenn ich schlafe. Wir haben unseren gemeinsamen Abendspaziergang auf Ihren Wunsch in die Natur verlegt."

„Mein Wunsch war, Sie allein zu treffen. Jetzt reichen Sie den Teddy langsam rüber und machen Sie keinen Blödsinn. Ich habe regelmäßige Schießübungen mit dieser Waffe absolviert und ich werde von ihr Gebrauch machen, falls nötig."

„Was für ein Aufstand für ein läppisches Spielzeug. Hier nehmen Sie das Ding. Haben Sie Neuigkeiten über den Verbleib von Darja?"

„Da fehlt ja der Kopf! Was haben Sie mit dem Teddy gemacht? Sauerei verdammte!"

„Sie meinen der Schlüssel fehlt, der drin war. Ich habe mich natürlich auch dafür interessiert, was Sie plötzlich an dem Kuscheltier finden. War nicht schwer, darauf zu kommen. Für welchen geheimen Schatz ist dieses Sesam-öffne-Dich?"

Katzer schwenkte triumphierend den Schlüssel in seiner linken Hand. Mit der Rechten konnte er gerade noch den enthaupteten Teddy abwehren, den Pfitzner ihm an den Kopf geworfen hatte.

„Versuchen Sie nicht, mir dumm zu kommen! Der Schlüssel gehört mir. Her damit, und wir sind quitt. Wenn Sie jedoch Probleme wollen, die können Sie haben. Ich besitze eine Akte über Ihren feinen Vater, der nach dem Krieg in eine Geheimdienstaffäre verwickelt war. Die hat zum Sturz eines namhaften Regierungspolitikers beigetragen. Das dürfte auch Ihren Ruf beschädigen."

Katzer war sauer und erleichtert zugleich. Erpressungsversuche lösten bei ihm die gleiche Erheiterung aus wie die Enthüllung am britischen Hof, Lady Di sei an Pornofilmen beteiligt gewesen. Erleichtert war er über die Tatsache, dass Pfitzners Stasi-Machenschaften keinen Pfifferling für die Nachwelt wert waren. Er steckte den Schlüssel trotzig in die Tasche zurück.

„Der Schlüssel gehört nicht Ihnen. Wenn er überhaupt jemandem gehört, dann Ihrer Tochter. Es war ihr Teddy. Nur ihr persönlich werde ich das Ding übergeben."

Pfitzner kriegte seinen fanatischen Blick und richtete die Makarow auf Katzer.

„Her mit dem Schlüssel, oder Sie sind ein toter Mann!"

Katzer duckte sich zur Seite und schrie „Fass!" Öhrchen hinter ihm hatte das ganze Manöver erregt verfolgt und schnellte im gleichen Moment mit einem gewaltigen Satz nach vorn, legte Pfitzner flach und hechelte ihm mit gefletschten Zähnen ins Gesicht. Die Makarow schepperte bei seinem Sturz ein paar Meter über die Steine.

„Aus!"

Öhrchen folgte dem Befehl ihres Gebieters nicht ohne Bedauern. Sie hatte die mächtigen Tatzen auf die Brust ihres Opfers gestemmt und sabberte ihn voll. Pfitzner war aschfahl, seine Augen traten ihm fast aus den Höhlen. Katzer empfand eine Mischung aus Ekel und Mitleid. Der alte Mann am Boden blutete am Knie. Katzer rief noch einmal „aus" und nahm die Hündin an die Leine. Dann reichte er dem Stasioffizier die Hand und half ihm beim Aufstehen. Seine Hand war eiskalt, der beginnenden Tropennacht zum Trotz.

„Was immer sich hinter dem Schlüssel verbirgt, es gehört Darja," betonte Katzer noch einmal.

Der alte Mann klopfte seine Sachen ab. Das blutende Knie beachtete er nicht. Er sah Katzer lange in die Augen. „Sie tun Darja keinen Gefallen, wenn sie ihr den Schlüssel übergeben. Mit diesem Stück Metall öffnen Sie die Büchse der Pandora. Ich wollte das Unglück von ihr fernhalten."

Katzer bückte sich, um die Makarow aufzuheben. Er steckte sie in die Tasche. Es war ein gutes Gefühl.

„Sicherheitshalber, damit Sie nicht auf falsche Gedanken kommen. Ich bin eigentlich kein Freund von Schusswaffen. Meine Waffe war immer das Wort."

„Mit Worten werden Sie hier nicht weit kommen. Nehmen Sie das Ding, ich habe noch zwei Magazine für die Pistole dabei."

Pfitzner zog die Magazine zu je neun Schuss aus der Tasche. Er gab sie Katzer mit einer linkischen Bewegung. Dann drehe er sich um und hinkte den Weg zurück in die Abenddämmerung. Er sah verloren aus.

„Für was ist denn nun der verdammte Schlüssel?"

„Die Büchse der Pandora. Wer sie öffnet, bringt das Unheil über die Menschen."

Katzer kniete sich nieder und streichelte Öhrchen über das Fell. „Das hast du gut gemacht, meine Große. Zuhause gibt's eine Belohnung."

Die Hündin hätte die Belohnung lieber gleich gehabt. Sie nutzte die Gelegenheit, ihm über das Gesicht zu lecken. Er ließ es geschehen. Eine Hundezunge im Gesicht war tausend Mal besser als eine Kugel zwischen den Rippen. Er leinte sie an. Sie gingen den Weg zurück zum Eingangstor. Das Laufen tat gut, um die Anspannung loszuwerden. Bald hatten sie Pfitzner eingeholt, der vor ihnen durch die Dunkelheit hinkte.

„Mein Knie ist dick. Ihr Höllenhund ist verdammt schnell."

„Wir beide sind alles füreinander. Jeder kann sich bedingungslos auf den anderen verlassen. Einmal bin ich ihr hinterher gesprungen, als sie eine Ziegenherde jagte und über die Felsen ins Meer gestürzt ist. Ich hab keine Sekunde nachgedacht. Ich weiß heute noch nicht, wie wir wieder festen Boden erreicht haben. Es war ein weiter Weg. Zuhause waren wir wieder trocken."

Pfitzner schwieg lange. „Solche Freundschaft gibt es zwischen Menschen nicht."

„Da haben Sie wohl Recht. Verraten Sie mir eins: wo haben Sie die Waffe her? Die können Sie doch nicht im Flieger mitgebracht haben?"

„Ich habe die Waffe auf Mallorca bekommen mit einem Auftrag, den ich nicht erfüllt habe. Das war mein letzter Job, den ich vermasselt habe. Man wird sich als nächstes an Sie wenden. Die Sache ist noch nicht ausgestanden. Schützen Sie bitte meine Tochter. Ich werde es bald nicht mehr können."

„Sie sind ein Dickschädel. Wenn Sie mir nicht helfen wollen, helfen Sie wenigstens Darja und sagen Sie mir endlich, was los ist."

„Der Schlüssel ist Jolas Vermächtnis an Darja. Sie hat Darja den Teddy zu ihrem zweiten Geburtstag geschenkt und offenbar damals den Schlüssel eingenäht. Weder Darja noch ich wussten etwas davon. Jola selbst hat ihn wohl von ihrer eigenen Mutter erhalten, die mit einem russischen General während des Bürgerkrieges liiert war. Ich habe Sie über diese Familienbeziehung bereits unterrichtet, wie Sie sich erinnern werden."

„Haben Sie, aber da war vom Schlüssel keine Rede."

„Weil ich zu dem Zeitpunkt nichts von ihm wusste."

„Und wodurch sind Sie schlauer geworden?"

„Der Sohn des russischen Generals, Dorschi Batomunkajew, also Darjas Onkel, war nach dem Krieg in der DDR. Wir waren befreundet. Ich habe ihn in Moskau besucht. Er hat selbst einen Sohn. Laszlo hält größtmöglichen Abstand zu seinem Vater und lebt auf Mallorca. Er ist ein Teufel und kennt das Geheimnis des Schlüssels."

„Sie haben sich getroffen?"

„Leider."

„Laszlo lebt also auf der Insel. Aber ich lebe schon ein paar Jahre länger hier als er und sein Radius ist mit Sicherheit begrenzter als meiner. Dies ist meine Insel. Meine wilde Insel, nicht seine, er wird nur da geduldet, wo man seine Existenzberechtigung in Banknoten nachweist. Wer sich in der Tramuntana verläuft, kommt mit der Scheckkarte keinen Meter weiter. Wir sind gleich an meinem Auto. Kann ich Sie irgendwo hin mitnehmen?"

„Fahren Sie mich zur Bushaltestelle. Ich nehme den Bus nach Palma."

„Passen Sie auf sich auf."

„Wir können den Lauf der Dinge nicht beeinflussen."

„Können wir doch. Sind sie Marxist oder Fatalist?"

„Marx kannte Darjas Cousin nicht."

„Immer eins nach dem anderen. Denken Sie jetzt erst mal an Ihr Knie. Legen Sie über Nacht kühle Umschläge darauf. Morgen dann Heparinsalbe oder Arnika, das hilft."

13.

Daheim bekam Öhrchen einen frischen Knochen als Betthupferl. Katzer überlegte lange, wo er den vielzackigen Schlüssel mit Doppelbart verstecken sollte. Er wog ihn in der Hand und betrachtete ihn mit der Lupe. Im Griff war eine winzige Gravur zu erkennen. Sie sah aus wie ein Ritterhelm. Offenbar ein Firmensymbol. Er jagte das Symbol durch alle verfügbaren Suchmaschinen im Internet, um den Hersteller zu identifizieren. Bingo! Eine Firma Maxim Astleiter in Wien, die sich mit dem Helm schmückte, hatte vor dem 2. Weltkrieg Tresore in allen Größen und Formen hergestellt.

Vielleicht konnten die Freunde bei Europol herausfinden, wohin die Tresore geliefert worden waren. Das Objekt der Begierde musste sich an einem Ort befinden, der für den russischen General, seine Geliebte oder deren Nachfahren irgendwie erreichbar war. Und es musste der Mühe wert sein, diesen Ort, wo immer er sich befand, aufzusuchen. Pfitzner hatte offenbar erst kürzlich und zu spät erfahren, was es mit dem Schlüssel auf sich hatte. Aber er hatte mit Sicherheit angenommen, dass seine Tochter in Spanien Zugriff auf einen Notgroschen haben würde. Und mit dieser Vermutung war er nicht allein. Laszlo, Batomunkajews Sohn, wusste es auch und hatte ihn unter Druck gesetzt. Seit ihrer Begegnung im Boquertal war klar, warum Pfitzner wirklich hinter seiner Tochter her war. Aber hinter was war Pfitzners Tochter her?

Katzer, eines Tages werden deine Spekulationen dich um den Verstand bringen, dachte er und öffnete ein Bier, um das Karussell im Kopf anzuhalten. Er klebte den Schlüssel mit Heftpflaster unter den Hundekorb. Das musste genügen, bis ihm was besseres einfiel. Die Hündin verschmähte den Korb wie immer und folgte ihm ins Bett, das reichlich Platz für ihre 40 und seine 70 Kilo bot.

Alfred Pfitzner hatte inzwischen nach mehrfachem Umsteigen die Carrer Idalecio Prieto erreicht, die sich durch den Slum von Son Gotleu zog. Er humpelte weiter zur Thomas Rullán, die auf beiden Seiten von runtergekommenen Neubauten gesäumt war. Alte Fassaden, selbst die bröcklígsten, haben was Anheimelndes. Einsturzgefährdete Neubauten verraten nur noch die Menschenverachtung ihrer Erbauer. Viele Häuser standen leer, teilweise hatten die neuen Bewohner die Schlösser einfach aufgebrochen und zahlten weder Miete noch Strom. Pfitzner war einer der vielen Mietnomaden in einem besetzten Haus.

Nachts waren die Straßen hauptsächlich von Gitanos und Afrikanern bevölkert. Auf den Balkons flatterte Wäsche zum Rhythmus von Flamencomusik und Afrobeat. Pfitzner wich auf den Bürgersteigen Müllbergen und Besoffenen aus. Die Hälfte der Bewohner schien arbeitslos, die andere überhaupt nicht gemeldet. Er erreichte einen Kiosk, dessen Rollladen hochgeschoben waren. Er wurde von einer Kubanerin betrieben. Sie zahlte ebenfalls keine Miete, war aber schon fünf Jahre hier und besaß das einzige feste Telefon im Umkreis.

Pfitzner bestellte ein Bier und bat in Zeichensprache mit der Faust am Ohr um das Telefon. Sein Handy war inzwischen geklaut worden. Die Verständigung über Zeichensprache war hier normal wie Klauen und Betteln, die Hälfte der Bewohner sprach kein Spanisch. Neben Pfitzner beschwerte sich lautstark ein Festlandspanier, weil er wegen wochenlangen Zahlungsverzugs keinen Alkohol mehr bekam, während die „putas de africanos" das Gesöff literweise abschleppten. Der Pleiteproletarier rempelte einen Nigerianer an, der rempelte zurück und sofort stürzten sich mehrere Schwarze auf den Spanier, der Unterstützung von einigen Landsleuten bei der milieugerechten Massenschlägerei erhielt.

Die Wirtin verlangte energisch das Telefon zurück, um die Polizei zu alarmieren. Pfitzner bat gestikulierend um einen Moment Geduld. Er sprach fließend Russisch ins Telefon, was im babylonischen Sprachengewirr von Son Gotleu nicht weiter auffiel.

„Laszlo, ich habe den Schlüssel nicht bekommen. Ja, nein, tut mir leid, habe ich nicht. Dieser Schnüffler, der jetzt in Pollença wohnt, hat ihn gekrallt. Er heißt Rufus Katzer. Die Waffe habe ich auch nicht mehr. Ich muss Schluss machen, das Telefon wird gebraucht und die Polizei ist im Anmarsch wegen einer Kneipenschlägerei."

Die Wirtin riss ihm den Telefonhörer aus der Hand, wählte die 112 und verlangte energisch das Eingreifen der Ordnungsmacht, es seien bereits Eisenstangen und Baseballschläger im Einsatz, Ruhe und Ordnung in Gefahr.

Pfitzner nahm seine Flasche Bier mit, schließlich hatte er sie bezahlt, und verdrückte sich schnell in seine leerstehende Wohnung. Eigentlich war es nur der vom Hof zugängliche Teil einer Wohnung, der abgetrennt worden war und einer Bank gehörte. Die Bank hatte das Haus vor sieben Jahren räumen lassen, weil die Besitzer mit ihrer Hypothek während der Wirtschaftskrise in Rückstand geraten waren. Pfitzners Zimmer mit Blick zum Hof war mit einem Bettgestell und einem wackligen Tisch vom Sperrmüll möbliert, mehr hätte auch nicht reingepasst.

Er nahm seinen an der Wand hängenden Anzug vom Plastik-Bügel und tauschte ihn gegen sein schmutziges Trainingszeug. Den Trainingsanzug wickelte er um seinen Laptop und warf ihn aus dem Fenster auf eine Müllhalde. Vorher hatte er sich Hände und Gesicht noch einmal unter dem Wasserhahn gewaschen und die beiden Eheringe mit dem Handtuch poliert.

Er trank sein lauwarmes Bier in kleinen Schlucken. Nach jedem Schluck machte er eine Pause. Mit dem Rücken lehnte er an einer hölzernen Verbindungstür zum Nebenzimmer, die Tag und Nacht verschlossen war. Er genoss jeden Tropfen Bier andächtig, fast hingebungsvoll. Nachdem er ausgetrunken hatte, ging er zur Eingangstür gegenüber, die mit einem Eisenriegel verbarrikadiert war und prüfte den Sitz des Riegels. Dann legte er sich auf die Matratze, um mit geschlossenen Augen auf seinen Herzschlag zu lauschen. Er wartete vergeblich, vom Schlaf übermannt zu werden.

Nach Stunden wurde die Verbindungstür vom Nebenzimmer aufgetreten. Er versuchte, seine Matratze dagegen zu stemmen. Er bedauerte, seine Makarow nicht mehr dabei zu haben. Die Matratze wurde mit Wucht zur Seite geschleudert. Er griff zur leeren Bierflasche, um sich zu verteidigen. Der Angreifer schlug ihm mit einem einzigen Schlag seines Stahlrohrs den Schädel zu Brei. Er schlug noch zweimal zu, für alle Fälle. Dann ließ er die Stange fallen, zog in alle Ruhe die Handschuhe aus und schritt durch die Zimmertür in den leeren Flur. Die entriegelte Tür ließ er offen.

Lange starrte Katzer wenig später auf eine toten Kakerlake vor seinem Bett. War sie tot oder tat sie bloß so. Kakerlaken waren in seinem Haus ein Job für die Katzen, ihr Pussicat-Pokomon, von dem sie erst abließen, wenn es sich tot stellte. Katzer suchte etwas Passendes zum draufhauen, fand aber nichts, und ehe die von dem Viech ausgelösten Aggressionen sich verflüchtigen konnten, klingelte das Telefon. Es war Isabel mit Neuigkeiten.

„Die beiden Wasserleichen sind aus dem Hubschrauber abgeworfen worden und waren am Kokainhandel beteiligt. Sowohl El Luisito als auch Esteban Vacas hatten Spuren einer Probesubstanz an den Fingern, mit der man den Reinheitsgrad von Koks bestimmt. Ihre Fingerabdrücke wurden auch in der Höhlenfinca Es Cosconar gefunden. Das nur zum Wachwerden. Aber es kommt noch dicker. Alfred Pfitzner ist ermordet worden."

„Verdammt, das geht alles zu schnell. Ich komm nicht mehr mit. Vor wenigen Stunden habe ich Pfitzner noch getroffen. Was ist passiert und wo?"

„Kennst Du Son Gotleu, unser Parade-Ghetto?"

„Hab mich da mal verfranzt und war froh, heil wieder raus zu kommen. Müllberge, Zigeuner, Afrikaner und kein Mensch spricht Spanisch."

„Neubausiedlung aus den Sechzigern, heute nur noch Ausländer und Arbeitslose, die Häuser kriegste jetzt zum Preis eines gebrauchten Mittelklassewagens, aber keiner will sie. Viele knacken die Schlösser und wohnen gratis. Pfitzner wohnte dort seit ein paar Wochen, wie die Nachbarn berichten. Heute morgen um 3 Uhr haben sie ihn in seiner Wohnung erschlagen aufgefunden."

„Jede Wette, dass er seinen alten Anzug trug."

„Woher weißt du das? Hast du ihn erschlagen?"

„Mit welchen Motiv? Pfitzner war ein ordentlicher Mensch. Bis zum bitteren Ende auf seinen Eindruck bedacht. Also trug er das Beste, was er anzuziehen hatte. Er wusste, dass er sterben würde und er wusste auch, durch wen."

„Komm schon raus mit der Sprache, Mister Sherlok Holmes."

„Lass uns alle im deutschen Konsulat zum zweiten Frühstück antreten. Dort können wir ungestört und ausgiebig alles bereden, und ich darf Öhrchen mitbringen, was bei der Polizei leider verboten ist. Hunde müssen draußen bleiben, obwohl die Bullen dreckige Verbrecher haufenweise rein schleppen. Da bleibt die Gerechtigkeit mal wider auf der Strecke. Sagst Du bitte im Konsulat Bescheid, und sie sollen frische Croissants besorgen."

Katzer schnappte sich seine Kampfkuh und marschierte zum „Can Rasca". Er bestellte beim Wirt einen doppelten Espresso in dreifacher Stärke. Der Wirt, der ihn kannte, nahm die Bestellung ohne Stirnrunzeln entgegen. Auf dem Weg durch sein aufgeräumtes Pollença dachte Katzer, dass es schlimmere Orte auf der Welt gibt, manche nur eine Autostunde entfernt. Selbst der Totschlag im Affekt im benachbarten Hafen schien ihm jetzt weniger schaurig nach all den Gräueltaten der letzten Tage. Schließlich ging es nur um gewöhnliche Gefühle wie Hass und Überdruss, die in den besten Familien vorkommen.

Vom Espresso beflügelt stiegen Herr und Hund in den trotz Flammenschmuck fast erträglichen Escort, wo Katzer ein Schälchen Hundekroketten auf den Boden stellte. Öhrchen inhalierte die Leckerlis in Sekundenschnelle, um dann wie immer den Kopf aus dem Fenster zu hängen und mit dem Schwanz zu wedeln. Die ansteigende Hitze des neuen Tages verdrängte er mit dem Gedanken an die Aircondition im Konsulat.

Die Konsulin hatte einen Mitarbeiter abgestellt, der für die Beteiligten der Besprechung ausreichend Parkraum vor dem Glaspalast des Konsulats reserviert hatte. Katzer und Öhrchen stiegen wie die Könige aus ihrer zerbeulten Blechbüchse und schritten zum Sitzungssaal. Es überraschte ihn nicht, die meisten Teilnehmer bereits versammelt zu sehen und es freute ihn, dass weder Isabel noch Gaston oder die junge Praktikantin Aina fehlten. Mit einem hatte er allerdings nicht gerechnet. In der Mitte des Tisches saß Comisario Caplonch, grimmig und unnahbar wie immer, vermutlich in seinen Klamotten von gestern. Die beiden Stühle rechts und links von ihm leer. Alle zollten ihm den gebührenden Respekt. Dass der stoffelige Inquisitor der Mordkommission seine Höhle verlassen hatte, kam einer Sensation gleich. „Sie hier" entfuhr es Katzer statt einer Begrüßung.

„Hätte ich geahnt, dass Sie auch kommen, hätte ich mir lieber den Blinddarm rausnehmen lassen," grummelte Caplonch.

Nachdem ein paar Nachzügler Platz genommen hatten, erstattete Isabel Bericht. Es herrschte eine gespannte Atmosphäre. Die Nachricht vom Tod Alfred Pfitzners überraschte keinen ernsthaft, einige Details dafür um so mehr.

„Die Polizei ist ungefähr ein halbe Stunde nach dem Mord um 3.30 Uhr in Pfitzners letzter Unterkunft eingetroffen. Anwohner des Nebenhauses aus dem Senegal haben uns informiert. Ihre Vernehmung ergab, dass der Täter bei ihnen durch die Wohnung kam und durch eine verrammelte Nebentür zu Pfitzner eingedrungen ist. Der Täter war mit einem Eisenrohr bewaffnet, handelte blitzschnell und äußerst gewalttätig. Offenbar kannte er sich aus. Niemand hat ihn erkannt, er trug eine schwarze Sturmhaube und Lederhandschuhe. Seine Arme waren nackt und voller Tattoos. Die Senegalesen behaupten, es sei ein Weißer gewesen, sehr muskulös, Sprache ungewiss."

„Son Gotleu kennt nur eine Sprache, die alle verbindet, die Sprache der Gewalt," kommentierte Comisario Gaston mit trockenen Sarkasmus.

„Die Gerichtsmedizin kümmert sich um Pfitzners Leiche, der Schädel ist völlig zertrümmert, Selbstmord auszuschließen. Überraschende Ergebnisse sind nicht zu erwarten, um so verblüffender ist, was wir in seinem Umfeld gefunden haben."

Caplonch unterbrach sie mit leiser Stimme, aber rüdem Ton, der seinen speziellen Charme ausmachte:

„Gerichtsmedizinische Befunde sind selten vorhersehbar, ihre einzige Konstante ist die Überraschung."

Isabel nahm die Zurechtweisung brav zur Kenntnis.

„Also zu den wenigen Utensilien, die Pfitzner hinterlassen hat, gehört sein Aktenkoffer mit einem Laptop ‚Samsung 9', ultradünn und federleicht. Dieses Köfferchen hat er vor seinem Tod in seinen Trainingsanzug gewickelt und auf einen Müllhaufen vor dem Fenster geworfen, vielleicht in der Hoffnung, es wiederzufinden, falls er überlebt. Der Laptop wird zur Zeit ausgewertet. Er enthält eine Menge Dateien. Niemand hat das bei dem alten Mann erwartet, der Mörder wohl auch nicht. Unserer besonderer Dank gebührt den Weißkitteln der kriminaltechnischen Untersuchung. Die KTU hat den Laptop im Müll gefunden. Das war mal die berühmte Nadel im Heuhaufen."

Schitt häppens, dachte Katzer. Laut fügte er hinzu: „Ihr kennt die Stasi nicht, Nachrichten horten und nicht wieder rauszurücken ist so was wie ein genetischer Code in der Branche."

Die Konsulin Emilie Liefers nutzte die Gelegenheit, Versäumtes nachzuholen und ihre Gastgeberrolle in Erinnerung zu rufen.

„Der arme Herr Pfitzner, wir sind alle schockiert über sein schreckliches Schicksal. Wir haben ihn als besorgten Vater und um seine Frau trauernden Witwer kennengelernt. Er hat seine Tochter gesucht und den Tod gefunden. Ich und meine Kollegin Tina Weise werden natürlich alles in unseren Kräften stehende tun, um zur Aufklärung dieser Untat beizutragen. Es wartet anstrengende Arbeit auf alle. Bitte stärken Sie sich für die nächsten Stunden, greifen Sie zu, Kaffee und Tee stehen für Sie bereit, Wasser oder ein Aperitif ebenso zur freien Auswahl."

Katzer griff zu Kaffee ohne Milch und Zucker, gab dem Aroma die Note 1 und legte den Isabel versprochenen ausführlichen Bericht vor:

„Pfitzner hat mich gestern wenige Stunden vor seinem Tod um ein Treffen gebeten. Er bestand auf einem Gespräch allein und ohne Zeugen. Er wollte ein Spielzeug zurück, das er mir als Geruchsprobe für die Suche nach Darja überlassen hatte. Meine Hündin und ich waren mit dem Teddy in Es Cosconar, Darja hatte sich dort aufgehalten, war aber nicht mehr da."

„Wie kommst Du darauf, dass sie in Es Cosconar dabei war?"

„Weil sie die Freundin von Boris Losowski war, weil sie seit seinem Tod nirgends mehr aufgetaucht ist und vor allem, weil ich mit dem Bürgermeister von Escorca gesprochen habe, der sie auf dem

Weg dorthin gesehen hat. Gestern hat Pfitzner mich angerufen. Wir haben uns auf seinen Wunsch abends im Boquertal getroffen, ich gab ihm den Teddy zurück und er hat einen Schlüssel raus geholt. Er sprach davon, dass ein Russe von der Kokaintruppe namens Laszlo hinter dem Schlüssel her sei und ihn bedroht habe. Wenn er sterbe, sei auch mein Leben und das Leben seiner Tochter in höchster Gefahr. Er sprach wie einer, der mit allem abgeschlossen hat. Er hat sich beim Ausflug ins Tal am Knie verletzt. Ich habe ihn zur Bushaltestelle gefahren. Er wollte nach Palma zurück. Er hat den Bus gegen 21 Uhr bestiegen."

Katzer hatte sich bemüht, nichts Falsches zu sagen, aber er hatte dennoch gelogen, weil er wichtige Teile der Wahrheit verschwieg. Er ahnte, dass Pfitzners Laptop ihm das Genick brechen konnte. Was hatte der Stasimann seinem Plapperkasten alles anvertraut? Wie sollte er jemals heil aus diesem Schlamassel rauskommen? Am besten erst mal Zeit gewinnen und Kooperationsbereitschaft simulieren.

„Wie sah der Schlüssel aus, der so wichtig für Pfitzner war?", wollte Caplonch wissen.

„Ein kompliziertes Ding mit vielen Zacken nach drei Seiten, ungefähr zehn Zentimeter lang. Apropos Schlüssel: wenn Ihr nach einen Passwort für Pfitzners Laptop sucht, versucht es doch mal mit ‚Pandora'".

„Wie kommst du auf diesen Gedanken?"

„Wieder mal nur so eine Eingebung. Eingebung hin oder her, die tödliche Gefahr, in der sich Darja jetzt befindet, ist real und für jedermann greifbar. Wir müssen uns beeilen, wenn sie nicht enden soll wie ihr Vater."

„Vor allem kein Wort an die Presse über Drogen und organisierte Kriminalität. Nach außen ist Pfitzner nur ein bedauerliches Opfer der latenten Gewalt in Son Gotleu," mahnte Caplonch, als die Runde sich aufzulösen begann. Alle strebten zum Parkplatz.

Tina Kluge hatte Katzer diskret zum Abschied ein dickes Päckchen in Pergamentpapier zugesteckt. „Bestes Rinderfilet für Euch beide, damit Ihr bei Kräften bleibt während der Arbeit."

„Da kann Öhrchen schwelgen. Ich bin Vegetarier auf meine alten Tage. Zu viel Blut gesehen. Ich esse die Mohrrüben, die meine Hündin übrig lässt. Noch eine große Bitte, liebe Tina – gib mir noch einen Abzug von Darjas Foto. Ich will mich in der Stadt nach ihr umsehen."

So ein Quatsch, dachte Katzer auf dem Weg zum Auto, das Blut hat mich nie gehindert, frisches Fleisch zu essen. Je mehr Blut ich gesehen habe, desto weniger hat es mich berührt. Es sind die Todesschreie und Qualen der Opfer, die mich verfolgen.

14.

Katzer fuhr direkt vom Konsulat am Hafen in den Norden Palmas. Sein Ziel war Son Gotleu am Autobahnring. Wo Pfitzner seine letzte Bleibe gefunden hatte, hoffte er, eine Spur von dessen Tochter zu finden. Er hatte es ihm versprochen. Irgendwie fühlte er sich mitschuldig an seinem Tod.

Katzer steuerte die Thomas Rullán an, die breite, aber runtergekommene Seitenstraße, wo Pfitzner sich zuletzt verkrochen hatte. Vor dem Eingang stand noch immer ein Einsatzwagen der Polizei. Von misstrauischen Blicken zahlreicher Afrikaner verfolgt, eilte er die Stufen zum ersten Stockwerk hoch. Von den Wänden blätterte der Putz, gegen den sich nur die grellsten Graffiti behaupteten.

Pfitzners Mauseloch war mit einem Polizeisiegel versperrt. Der Geruch von Verwesung hatte lange vor seinem Tod hier Einzug gehalten. Katzer kramte das Foto von Pfitzners Tochter raus und fragte die Nachbarn, ob sie das Mädchen hier schon mal gesehen hatten. Sie wandten sich ab, ohne hinzusehen.

Die Darja, die er suchte, würde vermutlich wenig Ähnlichkeit mit der jungen Dame auf dem Foto haben. Sie konnte die Haare färben, Locken drehen, tausend Tricks anwenden, die einer Frau zur Verfügung standen, um ihr Äußeres zu verwandeln. Vielleicht trug sie Zigeunerfummel. Sie sprach wie eine Einheimische, obwohl das hier, wo fast jeder zweite ein Ausländer war, nicht zählte. Sie konnte in Son Gotleu untertauchen wie ein Fisch im Wasser. Eine Frau prall voll Leben, voll Musik, voller Pep und Protest gegen das Angepasste. Klar doch, eine Gitana, das komplette Gegenteil ihres Vaters, wer immer das gewesen war.

Katzer glaubte zu wissen, wo er Darja suchen musste. Immer wo Leben war, Livemusik, Gitanos, Fröhlichkeit, die dem Verfall Paroli bot, eine überschäumende Kampfansage gegen die Gewalt und den Rassismus im Viertel. Er suchte eine Einheimische - nichts leichter als das in einem Barrio, von dem nicht mal das Ajuntament wusste, wie viel Menschen hier lebten.

Er führte Öhrchen eng an der Leine, um ihre Schnauze aus den zahlreichen Müllhaufen zu halten. Er hatte ihr nie beigebracht, bei Fuß zu gehen. Jetzt tat sie es instinktiv. Es fühlte sich gut an, die Beine an ihrem Fell zu reiben, den abschätzigen Blicken der Bewohner ausgesetzt, an Parkbänken vorbei, deren Latten rausgerissen waren als Waffen zum Straßenkampf, an Spielsalons und Tapasbars entlang, an leerstehenden Häusern und Menschen mit ebenso leeren Augen.

An der Plaça Fra Joan Alzina betraten sie die auch Vormittags gut besuchte Bar „Nico's". Er genehmigte sich einen Hierbas und bat um Wasser für das Tier. Die Wirtin stellte bereitwillig ein Schälchen hin und streichelte Öhrchens Kopf. Er relaxte.

„Kennt einer diesen Sozialarbeiter, der hier immer unterwegs ist, ich hab den Namen vergessen, prima Typ, immer freundlich, mag Kinder und Tiere."

„Wenn Du Carlos Coll meinst, der war heute schon hier, er kommt jeden Tag. Frag mal im „Capi". Oder frag irgendeinen Jungen unter Zwanzig, Carlos kennt jeder im Viertel."

Es dauerte keine zwanzig Minuten, bis sie sich trafen. Carlos war einer von denen, die nie aufgeben, der an die Zukunft des Barrio glaubte. „Das wird wahrscheinlich die Luxussanierung sein, die Gentrifizierung, die schon verstohlen ihr Haupt hebt. Schau Dich um, noch überwiegt der Leerstand, aber wir sind vorbereitet auf die Front von morgen, die Spekulation der Monetenmacher, die jetzt die Hoffnung unserer Politiker ist. Aber was wir brauchen, ist der Zusammenhalt, die Menschen müssen Vertrauen gewinnen zu ihrer Kraft. Das ist ihr Viertel, ihre Heimat, wo man den Müll nicht einfach aus dem Fenster schmeißt."

„Carlos, Du kommst mir vor wie Kevin Costner in diesem Hollywood-Film, als Briefträger nach der Apokalypse. Man kommt aus der heilen Welt von Palma und fällt in ein Niemandsland. Hausaufgänge und Türschilder ohne Namen, keiner gemeldet, niemand hat Arbeit oder Zukunft. Viel Polizei, aber keine Post. Ein Briefträger in Son Gotleu wäre der Vorbote der Hoffnung, der Beginn einer neuen Zeit. Du müsstest Dir eine Postuniform zulegen."

„Brauche ich nicht. Ich bin die Heilsarmee in Zivil. Aber Du traust Dich wohl nur mit Deinem vierbeinigen Bodyguard unter die Menschenfresser."

„Meine Prinzessin ist keine Kampftöle. Der geht's hier prima. Überall Müll, Anarchie, freier Zutritt für Hunde und kein Leinenzwang. Das Paradies für sibirische Tiger im Kuschelzoo."

„So kann man's auch sehen."

„Wir sind auf der Suche nach ihrem Frauchen, eine junge Sängerin, halbe Gitana, vielleicht hast Du sie schon mal irgendwo getroffen." Katzer kramte das Bild aus der Tasche. „Hat sich sicher verändert, seit sie hier untergetaucht ist, muss vor ein paar Bösewichten Acht geben, die ihr auf der Pelle sitzen. Du hast sicher schon von dem Toten in der Thomas Rullán gehört. Das war ihr Papa, Darja versteckt sich vor seinen Mördern."

„Scheißgeschichte das. Den haben sie im Plastiksack abgeholt. Er hatte nichts, nicht mal mehr ein Gesicht, völlig anonym. Gesichter sind meine Stärke," meinte Carlos und schaute genau auf das Foto. „Diese Augen und diese Nase erkenne ich wieder. Die habe ich schon mal gesehen. Genauer gesagt, ich habe sie gehört. Sie tritt mit einem Zigeuner auf, er heißt José und spielt fantastisch Gitarre, großer Musiker, übrigens ein Sohn von La Paca."

Sie mussten Platz machen für eine Truppe Afrikanerinnen, die im Sambaschritt und bunten Kostümen eine Straßendemo anführten. Auf Plakaten wurde gegen Rassismus und für die Solidarität der Besitzlosen geworben.

„Ich bin neu hier," entschuldigte sich Katzer, „aber ich fühle mich fast wie in der Berliner Hausbesetzerszene. Wer ist bitte La Paca?"

„Was für eine Frage! Liest Du keine Zeitung? La Paca ist die Übermutter aller Gitanos von Mallorca. Was sage ich, sie ist die Göttin der Gitanos und der Schrecken der Gendarmerie, sie beherrscht den Drogenhandel, befehligt die Unterwelt und untergräbt die Staatsgewalt. Und das alles aus dem Gefängnis, in dem sie seit Jahren sitzt. Ihr Clan in Son Banya hält zusammen wie Pech und Schwefel. Ihr Sohn José gehört nur am Rande dazu, für ihn gibt es nur die Musik, aber Francisca Cortés Picazo liebt ihn über alles. José Cortés ist so was wie ihr besseres Ich, die fleischgewordene Unsterblichkeit der Kunst. Der Papst hatte Michelangelo, La Paca hat José."

Carlos lachte schallend und umarmte Katzer. „Komm mit, heute Abend geben sie ein Gratiskonzert im Polisportiu von Gotleu, aber das ist nur zum Aufwärmen für die Große Nummer in der Plaça de Toros am Wochenende. Da sitzt dann unsere High Society in Abendgarderobe neben dem Straßenpenner, sie machen Gesichtskontrolle an den Kassen, die Reichen blechen, die Armen kommen umsonst rein."

„Wenn Du mich rein schmuggeln kannst, bin ich dabei. Bis heute Abend dann."

Als sie sich trennten, hatte Katzer das Gefühl, einen Hunderter gefunden zu haben. Er leinte die Hündin ab. Sie spürte, dass er auf ihre Kraft und Furchtlosigkeit baute und blieb dicht neben ihm. Sie gingen unbehelligt bis zu seiner Schrottkarre mit dem Flammenschwert, die zwischen zwei Müllhalden stand, als ob sie dazugehörte. Unterwegs versprach Katzer der Hündin die erste Ration von Tina Kluges Rinderfilet. „Wir sind eine klasse Team, Du und ich."

Im Escort schaltete er Motor und Aircondition an, schnitt ein Stück Fleisch mit dem Taschenmesser ab und gab der Hündin ihre Mittagsration. Bevor er seinem Fluchtimpuls folgen und Richtung Autobahn davonbrausen konnte, überfielen ihn Zweifel. Jetzt wieder zurück nach Pollença und dann erneut nach Palma, hieße zweimal quer über die Insel und wäre einfach bekloppt. Besser, die Zeit hier zu vertrödeln als auf der Autobahn. Öhrchen würde sicher auch während des Konzerts schlafen, egal, wie laut es war. Er kratzte seinen Dreitagebart, wählte das Konsulat und fragte nach Tina Kluge. Er brauchte Geduld. Die tröstliche Stimme ließ auf sich warten.

„Hallo, Du Abenteurer, wo steckst Du?"

„Mitten im Weltuntergang bei raus gezogenem Stöpsel. Ich wusste gar nicht, welche Slums Palma hat. Gleich um die Ecke sind die Zombies zuhause."

„Die russischen Biker?"

„Wo die einen sind, sind die andern nicht weit. Die Hölle ist ein Sanatorium dagegen. Ich weiß jetzt, wo Darja steckt. Sie gibt ein Konzert heute Abend. Muss unbedingt hin. Hast Du Zeit? Wir müssen reden."

„Wie jeder freie Mensch stecke ich in einer Zwangsjacke von Verpflichtungen."

„Alles eine Frage der Prioritäten. Lass Deiner Chefin auch ein bisschen Arbeit übrig. Mach einfach mal blau."

„Eigentlich eine gute Idee. Ehe ich ganz aus der Übung komme, lassen wir Fünfe gerade sein. Zurück zu den Ursprüngen. Treffen wir uns im „Antiquari"?

„Prima Idee. In einer halben Stunde?"

„Abgemacht."

Beschwingt ließ Katzer seine Karre stehen und machte sich mit Öhrchen zu Fuß auf den Weg, zurück in die heile Welt. Keine Kioske mehr mit aufgebrochenen Rollläden, in denen neue Inhaber ohne Lizenz seit Jahren Handel trieben, keine zerbrochenen Fenster, keine im Dreck versunkenen Bolzplätze. Der mediterrane Alltag von Palma hatte sie wieder.

Das hippe „Antiquari" erschien aus dem Ei gepellt wie die Kinderstube eines Beamtenbambinos. Katzer ließ sich von Francois einen Cortado bringen und richtete sich auf Warten ein. Er hatte alle Zeit der Welt. Öhrchen schlief auf Vorrat.

Schon nach knapp einer Stunde kam Tina Kluge. Katzer war längst über das Alter hinaus, wo Warten auf eine Dame verschwendete Zeit war. Es gab keinen Grund zur Klage, Tina war gekommen und Darja würde ebenfalls auftauchen.

„Entschuldige, ich bin ein bisschen später dran, dafür habe ich den ganzen Nachmittag frei genommen."

„Ich fühle mich geschmeichelt, fast zwanzig Jahre jünger, na sagen wir neunzehneinhalb. Ich bin schon lange keinem Menschen mehr begegnet, der mich so beflügelt."

„Hör auf, Du machst mich verlegen."

„Nein wirklich, Du bist eine großartige Frau, Tina, wir sind fast am Ziel. Wir sind zusammen angetreten, um eine junge Ausreißerin zu suchen. Jetzt wissen wir, wo sie zu finden ist. Es gibt nur ein ganz kleines Problem. Wir haben die falsche gesucht. Bei Licht betrachtet kein Problem, sonst hätte ich Dich nicht getroffen."

„Meine Schamgrenze schmilzt. Mach einfach weiter."

„Wir waren hinter einer jungen Deutsche her, die sich von ihrem Stasi-Vater getrennt hat, um frei zu sein. Die gibt es gar nicht. Die junge Frau aus Deutschland ist hier endlich nach Hause gekommen, aus dem realsozialistischen Mief in die Freiheit."

„Das stimmt wohl. Wir haben ja heute morgen bei der Besprechung erfahren, dass Alfred Pfitzner ein Laptop hinterlassen hat, das jetzt ausgewertet wird. Ich habe noch mal bei der Polizei nachgefragt, das Passwort ist übrigens wirklich ‚Pandora'. Wie bist Du darauf gekommen?"

„Pfitzner selbst hat mich darauf gebracht. Er sprach mehrfach von der Büchse der Pandora, die mit einem geheimnisvollen Schlüssel geöffnet worden sei. Dieser Schlüssel wird jetzt hektisch gesucht. Zufällig ist er in meinem Besitz. Ich würde ihn gern dafür hergeben, wenn ich dafür erfahren würde, was in Alfreds Laptop steht."

„Du hast den Schlüssel? Ist das nicht gefährlich?"

„Nicht so gefährlich wie der Inhalt des Laptops. Nur der Laptop kann uns sagen, wofür der Schlüssel gut ist."

„Der wäre bei der Policia Nacional sicher in gutem Händen."

„Schon, aber er ist oder war Eigentum eines deutschen Staatsbürgers, der hier zu Tode gekommen ist. Seine Familie, ich meine Darja, hat irgendwann den Anspruch auf Rückerstattung dieses Eigentums. Könntet Ihr vom Konsulat nicht diplomatisch Einfluss nehmen, um etwas über den Inhalt des Laptops zu erfahren?"

„Kommt sehr darauf an, wie geschickt dieser diplomatische Einfluss geltend gemacht wird, denke ich."

„Denke ich auch. Zufällig habe ich in diesen Tagen zwei der besten Diplomatinnen Deutschlands kennengelernt. Wenn du und Emilie Liefers sich ins Zeug legen würden, könnte das Berge versetzen. Ganze bürokratische Gebirge."

„Wenn man Darja damit unterstützen kann."

„Von selbst würde die keinen Finger krumm machen in dieser Sache. Sie ist wie ihre spanische Mutter, die Jola, und Jola war eine Gitana. Daran hat der ganze Sozialismus nichts geändert. Kein System der Welt kann einen Zigeuner zähmen. Sie sind die freiesten Menschen der Welt, die sind die gelebte Anarchie. Nicht umsonst hatte die Absage an jede Herrschaftsform in Spanien ihre größte Verbreitung gefunden. Hier galt Bakunin immer mehr als Karl Marx."

„Bestimmt hat schon Darjas Großmutter ihren russischen General mit ihrem liederlichen Einfluss verdorben."

„Darja lebt in Gotleu so frei wie ein Vogel, niemand darf sie wieder in einen Käfig sperren. Sie lebt unter Verdammten, das ist die traurige Wahrheit, aber ich glaube, sie hat eine Mission."

„Kann es sei, dass Du noch immer ein Idealist bist?"

„Jetzt machst Du mich verlegen. Bin heute wohl einem Sozialarbeiter zu nahe gekommen, das muss ansteckend sein. Er will mich heute Abend in das Konzert im Polisportiu mitnehmen. Leider weiß ich noch nicht, wo ich Öhrchen lasse."

„Ich mach Dir einen Vorschlag: lass sie bei mir und geh ins Konzert. Ich glaube, sie mag mich."

„Wir mögen Dich beide. Ich habe eine bessere Idee: wir gehen alle ins Konzert, Du und ich, und nehmen sie mit."

„Einverstanden. Und was machen wir bis dahin?"

„Ich hätte da eine Idee."

„Na denn los. Worauf warten wir?"

Katzer bestellte bei Francois ein kleines Picknick plus Wasser und einer Flasche Rosé. Dann lotste er Tina Kluge zu seiner Karre. Sie folgte ohne zu fragen. Er musste dringend einen Abstand zu seinem Surviveltrip in Son Gotleu einlegen. Sie verließen Palma auf der schmalen Bergstraße Ma 1043 Richtung und fuhren 6 Kilometer bis zum Coll d'es Vent. Sie stiegen aus und gingen den Weg hinunter bis zu einem grünen Eisentor, das zu einer Karrenpiste führte. Sie passierten einen Steinbruch und eine Kolonie von Erdbeerbäumen.

„Schon mal probiert?"

Katzer pflückte eine handvoll der roten Früchte.

„Schmecken genau wie Erdbeeren, und man muss sich nicht mal bücken."

Tina nickte anerkennend. Katzer gab Öhrchen auch eine handvoll, die mit ihrer Zunge die Ernte verschlang. Sie fand das Ergebnis passabel, wenn auch nicht weltbewegend.

Ein paar Minuten später versperrte eine Eisenkette den Pfad. An einem Baum ein Schild „Prohibido el paso, propiedad privada." Sie stiegen hinüber und folgten der Waldpiste bis zu einer Lichtung.

„Zum Glück ist Wochentag und sehr einsam. Am Wochenende ist hier ganz Palma unterwegs. Wollen wir gleich picknicken oder reichen deine Kräfte noch für einen kleinen Ausflug auf den Mirador de Alzamora?"

„Bin noch nicht ganz raus aus dem Wachstumsalter, aber ich riskiere mal einen Kräftevergleich mit Euer Hochwohlgeboren."

Öhrchen lief voraus, schnüffelte aufgeregt und hob ab und zu das Beinchen.

„Eigentlich ist sie doch eine Hündin, warum hockt sie nicht hin zum Pipimachen?"

„Mal so, mal so, sie legt sich da nicht fest."

„Ich muss auch mal Pippi, nach Frauenart."

Tina ging drei Schritte seitwärts und zog in Sichtweite ihren Slip runter.

Katzer hatte sich diskret umgedreht und die Picknicktüte abgestellt. Er schnappte sich ein Baguette mit französischem Käse. Kauend dirigierte er seine Damen auf einem Trampelpfad zum Aussichtspunkt Alzamora. Sie genossen den prickelnden Fernblick von Valldemossa über das Teix-Massiv, ließen die Augen schweifen zum Penyal des Migdia, den Puig Major mit seiner Radarkugel und den Puig de Massanella.

„Unglaublich, das alles nur wenige Kilometer von Palma entfernt." Tina legte ihre Hand auf Katzers Arm. „Danke".

Sie machten sich über die Picknicktüte her. Der Rosé war noch angenehm kühl. Sie leerten jeder nur einen halben Pappbecher, merkten aber auf dem Rückweg eine leichte Wirkung.

„Ich will nie wieder zurück", säuselte Tina und lachte. „Komm, lass uns auf der Lichtung den Rest der Köstlichkeiten vernichten."

„Wir haben nicht mal eine Decke."

„Wir haben uns."

Öhrchen machte es sich bequem und schloss die Augen, während die beiden ihre Erkundungsreise von der Natur auf ihre Körperteile verlagerten. Beide mit weit offenen Augen. Es gab viel zu entdecken. Katzer gefiel alles. Tina offenbar auch. „Als u vorhin Pippi gemacht hast, hat mich das erregt," gestand er.

„Das sollte es auch."

Sie tranken den Rest des Rosé und waren beschwipst. „Der Abend wird lang," murmelte Katzer.

„Lass uns eine Siesta machen."

Sie genossen die frische Brise auf der verschwitzten Haut und dämmerten weg.

„Mach Dich auf was gefasst," warnte Katzer auf dem Rückweg.

„Kann ich mich noch umziehen?"

„Auf keinen Fall. Ich will Dich so wie Du bist, verschwitzt und beschwipst. Dein Abendkleid kannst du für die Plaza del Toros am Wochenende aufheben. Heute keine Verkleidung. Wir gehen inkognito. Nimm den letzten Schluck Rosé zum Mutmachen."

Der armselige Polisportiu von Son Gotleu war viel zu klein für den Andrang der vielen Fans, aber genau richtig, um die heißen Körper zusammenzupressen wie eine Sardinenbüchse und die Erwartung bereits während des Soundchecks zum ersten Siedepunkt zu treiben. Katzer gelang es, Carlos Coll auszumachen und ihm Tina Kluge vorzustellen. „Meine vierbeinige Begleiterin kennst du ja schon."

Carlos schaufelte ihnen den Weg bis zur ersten Reihe frei. Alle schienen ihn zu kennen, das Schulterklopfen und Umarmen nahm kein Ende. Als sie doch noch vorne angekommen waren, wurden tatsächlich mit viel Gelächter und Drücken nach links und rechts drei Plätze für sie freigemacht. Öhrchen verfolgte das Gedrängel aufmerksam und nahm zufrieden zu ihren Füßen Platz. Eine junge Frau sprang vom Schoß ihres Begleiters, setzte sich auf den Boden und schlang ihren Arm um den Hals des Tieres.

„Hier ist weich und bequem, Deinen Ständer kannst Du mir später wieder an den Arsch drücken."

Witze und Zoten wechselten in schneller Folge, bis ein rasantes Gitarrensolo den Lärm verstummen ließ. Der Gitarrist mit schwarzem Kopftuch und nacktem Oberkörper bekam einen Suchscheinwerfer auf seine Muskelpakete gerichtet. Die Band blieb im Halbdunkel, trieb mit schnellem kubanischen Beat die Gitarre zu immer waghalsigeren Soli, während sich unter dem grellen Kegel eines Verfolgers aus dem Hintergrund eine zweite Gitarre im Tanzschritt nach vorn zu dem Muskelmann schob, der sich erhob und mit kopulierenden Bewegungen auf den anderen zubewegte.

Die beiden rockten in einem musikalischen Orgasmus zum Finale. Das war nur der Einstieg. Gitarrenmann Nummer zwei stellte die

Musiker vor, jeder mit frenetischem Applaus begrüßt, gefolgt von einem längeren Monolog, dessen Inhalt Katzer nicht mal zur Hälfte verstand. Die Bühne versank wieder im Schummerlicht. Im Halbdunkel schob sich eine junge Frau an die Rampe, um einen gellenden Schrei auszustoßen, der das Signal für alle Scheinwerfer war, voll aufzublenden. Ihr wallendes Gewand war durchscheinend wie Glas, ihre Stimme übertraf die Intimität ihrer Erscheinung um ein Vielfaches.

Sie hielt die Augen geschlossen, das Mikrofon dicht am Mund, und sie spürte mit allen Fasern ihres fast nackten Körpers, wie das Publikum an ihrer Stimme klebte. Sie führte die Zuhörer weiter und weiter, sang tief aus dem Unterleib, im nächsten Moment mit klagender Kopfstimme, der Drummer spielte sich gegen ihre statuenhafte Pose mehr und mehr in Ekstase. Es gab kein Halten mehr. Alle sprangen auf, rissen die Arme hoch und gaben grölend zurück, was sie freizügig bekamen.

Die Schranken zwischen Bühne und Publikum waren gefallen. La Gitana nahm die Menschen von Son Gotleu mit, wohin sie wollte. Sie ließ sie ihren Schmerz spüren, ihre Wut und ihren Willen, die Welt herauszufordern. Niemand würde sie stoppen. Carlos stieß die geballte Faust in die Luft und schrie *„Venceremos!"* Als Antwort gellte ein vielstimmiges *„No pasaran!"* durch das Polisportiu, sie kommen nicht durch, der Schlachtruf der republikanischen Verteidiger vor Madrid gegen Francos Legionäre.

Die Gitana folgte dem entfesselten Publikum. Mit ausgebreiteten Armen gebot sie der Menge Schweigen. Ein letztes Mal erhob sie die Stimme zum Abschiedssong.

„Hasta la siempre, Commandante Che Guevara."

Das Kampflied vom Ende des Revolutionärs in Bolivien, von vielen Gitanos trotzig übernommen, begleitete den Leichnam von seiner blutigen Bahre zur neuen Auferstehung. Die Botschaft kam an. Jetzt hat sie uns bei den Eiern, dachte Katzer. Jetzt folgen wir ihr bis ans Ende der Welt. Die junge Sängerin schlang einen Teil ihres Gewandes um Kopf und Gesicht. Das Mädchen zu Tinas und Katzers Füßen heulte ins Fell der Hündin. Die Hündin leckte ihr über das Gesicht. Katzer und Tina schauten sich an.

„Das ist sie."

„Wir haben sie gefunden."

„Besser gesagt, sie hat uns gefunden. Was nun?"

„Unmöglich, an sie ran zukommen. Zwischen uns und ihr ist eine Mauer von Menschen. Ist auch nicht der Moment, ihr zu erklären, wer wir sind und was wir wollen."

„Aber der Mörder ihres Vaters läuft frei rum. Und sie ist in Lebensgefahr."

„Auf der Bühne wohl eher nicht. Ihr bester Schutz ist die Öffentlichkeit. Hauen wir ab für heute. War ein toller Tag. Kann ich Dich nach Hause fahren?"

„Danke, nicht nötig, ich nehme ein Taxi. Bring mich einfach zurück in die Zivilisation."

Sie verabschiedeten sich mit dicker Umarmung. Katzer setzte Tina unterwegs ab und fuhr heim in den Norden der Insel. Wie immer gab es in Pollença nachts keinen Parkplatz. Er fand trotzdem einen. Es war sein Glückstag.

Nach dem üblichen Fußmarsch durch das nächtliche Dorf fing Öhrchen vor der Haustür laut an zu kläffen. Die Tür stand offen. Die Hündin zog ihn an der Leine ins Innere und stürmte ins Haus, nach allen Richtungen bellend. Katzer rannte hinterher, alle Lichtschalter betätigend, die in Griffnähe waren. Er stolperte über herumliegende Bücher, umgeworfene Lampen und einen auf dem Kopf gestellten Sessel. Auch der Hundekorb war umgeworfen. Katzer war froh, den Schlüssel am Morgen noch in einen Kaktuskübel auf der Dachterrasse gestopft zu haben.

Eine schelle Revision im ersten und zweiten Stock ergab das gleiche Bild. Chaos vom Erdgeschoss bis zum Dachgarten. Selbst die Blumenkübel waren umgeworfen, die Pflanzen größtenteils entwurzelt. Der Stachelkaktus hatte nur einen Fußtritt abbekommen. Katzer zog den Schlüssel zwischen seinen Wurzeln heraus.

Er blickte zum Himmel. Der Vollmond strahlte feierlich über sein rundes Gesicht. Katzer grinste grimmig zurück.

Er ging wieder hinunter, bezog sein zerrissenes Bett neu und beschloss, die Spuren des Vandalismus erst am nächsten Tag zu beseitigen. Öhrchen schnupperte immer noch aufgeregt herum, aber sie hatte aufgehört, zu bellen. Allmählich trauten sich auch die Katzen wieder aus ihrem Versteck. Katzer verteilte an alle ein Leckerli zur Beruhigung. Erst jetzt kam ihm der Gedanke, die Polizei zu benachrichtigen. Vielleicht hatten die Nachbarn etwas mitgekriegt. Er galt schließlich als ehrbarer Resident. Es würde einen schlechten Eindruck machen, die *Policia Local* aus dem Spiel zu lassen, auch wenn das nichts brachte und seinen wertvollen Schlaf kosten würde.

Er rief das Revier an. Es war fast 2 Uhr. Zum Glück meldete sich der junge Luigi, mit dem er schon mal ein Bier getrunken hatte. Luigi sah gerade fern, was nachts um zwei eine Strafe ist, wie jeder bestätigen wird, der das spanische Fernsehen kennt.

„Luigi, bei mir ist eingebrochen worden. Ja, bin gerade erst heimgekommen, mein Haus sieht aus wie ein Schlachtfeld. Scheint aber nichts zu fehlen. Na ja, kriegen wir wieder hin. Jetzt kann man eh nichts mehr machen. Ich schlage vor, ihr macht euch gleich morgen früh an die Arbeit, ich lassen alles stehen und liegen, wie es ist, dann könnt ihr euch in Ruhe und frisch ausgeschlafen ans Werk machen, einverstanden? Die Haustür ist aufgebrochen, natürlich, kein Problem, wer das ausnutzen will, ist selbst schuld. Ich habe ja meine Hündin als Schutz. *Hasta luego*, bis bald."

15.

Öhrchen hatte prima geschlafen in der verwüsteten Behausung, Katzer weniger. Er hatte sein Schlaf- und Arbeitszimmer im umgebauten Obergeschoss, wo früher der Bauer seine Futtervorräte für das Vieh und einen riesigen Tonkrug für das Olivenöl gelagert hatte. Eine Etage darüber lag der Golfo, ein ehemals offener Dachboden, der gleichfalls ausgebaut worden war und jetzt als Abstellraum für Gemälde und seine nicht mehr benutzten Fahrräder diente. Er lebte hier mit seinen Tieren, seinen Erinnerungen und überall im Haus verteilten Spickzetteln, auf denen er Notizen für neue Geschichten und Telefonnummern von Bekannten und Handwerkern gekritzelt hatte.

Die Dorfpolizei klingelte pünktlich um 8 Uhr, obwohl die Haustür offen stand. Die Kollegen hatten die Guardia Civil mitgebracht und die Spurensicherung. Die bestehende Unordnung wurde von ihnen um einige Grade verschlimmert, obwohl der Unterschied für ungeübte Augen kaum festzustellen war. Katzer überlegte, wie viel Katzentatzen und Hundepfoten bei der Suche nach Fingerabdrücken wohl in die Kartei geraten würden.

„Was können die Einbrecher gesucht haben, sie waren wirklich gründlich," stellte der leitende Beamte der Guardia Civil fest. Katzer zuckte die Schultern.

„Dazu fällt mir nichts ein. Ich habe die ganze Nacht vergeblich darüber gegrübelt."

„Es sieht nicht nach einem normalen Einbruch aus. Musikanlage, Computer, Fernseher - alles da. Kein Schmuck gestohlen, kein Geld, keine Bilder oder Skulpturen . . ." Er blickte sich kritisch um, als ob er von diesen Bildern auch keins hätte mitgehen lassen. Moderne Kunst, deren Schöpfer eher in die Arrestzelle gehörten als an die Wände eines geordneten Haushalts.

„Machen Sie einfach Ihren Job, ich mach meinen. Im Moment hat die erste Gassirunde mit meinem Wachhund die höchste Dringlichkeitsstufe. Wenn noch Fragen sind, ich bin in 15 Minuten wieder hier."

Katzer ließ sich von Öhrchen ins „Can Rasca" führen, um einen doppelten Espresso zu bestellen und Isabel anzurufen. Sie war noch nicht im Präsidium. Er erreichte sie privat. Er berichtete vom Auftritt Darjas und vom Einbruch bei ihm zuhause.

„Zwei sehr gegensätzliche Erfahrungen, die aber miteinander zu tun haben. Den Schlüssel, dem der Einbruch offenbar galt, habe ich noch. Ich habe ihn gegenüber den Kollegen vor Ort nicht erwähnt."

„Das ist jetzt auch schon egal. Die *Policia Nacional* fahndet im Großeinsatz nach Darja. Dein Engel steht unter dringendem Verdacht, ihren Vater ermordet zu haben."

„Seid ihr bescheuert?"

„Ganz und gar nicht. Pfitzners Laptop ist eine Fundgrube. Wir wissen jetzt, dass Alfred Pfitzner gar nicht der leibliche Vater von

Darja ist. Der DNA-Abgleich seiner Leiche mit den Spuren, die wir von ihr in Es Cosconar gefunden haben, bestätigt das."

„Hol Euch der Teufel. Deshalb bringt man doch keinen Menschen um."

„Vielleicht doch. Es geht um ein Millionenerbe. Vielleicht sogar um mehr. Pfitzners Aufzeichnungen führen uns in einen Abgrund der Familiengeschichte. Darjas Mutter Jola war noch blutjung, als sie Batomunkajew Senior in Ostberlin getroffen hat. Laut Pfitzner ist er gar nicht Darjas Onkel, er ist ihr Vater. Das durfte nie publik werden, weil der Dyadya in offizieller Funktion Moskaus auf Auslandsmission unterwegs war."

„Das muss ich erst mal verdauen."

„Der Onkel – oder genauer der Vater - hat seine Tochter nie gesehen, aber er hinterließ ihr oder besser gesagt ihrer Mutter Jola einen Teddy, dessen Bedeutung erst jetzt klar wird. Pfitzner übernahm die Vaterrolle, nicht zu seinem Nachteil. Das Innenleben des Teddys ist ein Erbe des russischen Generals, der im Bürgerkrieg mit dem Abtransport von Teilen der Goldreserve der spanischen Nationalbank nach Volksfront-Frankreich beauftragt war, um Waffen für die Republik zu kaufen. Von dem Gold hat er eine Kleinigkeit für seine spanische Geliebte, also Jolas Mutter oder Darjas Großmutter, abgezweigt, weil er ahnte, dass ihm eine ungewisse Zukunft nach Rückkehr in die Sowjetunion bevorstand. Der General wurde wie alle von Stalin abkommandierten Kommunisten nach dem Hitler-Stalin-Pakt erschossen."

„Mach's kurz, Isabel – wofür passt der verdammte Schlüssel?"

„Nach dieser Antwort hat Pfitzner lange gesucht. Er bekam sie von Darjas Halbbruder Laszlo, der sich auf Mallorca rumtreibt. Der Schlüssel gehört zu einer Brigg, die in den dreißiger Jahren Teil der republikanischen Flotte war. Damals hieß sie ‚Santa Catalina'". Wir ermitteln gerade, ob sie noch existiert und wenn ja, wem sie heute gehört. Der Tresor, zu dem der Schlüssel vermutlich passt, wurde damals von der Firma Astleiter hergestellt und in die ‚Santa Catalina' eingebaut."

„Wenn ich Dich richtig verstehe, geht es um verschollene Goldbarren im Gegenwert von Millionen oder Milliarden."

„Richtig. Und es geht um ein Mordmotiv, für das jeder Staatsanwalt sich alle Finger leckt."

„Pfui Teufel, wer Geld oder Gold anfasst, sollte sich die Finger erst mal waschen, nicht lecken. Ich glaube, dass Laszlo der Mörder ist und Darja sich in großer Gefahr befindet, solange er frei rumläuft. Isabel, Du musst mir dringend einen Termin bei Hauptkommissar Caplonch verschaffen."

„Was hast Du noch auf dem Herzen? Willst Du nicht erst mit mir darüber reden?"

„Ich will in den Knast."

„Wie bitte? Bist Du jetzt völlig übergeschnappt?"

„Ich muss mit La Paca reden."

„Der Gangstermutter? Sie ist die Bandenchefin eines unserer größten Drogenringe."

„Eben darum. Ich möchte, dass Caplonch mir Zutritt ins Staatsgefängnis verschafft. La Paca weiß, wo wir Darja finden."

„Ich werde mit meinem Chef darüber reden. Versprechen kann ich nichts."

„Hört sich gut an. Deine Stimme ist Balsam für meine Seele nach dieser beschissenen Nacht. Bis bald."

Katzer bestellte noch einen Espresso und überlegte, ob er Tina Kluge anrufen sollte, um sie über die jüngsten Ereignisse zu unterrichten. Tina war schneller und ließ ihrerseits sein Handy klingeln.

„Wie geht es Dir nach unserem traumhaften Tag?"

„Dem leider eine albtraumhafte Nacht gefolgt ist. Während ich mit einer Traumfrau unterwegs war, wurde eingebrochen. Mein Schock hält sich in Grenzen, meine Laune zum Aufräumen leider auch."

„Wie schrecklich. Kann ich Dir helfen?"

„Vielleicht. Der Schlüssel ist bei mir nicht mehr sicher. Kann ich ihn mit ein, zwei anderen Sachen in ein Päckchen verschnüren und bei Dir im Konsulat deponieren, wenn Du versprichst, es nicht aufzumachen?"

„Sollte möglich sein, in meinem Safe ist noch Platz. Aber nur, wenn ich das Päckchen persönlich abholen darf."

„Hast Du starke Nerven? Mein Haus gleicht einer Müllkippe."

„Bin schon unterwegs."

Noch bevor Katzer sein Haus wieder erreicht hatte, rief Isabel zurück.

„Caplonch verzichtet auf Deinen Anblick. Bevor Du ihm das Ohr zerredest, sollst Du Dich lieber gleich um 16 Uhr im Staatsgefängnis melden und ihm anschließend Bericht erstatten. La Paca ist informiert, dass es um Darja geht."

„Moment, wir betreten gerade unsere Hütte, die Guardia ist immer noch zugange, kann ich dem diensttuenden Obersten was ausrichten?"

„Reich ihn mal rüber. Ich rede mit ihm."

Der ziemlich erstaunte Uniformträger ließ sich den Hörer aushändigen, fragte, mit wem er spreche und nickte mehrmals. „Ja, geht in Ordnung, Comisaria. Auf Wiederhören."

„Also, Männer, wir sind hier wohl durch, wenn noch Fragen sind, wissen wir, wo wir den Geschädigten erreichen. Abgang!"

Katzer konnte ungestört den Schlüssel und die Knarre, die er Pfitzner abgenommen hatte, zu einem Päckchen verschnüren. Er packte die zwei Magazine dazu, die offenbar kein Interesse bei seinen ungebetenen Gästen gefunden hatten und fragte sich, was Tina über das verfängliche Mitbringsel denken würde. Er rief sie nochmals an.

„Tina, der Bombentrichter daheim ist schlimmer, als ich dachte. Ich stoße gerade auf alte Familienfotos und Liebesbriefe. Ist es in Ordnung, wenn ich heute Nachmittag zu Dir komme?"

„Mach Dir keine Sorgen, ich sitze schon im Auto und bin in einer halben Stunde bei Dir."

Katzer gab sich geschlagen und liebäugelte mit dem Gedanken, dass sein Haus nach der Schändung der letzten Nacht bald neue Weihen durch die ordnende Hand einer stellvertretenden Konsulin erhalten würde. Noch stimulierender war die Vorstellung, wozu diese ordnende Hand noch alles fähig war. Er empfing Tina mit dem Vorschlag, das Haus wöchentlich einmal plündern zu lassen, wenn sie ihm anschließend beim Aufräumen helfen würde.

„Du würdest das auf Dich nehmen? Nur um mich zu sehen? Wie lieb, ich werte das als Kompliment."

„Nicht nur, um Dich zu sehen. Dich fühlen ist fast noch wichtiger."

„Ich liebe lange Umarmungen, die langsam in Sex übergehen."

Sie küssten sich hingebungsvoll und hätten dem Impuls zu weitergehenden Tätlichkeiten nachgegeben, wenn Öhrchen nicht durch Schubsen und Winseln ihr eigenes Bedürfnis nach Zuwendung kund getan hätte. Tina wandte sich der Hündin zu, Katzer gab dem Tier einen Klaps.

„Wo sollen wir anfangen?"

„Da wo wir aufgehört haben."

Er führte sie durch eine bereits freigelegte Schneise in sein Arbeitszimmer mit Schreibtisch, aufgerissenem Kleiderschrank und dem frischbezogenem Bett. Sein Versuch, die Tür zu schließen ehe die Hündin folgen konnte, misslang. „Zentrum des Daseins ist immer ein gutes Bett, ein Tisch und ein Dach, das den Regen abhält", gab er zum Besten. Sie ließ sich fallen und brachte es fertig, ihr Kleid über den Kopf zu ziehen, bevor sie Kontakt zur Matratze hergestellt hatte. Im gleichen Moment, als er neben sie plumpste, überfiel ihn die Müdigkeit, nach der er die letzte Nacht vergeblich gesucht hatte. Er dachte, ich kann nicht. Nicht jetzt. Sie gab ihm das rettende Stichwort.

„Jetzt fehlt bloß noch der Regen."

„Nehmen wir zur Abwechslung die Dusche. Da ist Platz für zwei. Außerdem lässt Öhrchen uns in Ruhe. Sie hasst Wasser, sofern es nicht zum Trinken ist."

Das Wasser war erst zu kalt und dann zu heiß. Er drehte noch einmal auf kalt und wieder heiß, dann griff er zum Duschgel. Das Gel auf der nackten Haut machte ihre Körper glitschig. Er massierte ihre Nippel mit dem Schaum, bis sie stöhnte, glitt mit der Hand tiefer, bis sie mehr stöhnte und ließ es geschehen, dass sie mit beiden Händen zwischen seine Bein griff. Während sie in seine Brust biss, krallten ihre Finger sich in seinem Hintern fest und suchten neue Ziele.

Er entzog sich und hockte sich auf den Boden. Sie hielt mit beiden Schenkeln seinen Kopf und presste ihren Unterleib an seine Lippen. Seine Ohren waren fest umschlossen wie in einem Schraubstock. Das Rauschen schwoll bedrohlich an, nahm ihm den Atem, ließ sein Herz zerspringen, weil er sich der Angst nicht stellen wollte, die ihn schließlich übermannte. Seit seiner Heimkehr in das aufgebrochene Haus war er dem gehetzten Pfitzner fortgerannt. Jetzt holte der ihn ein. Ein trockenes Schluchzen war alles, wozu er noch fähig war.

Sie kniete über ihm.

„Man kann seine Probleme nicht einfach wegvögeln."

Er schloss die Wasserhähne.

„Einen Versuch war es wert. Ich war noch nie mit einer Diplomatin duschen. Aber jetzt holt mich die Scheißangst ein. Die letzten zwei Tage waren zu viel."

„Du kannst nicht ständig den Bad Boy spielen."

„Sollte ich aber. Pfitzner hat mir sein Schießeisen vermacht."

„Deine Stärke liegt im Ermitteln, nicht im spielen mit Mordwaffen."

„Wo wir gerade auf der schiefen Bahn sind – habt ihr im Konsulat was rausgekriegt über unseren Stasifreund im Tiefkülfach?"

„Lass uns einen Ortswechsel vornehmen, Dein Wasserhahn tropft. Pfitzners Vergangenheit ist ein Fortsetzungsroman mit Bestsellerpotential."

„Irgendwo in meinen Chaos gibt's einen Föhn. Trockne erst mal Deine Haare, dann erzähle weiter."

Leise fluchend machte er sich auf die Suche. Der Föhn lag im Schrank unter einem Berg von Handtüchern. Während er sich hastig anzog, stand sie vor dem Spiegel, Föhn in der einen und das Handtuch in der anderen Hand, um geduldig ihren Haarschopf von der Nässe zu befreien. Er streifte ihre weiße Haut.

„Tut mir leid. Ich bin ein Trottel."

„Bist Du nicht, mein Held. Angst zu haben ist kein Makel. Nur ihr nachzugeben, macht Dich klein."

„Ich hätte gerne mehr von Deinem Mut."

„Genug der Komplimente. Willst Du immer noch Vergangenheitsbewältigung betreiben?"

„Schieß los."

„Pfitzner gehörte zu einer noch immer aktiven Stasi-Seilschaft. Das BKA kümmert sich darum. Die alte Garde arbeitet mit Erpressung, manchmal genügen Andeutungen, weil Promis um ihren guten Ruf fürchten. Das Geschäft lief passabel, sie waren clever genug, das richtige Maß zu wahren. Aber Pfitzner wollte mehr. Er glaubte, auf eine Goldader gestoßen zu sein."

„Deren Schlüssel seine eigene Frau in den Händen hielt?"

„Ja und nein. Es ist schlimmer, als wir dachten. Jola hatte es schwer in der DDR. Die latente Ausländerfeindlichkeit machte ihr zu schaffen. Sie fühlte sich wegen ihrer spanischen Abstammung diskriminiert. Der übliche Rassismus im realsozialistischen Alltag."

„Soviel zur internationalen Solidarität."

„Von bornierten Kleinbürgern wurde sie hinter der Hand mal als Franco-Hure und mal als Zigeunerflittchen beschimpft. Ihre Meinungsäußerungen erregten Missfallen. Sie wurde in ihrer Datsche erhängt aufgefunden. Die Volkspolizei stellte Fremdeinwirkung fest."

„Die Akten können doch nicht alle verschwunden sein."

„Nein, tun sie nicht, aber die Untersuchungen wurden auf Anweisung von oben eingestellt. Pfitzner hat heimlich weiter ermittelt. So ist er darauf gestoßen, dass Darja nicht seine eigene Tochter war und einen russischen Halbbruder hat. Wenn ihr Großvater aus dem Spanienkrieg etwas hinterlassen hat, sind die beiden Enkel die rechtmäßigen Erben."

„Eine Hinterlassenschaft, die Pfitzner als Büchse der Pandora bezeichnet hat."

„Was meinen Bad Boy der Investigationsbranche aber nicht traurig stimmt, oder?"

„Nicht so traurig wie die Unordnung im Haus. Ich kümmere mich später um den Mist. Ich habe Dir schon zu viel Zeit gestohlen. Wir haben beide Wichtigeres zu tun als mein Inventar zu sortieren."

„Wichtigeres als Liebe machen?"

„Jede große Liebe muss die Probe des Alltags bestehen. Ich werde Dir nie vergessen, was Du für mich tust."

Sie verabschiedete sich mit aufgesetzter Fröhlichkeit. Katzer schaute ihr betreten nach, ehe er sich hinter seinem Telefon verschanzte.

Er bat Edgar von der Deutschen Buchhandlung um alle verfügbare Literatur über die Zigeuner in Spanien und düste nach Palma.

„Offenbar hast Du ein neues Interessengebiet," begrüßte Edgar ihn. Er wies auf einen Stapel Bildbände über Roma und Sinti sowie zwei wissenschaftliche Schriften.

„Lass gut sein. Was weißt Du über La Paca. Ich werde sie heute besuchen."

„Die sitzt noch ein paar Jahre. Matriarchin aller mallorquinischen Gitanos. Versuchter Mord, Drogenhandel, Zuhälterei, das ganze Strafregister rauf und runter. Ihr gefürchteter Clan macht weiter, als ob sie nicht hinter Gittern wäre. Ein Wort von ihr, und die gefährlichsten Männer kuschen. Eigentlich sollte sie im Parlament sitzen. Sie hat in jedem krummen Deal auf der Insel ihre Finger drin."

„Genau die Frau, die ich suche. Ich werde mit ihr fraternisieren auf Teufel komm raus. Wünschte, ich wäre ein paar Jahr jünger. Dann würde ich sie zur Schwiegermutter machen."

„Wie willst Du an sie ran kommen?"

„Ich habe eine Besuchserlaubnis."

„So so, na ich drück Dir die Daumen. Lass Deinen Charme spielen, vielleicht macht sie Dir einen einen Heiratsantrag, sie nutzt immer alle Beziehungen. Wenn unsere Großkopfeten nicht brav schweigen müssten, hätte sie längst lebenslänglich."

Katzer gurkte beschwingt zum Staatsgefängnis und hätte auf dem Weg zur Knastkaserne fast ein Stoppschild überfahren. Das Gefängnis mit seinen 1300 Insassen liegt mitten auf der grünen Wiese außerhalb des Stadtautobahnringes am Weg nach Sóller, überragt von einem hohen Wachturm und Solarzellen auf den Dächern der dreistöckigen Gebäude. Ohne Mauer und Stacheldrahtzaun hätte man es fast mit einer der hingeklotzten Feriensiedlungen verwechseln können, die in Hochglanzprospekten den Traum vom Süden versprechen.

Er meldete sich beim Tor mit seinem Namen und dem Hinweis, die *Policia Nacional* habe einen Besuchstermin für ihn mit Frau Francisca Cortés Picazo vereinbart. Der Pförtner verglich seinen Ausweis mit seinen Unterlagen und forderte ihn auf, sein Handy und alle mitgeführten Gegenstände abzuliefern. Er leerte alle Taschen aus, bekam ein Umhängeschild als Besucher und einen Justizbeamten als Begleiter. Der führte ihn durch endlose Gänge zu einem fürstlichen Besucherraum. La Paca thronte in einem Ledersessel und begrüßte ihn, indem sie ihn mit einem Fächer näher winkte.

„Ein so feines Besuchszimmer würde man gar nicht im Gefängnis erwarten," sagte er halb an den Beamten gewandt.

„Was heißt hier Besuchszimmer, das ist mein Privatsalon im Staatsgefängnis," zwitscherte La Paca mit einem mokanten Lächeln.

„Ich geh dann mal", nuschelte der Wachtmeister. „Klingeln Sie, wenn ich gebraucht werde."

„Ich bin Schriftsteller," eröffnete Katzer seine Offensive. „Seit ich von Ihnen gehört habe, gnädige Frau, will ich über Sie schreiben."

„Was hast du denn gehört, Caballero, hoffentlich nur Gutes."

„Bisher kenne ich nur die üblichen Zeitungsberichte. Das hat mich neugierig gemacht. Aber ich brauche den persönlichen Kontakt, um kreativ zu werden."

La Paca legte ein Bein über das andere, um ihren massigen Hintern zur Geltung zu bringen. Katzer schätzte sie auf sechzig Jahre, sollte aber bald feststellen, dass sie wie hundert aussehen konnte, wenn sie nachdenklich war, oder wie vierzig, wenn sie kokettierte. Sie war, Knast hin oder her, das sprudelnde Leben.

Katzer entschied, in die Vollen zu gehen. Er erzählte von dem Konzert mit José und Darja, das er gestern gehört hatte. „Umwerfend wäre ein schwaches Wort. Was diese Band hören lässt, hat mein Leben verändert, sie versetzen einen in eine andere Welt. Die Menschen haben getobt."

„Ich habe mir berichten lassen," strahlte La Paca. „Du musst wissen, José ist mein Sohn. Einer von Fünfen. Das Mädchen wird seine Romnî. Sie leben zusammen. Sie ist das Glück seines Lebens und sie wird auch mein Glück sein, wenn sie mir viele Enkel schenkt."

„Sie singt wie eine Göttin."

„Ich habe noch keine Göttin singen gehört, aber vielleicht kriege ich mal Freigang, wenn sie ein Konzert gibt. Diese Insel ist klein und mein Clan ist groß, alle tanzen nach unserer Pfeife."

„Sie haben guten Kontakt zu Ihren Leuten?"

„So viel ich will, Kleiner. Ich bin La Paca, nenn mich einfach Paca und lass das alberne ‚Sie' weg."

„Danke, Paca, ich muss dir etwas wichtiges sagen. Das Mädchen ist in großer Gefahr. Für mich bist du die wahre Chefin von Mallorca, du musst sie schützen. Ihr Adoptivvater wurde vor zwei Tagen in Gotleu umgebracht, jetzt sind die Täter hinter ihr her. Auch die Polizei sucht sie, aber im Polizeigewahrsam ist sie ebenso wenig sicher. Es gibt wohl einen Maulwurf, der für die Mörder arbeitet."

„Ich weiß. Es gibt eine ernstzunehmende Bombendrohung gegen ihr Konzert in der Plaça de Toros. Das Konzert wurde verschoben. Wir werden die russischen Banditen vertreiben, mit allen Mitteln. Mallorca ist nicht die Krim. In Son Banya ist sie sicher."

„Kenn ich nicht."

„Unser Dorf wenige Kilometer hinter Gotleu, die Ma-15 runter, gleich am Flughafen. Mein Clan ist da verwurzelt."

„Aber du bist jetzt hier."

„Mein Clan und ich sind überall. Wir kennen keine Schranken."

„Dann habt ein Auge auf die Russen. Laszlo ist ihr Anführer. Übrigens ein Halbbruder von Darja."

„Laszlo, Darja – nie gehört."

„Ich kenne das Mädchen, von dem wir sprechen, nur unter ihrem russischen Namen. In Wahrheit ist sie Spanierin."

„In Wahrheit ist sie Gitana. Wie jede echte Spanierin ein bisschen von uns hat, auch wenn sie es bestreitet."

„In Ordnung, Paca, ich schau mich mal um in Son Banya."

„Ich sag meinen Leuten Bescheid. Wir haben unsere Augen und Ohren überall."

Die Audienz war beendet. Die Königin erhob sich und breitete die Arme aus. Katzer fühlte sich von einer Pythonschlange umarmt.

Er eilte zum Polizeipräsidium. Comisario Caplonch ließ ihn im Vorzimmer schmoren. Katzer trug es mit Fassung, zumal er Caplonchs Sekretärin inzwischen gut kannte und die Gespräche mit ihr meist amüsanter waren als mit ihrem Dienstherren, der sich Mühe gab, sein gutes Herz hinter Griesgrämigkeit zu verschanzen.

„Wie ist der Alte heute drauf?"

„Er übertrifft sich selbst. Er hat seit Dienstbeginn schon ganze drei Sätze mit mir gesprochen."

„Seine Geschwätzigkeit wird ihm eines Tages noch das Genick brechen. Kennen Sie in Palma einen Promi, den er nicht schon beleidigt hat?"

Ihr Telefon gab ein Leuchtzeichen.

„Sie können jetzt rein."

Katzer schritt ins Allerheiligste, um seinen Bericht über den Besuch bei La Paca abzustatten. Caplonch blätterte in seinen Akten, ohne hoch zu sehen. Katzer redete, bis ihm nichts mehr einfiel. Es entstand eine Pause, für deren Effekt jeder Dirigent sein Orchester mit Sonderurlaub belohnt hätte.

Endlich blickte Caplonch aus den Akten hoch und nickte. „Nun wissen wir also, wo Darja ist, oder? Für eine Razzia in Son Banya bräuchte ich ein Sonderkommando und zwei gepanzerte Fahrzeuge. Die Siedlung hat fast fünfzig Hütten, jede davon eine Festung.

Vielleicht andermal. Bei Ihnen ist eingebrochen worden? Was haben die Einbrecher gesucht?"

„Ich vermute, irgendeinen Schlüssel."

„Ich vermute, erfolglos?"

Katzer nickte kleinlaut.

„Sie wissen, wozu dieser Schlüssel passt?"

„Zu einem Tresor der Firma Astleiter aus Wien."

„Hat Ihre Fleißarbeit Sie auch darüber erleuchtet, wo der Tresor sich derzeit befindet?"

„Dazu bin ich leider noch nicht gekommen."

„Sie lassen nach, Katzer, oder Ihr Freund Pfitzner hat Ihnen was verschwiegen. Seinem Laptop konnten wir entnehmen, dass der Tresor 1937 in eine Brigg eingebaut wurde, die für Waffenkäufe der spanischen Republikaner nach Volksfrontfrankreich unterwegs war. Das Schiff existiert noch. Ein Stückguttransporter in Sizilien namens ‚Onyx'. Es hat den Namen gewechselt und ist unterwegs nach Palma. Der neue Eigner heißt Laszlo Batomunkajew."

„Conjo!"

„Fluchen Sie niemals in Gegenwart eines Hauptkommissars der Policia Nacional. Die Öffentlichkeit erwartet ein vorbildliches Verhalten von uns."

„Natürlich. Sie sagten, der Kahn hätte einen neuen Namen? Darf man den erfahren?"

„Gipsyqueen."

„*Hostia* . . . äh, ich wollte sagen gute Polizeiarbeit."

„Wären Sie nun bereit, mir den Schlüssel zu übergeben, ehe ich ein Verfahren wegen Unterschlagung von Beweismaterial einleiten muss. Er gehört zu unseren Unterlagen der laufenden Untersuchung."

„Natürlich. Er liegt in meinem Auto. Ein schönes Sammlerstück. Vielleicht könnte ich ihn irgendwann zurückbekommen."

„Das muss der Untersuchungsrichter entscheiden."

In seiner Karre entfernte Katzer hastig das rote Schleifchen vom Paket, das er bei Tina Kluge hatte abgeben wollen, steckte die Makarow samt Magazinen in seine Hosentasche und gab den Tresorschlüssel beim Pförtner ab: „Für Comisario Caplonch persönlich." Was immer der Tresor enthielt, Laszlo würde Mittel und Wege finden, auch ohne Schlüssel an den Inhalt zu kommen. Das Ding, für das Pfitzner gestorben war, hatte nur noch Schrottwert.

16.

Laszlo hatte ein Linie Kokain geschnupft und war high. Seit dem Trip nach Es Cosconar war das permanente Hoch in seinem Leben rarer geworden. Er wollte sich nicht eingestehen, wie verrückt er nach Darja war. Er verdrängte die Gedanken an sie, doch die anhaltende Unterdrückung steigerte nur das Gift, das sein Hirn vernebelte.

Es war keine Liebe, es war Sucht, schärfer als jede Droge. Sein Vater, der ihn besser kannte als er sich selbst, hatte ihn gewarnt:

„Lass die Finger von dem Mädchen. Sie ist deine Halbschwester, sie steht unter meinem Schutz. Niemand weiß davon, niemand darf das erfahren, sie selbst am allerwenigsten. Ihre spanische Großmutter war die Geliebte meines Vaters und deren gemeinsames Kind, also Darjas Mutter, war meine Geliebte. Ein Inzest in der Familie reicht. Damit können nur Pharaonen leben, keine Schwächlinge wie du."

Laszlo produzierte seinen gestylten Körper vor dem Spiegel. „Fick Dich, Daddy, Ich nehme deine Tochter von hinten. Ich nehme mir, was ich will." Das Bild der nackten Darja vor dem Höhlentempel Es Cosconar verfolgte ihn. Sie war die perfekte Gamine, die Nymphe mit dem Knabenkörper und dem schmalen Po, ein nasser Traum mit dem Kick des Verbotenen. Sie gehörte ihm, jeder Widerstand würde sein Verlangen steigern, seinen Sieg in Ekstase verwandeln.

Der Koks tat seine Wirkung. Laszlo befand sich im Höhenflug. Niemand würde ihn stoppen. Boris Losowski war tot. Pfitzner war tot. Die Mallorquiner, die ihm das Falschgeld angedreht hatten, waren tot. Trimmer, das Tier, das der Stasimann für seinen großen Coup nach Mallorca geholt hatte, war jetzt auf seiner Seite. Er ahnte noch nicht, dass es um mehr als ein paar popelige Millionen ging, und wenn er es erfahren würde, hätte der angejahrte Möchtegern-Stallone seinen Biker-Zombies nicht viel entgegenzusetzen.

Laszlo ließ seinen Bizeps spielen, strich über den harten Bauch, spannte die muskulöse Brust. Sein Bettgenosse beobachtete träge, wie er bereits den fünften Anzug aus seinem Wandschrank holte, ihn kurz vor den Körper hielt und lustlos zur Seite warf. Er schob das schwarz-silberne Betttuch zur Seite, zeigte seine Tattoos auf den Oberschenkeln und Waden, während er den Windzug des Ventilators auf seiner Haut spürte. Er fragte im neckischen Ton:

„Schenkst du mir einen von deinen Anzügen?"

„Verpiss dich!"

Der Gayboy schielte zum Nachttisch mit den Resten vom Koks.

„Krieg ich auch eine Linie?"

„Verpiss dich, Arschgesicht, und nimm die Lumpen mit."

Laszlo schmiss ihm die fünf Maßanzüge aufs Bett. Der Gay schlüpfte behende in eine der Hosen, sagte „passt", und machte sich mit den restlichen Klamotten über dem Arm vom palmenbestandenen Hof der Villa. Barfuß auf der Rambla zog er staunende Blicke auf sich. Er hob lässig den Stinkefinger.

Laszlo stieg in die sechste Hose, ohne nochmals in den Spiegel zu schauen. Dazu wählte er eine Admiralsjacke aus dem Kostümverleih. „Ab jetzt bin ich Kapitän." Er griff zum Smartphone, wählte Trimmer und quatschte ihn auf Russisch voll. Trimmers Schulzeit lag lange zurück, er hatte nur in Sport eine „1" gehabt, aber er verstand den Befehlston der Autorität.

„Wo bist du? Wann kommst du her, Bootsmann?"

Trimmer gab ihm seine Koordinaten irgendwo auf dem Weg von Sizilien nach den Balearen, sprach von Windstärke 5 Baufort, um mit einem Mix aus Resignation und Begeisterung hinzuzufügen:

„Der Kahn ist super, ein bisschen frische Farbe, neuer Decksaufbau plus zweiter Mast und Innenrenovation, dann haben wir einen Toppsegelschoner wie aus dem Bilderbuch. Nur die zwei Itaker schmeiß ich von Bord, sobald wir morgen in Palma sind. Muss alles allein machen."

„Ab jetzt spielt Geld keine Rolle mehr, Trimmer, du kriegst bessere Leute, die Besten, aber beeil dich."

„Ay ay, Käptn, das bisschen Rost auf dem Stahlrumpf darf uns nicht über die elegante Linienführung hinwegtäuschen. Bei gutem Wind war die Schüssel mal richtig schnell, wir können sie auf 365 Quadratmeter Segelfläche aufrüsten."

„Freut mich. Bei unserer ersten Segelregatta bist du dabei, Bootsmann."

Trimmer hatte gut zu tun, jede aufkommende Brise zu nutzen, dennoch ließ er keinen freien Moment verstreichen, jeden Zentimeter der 27,7 Meter langen und 7 Meter breiten Brigg zu inspizieren. Irgendwo an Bord musste der sagenhafte Schatz ja sein, für den der Russe alles riskierte und den zu bergen Pfitzner ihn angeheuert hatte. Irgendwo, so gut versteckt, dass ihn keiner der zahlreichen Schiffseigner bisher gefunden hatte. Trimmer rotierte.

Der Stahlrumpf war mit Sicherheit schon einmal komplett überholt worden. Auch alle übrigen Teile mussten in den zurückliegenden Jahrzehnten ausgetauscht worden sein. In Seemannskreisen hätte es sich wie die Nachricht von einer 30-Meter-Riesenwelle herumgesprochen, wenn einer dabei auf ein sagenhaftes Vermögen gestoßen wäre.

Trimmer war als Amphibie groß geworden, immer im Wasser, kalt wie ein Fisch. Sein Verstand funktionierte mit der Präzision einer Maschine, ohne Gefühlsballast. Alles war an Bord erneuert worden, nichts wurde gefunden. Dennoch musste etwas hier sein. Trimmer sah sich in der Kapitänskajüte um. Sein Blick fiel auf den alten Tresor. In seinem Kopf machte es „klick".

Er griff nach dem Türknopf und versuchte, den Tresor zu öffnen. Das eiserne Ungetüm weigerte sich. Trimmer hatte bei der Übergabe keinen Schlüssel bekommen und auch keinen verlangt. Er betrachtete das Trumm von 70 X 60 Zentimeter genauer und fand einen Firmennamen und die Jahreszahl 1937 im unteren Rahmen. Der Tresor hatte offenbar als einziges Teil des Schiffes alle Renovierungen überlebt. Wie lange war die Tür nicht mehr geöffnet worden? Unvorstellbar, dass ein Tresor in einem benutzten Schiff über Jahrzehnte unbenutzt blieb. Trimmers Denkmaschine bekam einen Knacks.

Irgendwo war ein Fehler. Mit Sicherheit war der Fehler nicht in Alfred Pfitzners Plan zu finden. Trimmer hatte schon mit dem damals noch jungen Stasi-Offizier zusammengearbeitet. Pfitzner war sein Führungsoffizier und hatte Berichte über Kameraden und Vorgesetzte entgegengenommen. Er war peinlich genau, ließ keine Patzer durchgehen. Ein einziges Mal hatte er Trimmer diesem Russen vorgestellt, ein hohes Tier, dessen Name nie genannt wurde.

„Wenn du die Wahl zwischen einer Armee und einem echten Einzelkämpfer hast, wähle den Einzelkämpfer. Er ist besser als jede Armee, weil er sich nur auf sich selbst verlässt."

Erst kurz vor seinem Einsatz in Mallorca war Trimmer eingeweiht worden. Er stehe jetzt unter dem Befehl des Russen, dessen Anweisungen ihm durch Pfitzner übermittelt würden. Der Vater dieses Russen hatte als Bürgerkriegsgeneral in Spanien mit dem Transport von spanischem Staatsgold nach Frankreich und Moskau zu tun. Einen Rest des Goldes hatte der General aus ungenannten Gründen auf dem Transportschiff „Santa Catalina" gelassen. Den Wirren des Krieges geschuldet sei das nie reklamiert worden.

Trimmer wurde jäh aus seinen Überlegungen gerissen. Der Wind hatte aufgefrischt. Die Mannschaft wollte eine Entscheidung. Abbrassen, Focksegel einholen oder mehr Tuch und Fahrt machen. Für Trimmer keine Frage. Das Schiff hatte zweieinhalb Meter Tiefgang und in seinen besten Zeiten mehr als fünfzehn Knoten gemacht. Ein Wetterumsturz bei Kurs auf Biegen und Brechen könnte Schwachstellen offenbaren, die er übersehen hatte. Vielleicht würde ein Sturm den alten Kahn zwingen, sein Geheimnis zu lüften. Trimmer hatte jeden Zentimeter unterhalb der Wasserlinie abgesucht. Ohne Resultat.

Der Wetterbericht hatte Warnstufe ‚gelb' ausgerufen. Sie standen kurz vor dem sogenannten Kanal von Menorca, einen Katzensprung vom Ziel entfernt. Kanalschwimmerdistanz, für Trimmer alles oder nichts. Die Itaker weigerten sich, ihm zu helfen, als die Brecher über Deck zusammenschlugen. Er beschimpfte sie als Schönwetter-Hiwis. Sie verstanden nichts, spürten nur seine kalte Wut.

Der Wind hatte stark zugenommen, blies jedoch in Fahrtrichtung. Er wartete ab und stierte auf eine schwarze Wand, die sich mit Blitz und Donner näherte. Als das Boot bedenklich zur Seite kränkte, nahm er es aus dem Wind. Die Wassermassen der wütenden See stampften die Brigg wieder und wieder außer Sicht. Tonnenschwere Wellen begruben das Schiff unter sich. Es blieb keine Zeit mehr zum ordentlichen Reffen. Er ließ das Großsegel einfach runterrutschen, das Segeltuch flatterte wild im Wind. Es machte furchtbaren Lärm. Die Focknaht war hin, das Großsegel an der oberen Segellatte aufgerissen, ein Inferno von Wolkenbruch prasselte auf ihn nieder. Ebenso schnell, wie das Unwetter aufgekommen war, trat Ruhe ein. Der Kurs ließ sich halten und Trimmer beschloss, den Rest der Reise mit Motorkraft zu bewältigen.

Laszlo, im Überschwang der Gefühle, ahnte nichts von der Enttäuschung, die ihm mit der Ankunft der ‚Gipsyqueen' in Palma bevorstand. Er plante eine große Party an Bord. Es wäre stilvoller gewesen, die Renovierung des alten Pottes mit Hochdruck zu betreiben und den Abschluss der Arbeiten abzuwarten. Die Verwandlung der Raupe in einen Schmetterling – rostrote Segel zu einem schneeweißen Rumpf - würde einen Bombeneffekt ergeben. Dagegen stand ein fataler Umstand – Laszlos Ungeduld.

Das Datum des Paukenschlags stand noch nicht fest. Aber Laszlos Gästeliste wurde immer länger. Von der Präsidentin des Inselparlaments bis zu seinen Zombies sollten alle dabei sein, wenn er den größten Tag seines Lebens feierte. Die Musik würde natürlich Darjas Gipsy-Band liefern. Die Krönung wäre eine rauschende Hochzeitsnacht mit ihr.

„Was für ein sentimentaler Scheiß", konterte Laszlo sich selbst. „Größenwahn mit Testosteron gepaart gehören auf Shakespeares Bretter, nicht auf mein Schatzschiff. Am besten, wir halten den Ball flach, bis die Verwandlung des Kahns vollzogen ist. Mein Name ist Laszlo, was der Reiche und Mächtige heißt. Ich setze alles auf eine Karte und werde der Größte auf dem Kontinent."

Laszlo spielte seine Playboyrolle perfekt. Niemand auf der Insel hatte je gehört, woher er stammte oder wer die Eltern waren. Solange seine Visa platinum funktionierte, wollte das auch niemand wissen. Die Karte war durch seine Konten gut gepolstert.

Er wusste allzu gut, wer die Legende von der Abschaffung der Fünfhunderter angestoßen hatte. Die Gerüchte wurden durch die Falschgeldflut in seinen Kreisen bis zur Hysterie gesteigert. Sein Beschluss, die eigenen Schwarzgeldkonten zu löschen und neue Wege der Geldwäsche zu gehen, war gefasst. Er wollte so schnell wie möglich sein Bargeld in Gold verwandeln. Viele würden folgen, der Goldpreis würde in die Höhe schnellen. Die ‚Gipsyqueen‘ kam im richtigen Moment. Er griff zum Phone und gab seine Orders an die Broker. Es folgten zahlreiche Vereinbarungen für die kommende Nacht in der Disco von Magaluf. Er wurde unterbrochen. Sein Chauffeur klingelte auf der abhörsicheren Leitung.

„Boss, die Garage mit dem Jaguar wurde letzte Nacht durch einen Bombenanschlag zerstört. Das war kein Zufall.“

„Nein, das ist eine Kriegserklärung. Wir rüsten sofort auf und schlagen zurück. Nimm den Mercedes von Fjodor und gib allen Bescheid. Treffen bei mir in einer halben Stunde.“

Trotz strenger Abschottung musste etwas von seinem Millionendeal mit dem Koks durchgesickert sein. Seine Abnehmer waren tot, die ausländische Konkurrenz auf dem Markt zu klein, um sich mit ihm anzulegen. Blieben nur die Gitanos, denen er in die Suppe gespuckt hatte. Ein lösbares Problem.

Das Rote Telefon klingelte erneut. Trimmer meldete sich aus dem Hafen.

„Boss, wird sind eingelaufen. Es gibt ein Problem mit der Hafenbehörde. Verdacht auf Devisenschmuggel, das Schiff ist konfisziert und bleibt unter Verschluss, bis die Untersuchungen abgeschlossen sind. Ich soll mich täglich bei der Polizei melden."

Laszlo fluchte auf Russisch, Trimmer fiel ihm ins Wort.

„Kein Grund zur Beunruhigung. Ich habe unterwegs alles auf dem Schiff durchsucht. Erfolg negativ. Sie werden ebenfalls nichts finden."

„Ok, schnapp Dir ein Motorrad, wechsle das Kennzeichen und fahre sofort nach Son Banya. Leg dort ein paar Leute flach, egal wen, die Dealer haben sowieso alle die gleichen Zigeunerfressen. Ansonsten Ball flach halten und unsichtbar bleiben."

Die ‚Gipsyqueen' hatte einige Seemeilen vor Palma eine Eskorte der Küstenwache bekommen. Trimmer hatte per Megaphon den Befehl erhalten, sofort den Hafen anzulaufen und weitere Befehle abzuwarten. Dort wurde er von der Hafenpolizei und einer Eskorte des Sonderkommandos empfangen. Sehr stilvoll, nur etwas störend. Das Unwetter hatte Trimmer gerade auf eine viel härtere Probe gestellt, um seinen Puls nochmals zu beschleunigen.

Während Zoll und Polizei das Schiff auf den Kopf stellten, war Trimmer bereits auf einer Harley unterwegs nach Son Banya, was ihn bei Tempo 160 nur wenige Minuten kostete. Er trug seine AK 16 mit dem kurzen Lauf im Rucksack. Seine gewagten Überholmanöver und der Straßenzustand ließen ihm keine Sekunde Zeit, über seinen Auftrag nachzudenken. Davon abgesehen dachte Trimmer nie über Aufträge nach. Fast hätten sich seine Wege mit denen von Katzer gekreuzt.

Katzer hatte sich mit seinem Streetworker Carlos für einen Besuch in Son Banya verabredet, um Darja zu sehen. Er brannte darauf, endlich die junge Frau zu sprechen, die seit Wochen sein Leben in einen Umsteigebahnhof mit wechselnden Zielen verwandelt hatte. Er hatte Öhrchen dabei, die Reste des Teddys ebenfalls. Außerdem steckte die Makarow in seinem Gürtel, verdeckt durch ein kariertes Hemd. Reichlich blöd, wie er fand, aber kein Knigge Welt verrät dir, wo du eine Makarow lässt, wenn du ein Zigeunerlager besuchst.

Im früheren Leben hatte er brisantere Recherchen gemacht, bei denen er weniger nervös gewesen war. Es fiel ihm schwer, seine Hände am Steuer ruhig zu halten. Carlos lachte nur.

„Bleib einfach cool, Mann, ist bloß ein Camp, wo sie vor jeder Hütte Koks verhökern. Palmas Supermarkt für Drogen. Die Polizei hält sich raus. Sie hat den Kampf gegen Windmühlen aufgegeben."

Im gleichen Moment ertönte wildes Sirenengeheul. Mehrere Polizeiwagen und ein gepanzertes Fahrzeug zwangen Katzer zum Ausweichen in den Schotter. Wieder einscheren und hinterherfahren war für Katzer eins. Er konnte sich einen Kommentar nicht verkneifen.

„Mangelnde Polizeipräsenz sieht anders aus."

Vor ihnen im Lager schwärmten die Beamten mit schusssicherer Weste aus. Am Wegrand lagen drei Menschen, ein Mann und zwei Frauen. Katzer riss die Wagentür auf, Carlos hielt seinen Arm fest. „Drin bleiben, Türen verrammeln." Öhrchen bezog den Befehl nicht auf sich und rannte laut kläffend ins Dorf, blitzschnell nach rechts und links beißend, um sich mehrerer Dorfköter zu erwehren, die sich auf sie stürzten.

„Ich bleib bei der Karre, damit die Kids sie nicht ausräumen," rief Carlos.

Katzer raste laut schreiend hinter der Hündin her, die Angst raubte ihm jeden Sinn für andere Gefahren. Die gebissenen Köter leckten sich winselnd die Wunden. Die meisten Dorfbewohner hatten alles stehen und liegen gelassen, um in ihre Wellblechhütten zu flüchten. Zwei Dealer wurden von der Polizei daran gehindert, in ihre Chromschaukeln zu steigen und Gas zu geben. Die Uniformierten behielten ein Auge auf die Ferraris, Maseratis und BMW unter dreckigen Schutzhüllen voll Möwenkacke und Hundepisse.

Die drückende Stille im Dorf wurde durch markige Polizeibefehle zerrissen und wirkte danach noch drückender. Zeitlupenartig wurde an einem Steinhaus der Perlenvorhang geöffnet, vor dem Öhrchen erstarrt war. Sie stieß ein wolfsähnliches Heulen aus, ohne sich aus ihrer Erstarrung zu lösen. Eine junge Frau trat heraus, hockte sich zu ihr nieder und streichelte ihren Kopf. Katzer erkannte Darja. Sie starrte vorwurfsvoll zurück.

„Sind Sie hier der Einsatzleiter?"

Katzer verneinte.

„Hier kam eben ein Typ mit dem Motorrad reingeschossen und hat wild um sich geballert. Drei Menschen sind verletzt, sie müssen schleunigst behandelt werden. Den Bullen ist das egal. Je mehr von uns tot sind, um so besser. Was suchst du hier?"

„Dich."

„Du hast mich gefunden. Jetzt kannst du wieder abhauen."

„Kann ich nicht. Ich habe deinem Vater versprochen, auf dich aufzupassen. Hier ist es viel zu gefährlich für dich."

„Ich kenne dich nicht. Es ist überall gefährlich. Der letzte Typ, der auf mich aufpassen sollte, war gerade hier und hat auf meine Brüder und Schwestern geschossen."

„Du hast gesehen, wer geschossen hat?"

„Klar habe ich. Er kam mit dem Motorrad, hat wild geballert und ist wieder weg Richtung Flughafen. Hat nicht mal den Motor ausgeschaltet."

„Wenn alles so schnell ging, wie konntest du ihn da erkennen?"

„Ich hab' eine Stunde auf dem Motorrad hinter ihm gesessen, als er mich aus Es Cosconar geholt hat. Da werde ich ihn wohl wiedererkennen."

Katzer war platt. „Das musst du der Polizei erzählen. Ich war mit meiner Hündin kurz nach deiner Befreiung in Es Cosconar, wir haben nur noch das leere Haus angetroffen."

„Pech für euch. Du bist zu langsam, alter Mann. Auf deine Hilfe kann ich verzichten. Wir helfen uns hier selbst, wir Gitanos."

Sie blickte verächtlich auf Katzer, ging zurück zum Haus, um sich niederzuhocken und Öhrchen zu kraulen. Im Hintergrund lief ein riesiger Plasmabildschirm. Katzer musste an seinen ersten Besuch in Mallorca nach Francos Tod denken, als er Mittags durch das ausgestorbene Santa Maria kam und vor einem Fernseher die alten Männer sah, die einen synchronisierten Heinz Rühmann-Film sahen. Es war total unwirklich, den Hauptmann von Köpenick in seiner kaiserlichen Uniform Spanisch quatschen zu hören. Ebenso unwirklich wie die zerlumpte Darja vor ihrem Plasmabildschirm in dem Gitanodorf, das soeben von einem deutschen Racheengel heimgesucht worden war.

„Eine feines Hundi, viel zu schade für dich."

Öhrchen leckte ihr über das Gesicht. Darja hatte kein Problem damit. Katzer schluckte.

„In Ordnung. Ich sehe, ihr versteht euch. Ich mache dir einen Vorschlag. Behalte meine Hündin bei dir, bis alle Probleme gelöst sind. Du passt auf sie auf, und sie passt auf dich auf. Ist das in Ordnung?"

„Geht klar, alter Mann."

„Sie heißt übrigens Öhrchen. Sei nett zu ihr. Ist nur für kurze Zeit. Ihre wichtigsten Befehle lauten ‚faß‘, wenn dir einer blöd kommt, und ‚aus‘, wenn‘s genug ist.“

„Wem soll das imponieren? El Pablo lief hier wochenlang mit einem echten Puma rum. Stammte aus einem Wanderzirkus, ich meine der Puma.“

„Keine halben Sachen mehr. Nimm die Pistole, sie gehörte deinem Vater. Zu eurem Schutz.“

„Kannste behalten. Ich will die Pistole nicht. Wir kommen schon klar miteinander.“

„Also schön. Gib gut auf Frauchen acht, mein Mädchen, Herrchen kommt bald wieder.“

„Moment noch. Der Bulle dahinten hält Kurs auf dich. Für den bist du ein User, der hier seinen Schuss abholen kommt. Hast du Waffenschein? Schlecht. Und wo kommt die Waffe her? Einem Mordopfer entwendet? Noch schlechter. Geh zum Container am Dorfeingang und wirf sie ins Plumpsklo. Aber dalli.“

Katzer drehte sich schnell weg und schritt zurück zu Carlos, der am Auto gewartet hatte. Am Klo machte er einen Sidestep und schmiss die Makarow in die Kloake. Die Dorfbewohner hatten ihre heiße Ware längst in eigenen Toiletten hinter Panzerstahltüren entsorgt. Der Polizist stellte Katzers und Carlos Personalien fest und nahm eine Leibesvisitation vor. Dann durften sie einsteigen. Carlos verstand die Welt nicht mehr.

„Du lässt deinen Hund zurück?"

„Nur vorübergehend, als Schutzhund. Ab jetzt herrscht Krieg."

Katzer trat aufs Gaspedal, als der Perlenvorhang auseinanderflog und Öhrchen aus der Hütte schoss. Mit Riesensätzen rannte sie dem Auto hinterher. Er bremste scharf, sprang auf die Straße, um mit ihr zu schimpfen. Sie war schneller drin als er den Satz beenden konnte. Er gab sich geschlagen. Darja winkte mit der Leine. Er ging zurück und versuchte, ihre Schadenfreude zu ignorieren. „Na bis zum nächsten Mal."

„Macht's gut, ihr beiden."

Von unterwegs rief Katzer Isabel an und berichtete von dem Überfall auf das Zigeunerlager und seiner Begegnung mit Darja.

„Sie behauptet, den Typen zu kennen, der im Dorf geschossen hat. Es war der gleiche Mann, der sie aus Es Cosconar befreit hat. Der Kerl hatte neulich behauptet, im Auftrag von Pfitzner zu handeln. Pfitzner lebt nicht mehr. Jetzt kann er seine Befehle nur noch von Laszlo kriegen."

„Sehr wahrscheinlich, aber nicht zu beweisen. Aber wir kriegen den Dreckskerl. Heute haben der Zoll und die Hafenpolizei sein Schiff konfisziert. Verdacht auf Devisenschmuggel. Wir klopfen jeden Zentimeter des Kahns ab. Wenn wir fündig werden, ist er dran."

Katzer setzte Carlos in Gotleu ab und preschte weiter zum Hafen. Endlich ein Schlag gegen Laszlo. Das konnte er sich nicht entgehen lassen. Er redete wie immer mit Öhrchen. „Sie sind ihm dicht auf der Pelle." Über die Jahre des Alleinseins hatte er sich so daran gewöhnt, mit ihr zu reden, dass er selbst dann mit ihr sprach, wenn sie gar nicht dabei war.

Sie hatten das Schiff bereits am Trockendock der Containermole gegenüber der Kathedrale aus dem Wasser gehoben. An einem gigantischen Travellift hing die ‚Gipsyqueen' an ihren Tragegurten wie ein Spielzeug. Katzers Herz hüpfte. Ihm war, als hätten sie den Russen schon am Haken. Er rief erneut bei Isabel zurück.

„Habt Ihr die Daten des Skippers von der ‚Gipsyqueen'?"

„Klar doch. Auch Foto und Fingerabdrücke. Er ist ohne gültige Papiere eingelaufen."

„Prima. Bitte schick mir sein Portrait auf mein Handy. Vielleicht ist er der Mann, der Darja aus der Höhle befreit hat. Wie sie sagt, hat der gleiche Typ heute das Zigeunerdorf überfallen."

„Sie stand damals unter Schock."

„Heute aber nicht."

17.

Im „Poblado" herrschte Pogo. Das Sonderkommando hatte den Feuerüberfall für eine Razzia genutzt und alle noch greifbaren Drogenbestände konfisziert. Der meiste Stoff war spurlos verschwunden. In den Häusern mit offenem Verkauf hatten die Frauen schleunigst die Stahltüren der Bäder verrammelt und den Inhalt der Plastikwannen ins Klo geschüttet. Die drei Verwundeten wurden von Krankenwagen abtransportiert. Einen erschossenen Hund hatten sie dagelassen.

Darja und die Dorfgemeinschaft hielten Kriegsrat. Sie riefen Paca im Knast an. Jeder wusste, dass jedes Wort festgehalten wurde. La Pacas Kommentar war kurz.

„Ihr wisst, was zu tun ist."

Darja bestand darauf, sofort einen neuen Konzerttermin auf der Plaça de Toros zu machen.

„Wir kündigen den Auftritt als Solidaritätskonzert für die Opfer an. Die Namen der drei kommen groß auf das Plakat. Das ist unsere Kampfansage."

Alle Macker fanden den Vorschlag gut. Die Frauen auch.

„Wir suchen die besten Fotos der Opfer raus. Die müssen mit auf das Plakat. Das sind wir ihnen schuldig."

Die Macker machten ihre Sintischaukeln klar und holten Waffen aus Son Gotleu. Sie besuchten das Chapter der Zombies und schlugen alles kurz und klein. Die vorgefundenen Harleys wurden in Brand gesetzt. Zwei zurückgelassene Aufpasser wurden schwer verletzt, einer starb kurz darauf im Krankenhaus an seinen Verletzungen.

Comisario Caplonch trommelte seinen Krisenstab zusammen. Die Telefone der Abteilung standen nicht mehr still. Die Regierung war beunruhigt, alle Reporter unterwegs, aus der Bevölkerung jagte in Fehlalarm den anderen. Caplonch verschob einen lange angesetzten Arzttermin, versammelte seine Getreuen um sich und gab dem Chef der Antidrogen-Einheit Miguel Jimena das Wort, die ihrem Spottnamen von den ‚Unsichtbaren' zum Trotz jetzt alle Blicke auf sich gerichtet wussten.

„Wir haben einen neuen Bandenkrieg mit neue Fronten. Die meisten uns bekannten Gruppen scheiden aus. Unsere heimischen Gitanos scheinen mit den Russen aneinander geraten zu sein, die wir bisher nicht auf dem Schirm hatten."

„Russen?"

„Ja, Russen. Der abgefackelte Jaguar von heute morgen gehört einem Russen, einem Playboy namens Laszlo Batomunkajew, die frittierten Harleys sind dem Chapter der ‚Zombies' zuzuordnen, in dem viele Russen zugange sind. Zwei von ihnen wurden heute Opfer eines Überfalls. Im Gegenzug wurden drei Gitanos bei einer Ballerei im Drogendorf verletzt. Wir fürchten, das Blutvergießen wird weitergehen."

Caplonchs Stellvertreter Gaston Granja meldete sich zu Wort.

„Es gibt Hinweise, dass bei dem Millionendeal mit Kokain vor kurzem gleichfalls die Russen ihre Hand im Spiel hatten. Wenn wir davon ausgehen, dass wöchentlich normalerweise ein paar Kilo umgesetzt werden, muss diese Menge den Markt in Mallorca ziemlich durcheinandergewirbelt haben."

„Das Zeug ist aber bisher nirgendwo wieder aufgetaucht, so weit wir wissen."

„Das kann sich schnell ändern, wenn der Geldhahn klemmt. Die Organisation muss bezahlt werden, die Biker brauchen neue Maschinen, der russische Eigner der ‚Gipsyqueen' hat einen Millionenauftrag zur Totalrenovierung seines Potts erteilt, sobald der Zoll seine Brigg freigegeben hat."

Isabel meldete sich mit schadenfrohen Grinsen zu Wort.

„Das kann dauern. Der Zoll kann leider für die Untersuchung das Schiffes zur Zeit kaum Leute abstellen. Wir wissen aber inzwischen, dass der Skipper falsche Papiere besaß. Nationalität unbekannt. Vielleicht gehörte er ursprünglich gar nicht zu Laszlos Männern, sondern wurde von Alfred Pfitzner eingeschleppt. Pfitzners Kuckuckskind mit der goldenen Stimme behauptet, ihn zu kennen. Sie hat sich jetzt bei den Gitanos verschanzt und will möglicherweise falsche Spuren legen, um uns von ihren wahren Zielen abzulenken."

Alle starrten Isabel an. Sie erhob sich und setzte noch einen drauf.

„Wenn Ihr mich fragt, Darja handelt im Auftrag von La Paca. Sie ist mit einem ihrer Söhne liiert. Sie wurde von Laszlo entführt, weil sie ihm gefährlich wurde und wird jetzt von den Gitanos vorgeschickt, um den Kokainmarkt von den Russen zu säubern. Was, wenn sie unsere Hauptverdächtige ist."

Gaston Granja stärkte ihr den Rücken.

„Die getürmte Bürgerstochter als Flittchen von La Paca. Klingt plausibel. Sie hat ihre Gefolgschaft gefunden und gibt jetzt die Jeanne d' Arc der Gitanos."

Caplonch blickte noch grimmiger als sonst in die Runde. Das beunruhigte niemand. Alle wussten, der Gesichtsausdruck einer ägyptischen Mumie war Zeichen seiner intensiven Denkarbeit. Jeder wartete gespannt, dass seine Züge sich glätteten. Er kippte mit Todesverachtung den letzten Schluck seines Bürokaffees in sich rein.

„Worauf warten wir? Isabel, gib die Großfahndung nach Darja Pfitzner raus. Gaston, Du kümmerst Dich um das Schiff. Probiert, ob der Schlüssel passt. Wenn der Tresor hält, was wir uns versprechen, sehen wir weiter."

Granja ging in die Asservatenkammer und ließ sich den Schlüssel aushändigen. Er nahm das Beweisstück entgegen, quittierte den Empfang und wog das Metall bedächtig in der Hand. Der Schlüssel war schwer und vielversprechend. Gaston war noch nie in seiner

Karriere mit der Bergung eines Schatzes beauftragt worden. Vielleicht konnte er einmal der Held sein, bevor seine Kollegen ihm die Handschellen wegen des verpatzten Koksdeals anlegten.

Er bestieg seinen grauen Volvo, um in wenigen Minuten die vertraute Strecke vom Präsidium zum Hafen zurückzulegen. Der Volvo gab ihm das Gefühl von Geborgenheit und Seriosität. Seine Gastritis machte ihm zu schaffen. Seit sein ermordeter Bankiers-Freund Esteban Vacas Garcia als Komplize des Drogendeals entlarvt worden war, war für ihn eine Welt zusammengebrochen.

Sie hatten sich oft gesehen, auch die Familien waren befreundet. Gaston glaubte, bei einer Party sogar Laszlo gesehen zu haben, aber er war sich nicht sicher. Vacas hatte bei einem Gartenfest geprahlt, seinem Aufstieg als Politiker stehe nichts mehr im Wege. Granja hatte ihm von dem bevorstehenden Schlag gegen die Drogenschmuggler erzählt und Vacas gebeten, seinen Einfluss als Politiker geltend zu machen, um die Polizeiarbeit besser zu unterstützen. Wie sollte er ahnen, dass er einem der Drahtzieher des Kokaindeals gerade den entscheidenden Tipp zur bevorstehenden Festnahme gegeben hatte. Er war Schuld am Misserfolg der Polizeiaktion Wie sollte er beweisen, dass ein Darlehen, das Vacas ihm kürzlich gewährt hatte, nichts mit seiner Gesprächigkeit zu tun hatte.

Gaston gab Gas und fuhr im Trockendock vor. Die ‚Gipsyqueen' hing nicht mehr am Haken des Krans, ihr Eisenrumpf glänzte eingerüstet in der Sonne. Gaston, ein begeisterter Segler, sah mit kritischen Augen, wie viel Arbeit den Restauratoren bevorstand. Er zeigte seinen Ausweis und ließ sich vom wachhabenden Zollbeamten in das Innere der Brigg führen. In der Kapitänskajüte schritt er fast feierlich auf den altmodischen Tresor zu. Der Schlüssel passte. Gaston zögerte einen kleinen Moment, drehte den Schlüssel nach rechts und zog die Tür auf.

Er verharrte regungslos. Im Inneren des Safes lagen eine Seekarte, ein paar Dokumente und ein Logbuch. Sonst nichts. Er nahm alles sorgfältig heraus, verstaute es in seiner Aktentasche, schloss die Tresortür und steckte den Schlüssel zu den gefundenen Dokumenten, ehe er sich an den Zollbeamten zu seiner Seite wandte.

„Das war's. Wie lange wird das Schiff noch unter Zollverschluss liegen?"

„Eine Woche vielleicht. Wir haben bisher auch nichts gefunden."

Der Zöllner ging voraus, sie kletterten die Leiter zum Dock herunter, Gaston mit seiner Aktentasche hinterher. Als sie den ölverschmierten Zementboden des Docks erreicht hatten, auf dem die übliche Betriebsamkeit herrschte, griff Gaston in die Jackentasche, um sich eine weitere Pille gegen seine Gastritis einzuwerfen. Drei Schüsse aus unmittelbarer Nähe unterbrachen ihn. Er stürzte zu Boden, seine Pillen rollten über den Zement. Der Zöllner war zurückgesprungen und zog seine Waffe. Mehrere Arbeiter umdrängten den Tatort. Der Zöllner schrie „zurück". Durch die entstandene Lücke sah er einen Mann in geduckter Haltung mit der Tasche Gastons zu dessen Volvo sprinten. Der graue Wagen stand mit offener Tür mitten auf dem Gelände. Ein Arbeiter versuchte, den Flüchtenden mit ausgebreiteten Armen aufzuhalten. Er bekam einen Tritt in den Magen, klappte vornüber und wurde in den Wagen gestoßen. Der Flüchtende sprang hinterher und gab Vollgas. Gaston hatte nicht mal den Schlüssel abgezogen, eine Nachlässigkeit, die viele Mallorquiner für normal halten.

Der Zöllner hielt seine Waffe mit beiden Händen und zielte sorgfältig mit ausgestreckten Armen. Es waren zu viele Leute auf dem Gelände für einen freien Schuss. Er griff zum Handy und fordert die Ambulanz an. Dann gab er eine Fahndung nach dem Volvo raus. Als er sich über Gaston Granja beugte, konnte er keinen Puls feststellen. Die drei Schüsse waren dicht nebeneinander in die Brust gedrungen. Er riss das Hemd auf und versuchte die Blutung mit bloßen Händen zu stoppen. Einige Arbeiter kamen mit Handtüchern gelaufen. Sie stopften die Handtücher über die Wunden, bis die Ambulanz kam. Ein Helfer griff die Pillenschachtel, bevor alle davonfuhren. Gaston hatte die Augen weit offen. Er sah zufrieden aus.

Der graue Volvo preschte in die Autopista de Llevant und nahm die linke Spur, um Richtung Flughafen zu entschwinden. Niemand folgte ihm. Der Wagen wurde wenig später an der Ausfahrt Coll d'en Rabassa aufgefunden. Die Geisel saß mit einer Kopfwunde bewusstlos auf dem Beifahrersitz. Neben ihm auf dem Fahrersitz ein Overall der Hafenarbeiter, wie ihn der Flüchtende bei seinem Überfall im Trockendock getragen hatte.

Trimmer war unterdessen ohne Eile weiter geschlendert, Gastons Tasche unter dem Arm. Er ging zur Tankstelle und wählte 007 für Russland, dann 812 für Sant Petersburg sowie den Rest der

Nummern. Er musste lange warten, bis das Rufzeichen ankam und ließ dem Empfänger keine Zeit, sich zu melden.

„Genosse General, ich habe den Schlüssel."

„Ich habe dir befohlen, niemals diese Nummer anzurufen. Außer im extremen Notfall."

„Laszlo will das Mädchen."

„Du haftest mir mit deinem Leben für ihre Unversehrtheit."

Das Gespräch wurde getrennt. Es hatte keine zehn Sekunden gedauert.

18.

Laszlos Leute drückten ihren Koks an allen Ecken und Enden zu Schleuderpreisen auf den Markt. Es wurde dringend frisches Geld gebraucht, um aufzurüsten. Neue Harleys mussten her, Feuerwaffen, Beweglichkeit und Tempo waren Trumpf. Er beschloss einen Stellungswechsel, gab vorübergehend sein Haus in der Unterstadt links von der Borne auf und quartierte sich in einer Suite des Palacio Valparaiso nahe der Kathedrale ein. Bald würde wieder Ruhe sein. Er wollte Darja auf seine Seite ziehen. Familienangelegenheiten gehörten nicht auf die Straße. Der Spruch war von seiner Mutter und berührte eine Wunde in ihm, die niemals heilte.

Er verließ seinen Palazzo mit leeren Händen, ohne den Chauffeur zu informieren. Nichts deutete darauf hin, dass er nach einem kleinen Spaziergang nicht zurückkehren würde. Die Männer, die sein Grundstück beobachtet hatten, warteten, bis er um die Ecke verschwand. Dann kletterten sie über den Zaun und sprangen hinein.

An der gegenüberliegenden Bordsteinkante übte ein Kleiner ein paar Sprünge mit seinem Skateboard. Das Gartentor öffnete sich. Der Junge drückte mehrmals auf den Auslöser seines Smartphones. Als Laszlo um die Straßenecke verschwunden war, folgte er ihm. Er sah den Mann mit den langen, blonden Haaren im wiegenden Schritt die Rambla überqueren und stieg ab, um sein Board unter den Arm zu klemmen. Er blieb einen Moment gelangweilt stehen, lange genug, um einen Kaugummi in den Mund zu schieben. Der Blondgelockte war unter den Passanten leicht zu erkennen. Der Junge ließ sich alle Zeit der Welt. Erst als der Mann um die nächste Ecke verschwand, stieg er auf sein Board und gab wieder Gas. Niemand beachtete ihn, der Blonde am allerwenigsten. Als sie das Hotel Valparaiso erreicht hatten, verschwand der Blonde im Foyer. Der Junge wartete eine Weile auf der Straße. Dann flitzte er mit einer ankommenden Gästegruppe hinein und fragte den wenig älteren Liftboy, ob der Typ mit den schulterlangen Haaren und dem blauen Seidentuch eingecheckt hatte. Er zeigte ihm das Foto auf dem Smartphone. Der Liftboy nickte.

„Der hat die Suite im Dachgeschoss. Ganz großes Tier." Der Skateboarder trollte sich auf die Straße.

Katzer hatte eine SMS von Isabel erhalten, sich im Uniklinikum von Son Espases mit ihr zu treffen. Sie war telefonisch nicht erreichbar, ihr Handy war abgestellt. Das war höchst ungewöhnlich. Er wusste, dass sie ihn den langen Weg nicht zum Spaß kommen ließ und hatte sich murrend auf den Weg in den Norden der Stadt gemacht. Der Neubaukomplex von Son Espases lag wie Raumschiff Enterprise außerhalb Palmas, der Parkplatz war eine glühende Herdplatte. Sein aus letzter Kraft gestammeltes „Beamt mich zum Empfang" fand Gehör. Sobald sich die Glastür hinter ihm geschlossen hatte, empfing ihn Weltraumkälte.

Er fragte sich nach der von Isabel genannten Station durch. Als er sie endlich erreichte, bat ihn einer von der Guardia Civil, vor der

Intensivstation Platz zu nehmen. Nach zehn Minuten war die blasse Kommissarin bei ihm. Isabel hatte Ränder unter den Augen.

„Ich habe versucht, mit dem schwerverletzen Biker zu sprechen. Die Gitanos haben ihn übel zugerichtet. Er wird ein Auge verlieren."

„Armer Kerl."

„Das war die gute Nachricht. Hauptkommissar Granja ist tot. Erschossen. Sie konnten ihn nicht mehr wiederbeleben. Er war schon bei der Einlieferung hinüber. Er wurde nach dem Verlassen der ‚Gipsyqueen' mit drei Schüssen liquidiert. Die Schüsse stammen aus einer AK16. Die gleiche Waffe, die Darjas Freund bei seinem Überfall auf das Gitanodorf benutzt hat."

„Aber da sind drei Zigeuner verletzt worden und Darja hat den Täter identifiziert."

„Mal ist er ihr Freund, mal ist er ihr Feind. Das Rum-eiern bringt uns nicht weiter. Sie steckt bis über beide Ohren in diesem Blutbad, das schleunigst beendet werden muss. Die Großfahndung nach ihr läuft."

„Was wird ihr vorgeworfen?"

„Anstiftung zum Mord, Körperverletzung und schwere Brandstiftung."

„Immer das alte Lied. Wenn ein Polizist stirbt, ist Euch jedes Mittel recht. Am besten, sie wird gleich auf der Flucht erschossen. Das spart einen langen Prozess."

„Da kannst ja das Konsulat informieren. Sie hat die deutsche Staatsbürgerschaft. Vielleicht besorgen sie ihr einen guten Anwalt."

„In Ordnung. Ich rede mit meinen Leuten. Das mit Gaston tut mir leid."

„Caplonch ist gerade bei der Familie, Sie haben zwei Kinder."

„Schlimme Sache."

Isabels stummer Blick gab ihm das Gefühl, mitschuldig zu sein. Ihre Finger kneteten unablässig an ihrem Notizblock, den sie aus dem Krankenzimmer mitgebracht hatte. Ihm war, als ob sie einen Liebesbrief in kleine Stücke zerriss.

„Lass uns miteinander sprechen, wenn alles vorbei ist."

Er beeilte sich, das Klinikum zu verlassen. Als er die Glastür durchschritt, hatte er das Gefühl, in einen Hochofen zu springen. Er ließ den Motor an und hörte in seinem Empfänger, wie Inselradio seine flotte Musik für eine Nachricht unterbrach.

„Die Feuerwehr ist zur Bekämpfung eines Großbrandes in Ciutat Baixa ausgerückt. Ein Jugendstilhaus und ein benachbartes Gebäude stehen in Flammen. Nach unbestätigten Angaben wurde der Brand durch mehrere Molotowcocktails ausgelöst, die von unbekannten Tätern vom Grundstück aus durch die Fenster geworfen wurden. Nachbarn berichten, das Haus sei von einem in Palma bekannten Playboy bewohnt, der durch seinen ausschweifenden Lebensstil bekannt ist."

Katzer fiel auf, dass der Moderator der Sendung keinen Zusammenhang zwischen dem jüngsten Brandanschlag und dem derzeit tobenden Bandenkrieg hergestellt hatte. Nichts deutete darauf hin, dass Laszlo etwas mit den Auseinandersetzungen zu tun hatte. Die Polizei fahndete nach einer Darja Pfitzner, nach mehreren namentlich bekannten Gitano-Gangstern, nach zwei Bikern der Zombies, von denen man nur die Spitznamen ‚Stoi' und ‚Dawai' kannte und nach dem Skipper der ‚Gipsyqueen', von dem Katzer wusste, dass nur ein Foto mit Bart, aber kein echter Name existierte.

Katzer fand es an der Zeit, die Verfolger Darjas auf die rechte Spur zu bringen. Er rief Tina an und bat sie um ein Treffen im ‚Antiquari'.

„Kannst Du eine halbe Stunde Deiner kostbaren Zeit für mich opfern und einen Tonbandmitschnitt meines Gespräches mit meinem Freund, dem ‚Marschall', mitbringen?"

„Das lässt sich einrichten, Sherlok Holmes, gib mir eine Stunde, ich muss schnell noch ein paar Sachen erledigen."

Er fand einen Parkplatz an der Uferpromenade des Riera und bummelte durch die verwinkelte Altstadt aufwärts zum ‚Antiquari'. Obwohl das Tagesmenü noch nicht beendet war, fand er drinnen einen Platz an einem winzigen Nähmaschinentisch, um einen Cortado zu bestellen. Die allgegenwärtige Paula, an zehn Tischen auf dem Kirchenvorplatz gleichzeitig unterwegs, brachte ihm unaufgefordert gerade seinen zweiten Cortado, als Tina aufkreuzte. Er sprang auf, sie strahlte, und irgendwie brachten sie es fertig, zu zweit an dem winzigen Nähmaschinentisch Platz zu nehmen. Die räumliche Enge kam ihrem Bedürfnis nach Nähe entgegen.

„Teilen wir uns einen Applecrumble?"

„Wenn Du mir einen Espresso dazu spendierst, bin ich dabei. Wo hast Du meine vierbeinige Freundin gelassen?"

„Die wartet zu Hause auf Papas Rückkehr. Ich war in der Uniklinik wegen eines demolierten Bikers und wegen Gaston Granja, der im Dienst erschossen wurde. Ich kannte ihn seit Jahren als die gute Seele von Caplonch, es ist scheußlich, was gerade abgeht."

„Das liebliche Palma hat sich in einen Fleischwolf verwandelt."

„Die Polizei hält Darja für die Hauptschuldige am derzeitigen Massaker. Sie haben eine Großfahndung nach ihr veranlasst. Ein Polizistenmord ist keine Bagatelle. So wie die drauf sind, läuft Darja Gefahr, auf der Flucht erschossen zu werden. Du weißt, dass ich Laszlo für den Verursacher des Aufruhrs halte."

„Ich habe das Tonband dabei."

„Ich will Caplonch den Mitschnitt meines Gesprächs mit dem ‚Marschall' unterjubeln. Ich kann damit nichts beweisen, aber wenn der Hauptkommissar erfährt, dass Laszlo und Darja Halb-Geschwister sind, wirft das ein neues Licht auf die Angelegenheit. Ein Familienzwist erweitert den Kreis der Verdächtigen und könnte Darja entlasten."

„Beeil Dich und sieh zu, dass du Schlimmeres verhindern kannst."

„Noch was – kann das Konsulat ihr einen guten Anwalt besorgen für den Fall, dass sie lebend gestellt wird?"

„Den soll sie bekommen. Mach's gut."

Katzer eilte zum Flussufer zurück, zog fluchend einen Strafzettel hinter dem Wischer hervor und stellte fest, dass er den Parkzettel verkehrt herum hinter die Frontscheibe gelegt hatte. Mit den übelsten Verwünschungen auf die Ordnungsmacht rannte er die Stufen des Polizeipräsidiums hinauf, ohne sich von Caplonchs guter Seele im Vorzimmer aufhalten zu lassen.

„Es geht um Leben und Tod."

Caplonch sah nicht einmal vom Schreibtisch als, als er die Tür aufriss und hereingestürmt kam.

„Wenn Sie noch einmal ohne anzuklopfen in mein Zimmer stürmen, mache ich ohne Vorwarnung von meiner Dienstwaffe Gebrauch."

„Ist das jetzt der neue Trend bei der *Policia Nacional*? Bei Darja Pfitzner ist offenbar das gleiche Verfahren geplant, oder? Feuer frei und Akte geschlossen, ja?"

„Señora Merfaldo, würden Sie bitte diesen Irren aus meinem Büro entfernen, Sie können auch einen Kammerjäger zu Hilfe rufen."

„Liebe Kollegin, bleiben Sie bei uns und helfen Sie dem Comisario und mir, dieses Band abzuhören, das ich mitgebracht habe."

Katzers Vorzimmer-Komplizin legte mit einem fragenden Blick auf den Comisario das Tonband ins Gerät und gab den Ton bei der von Katzer genannten Laufzahl frei. Es ertönten die Stimmen Katzers und seines Freundes Jürgen Mai.

„Ok, Jürgen, wir bleiben in Verbindung. Ich hab auch was für dich. Ich bin hier auf einen hohen Stasi-Offizier gestoßen, dessen Tochter eine Cousine von Batomunkajew sein soll. Sein Name ist Alfred Pfitzner. Darja Pfitzner wurde wahrscheinlich von Russen entführt. Ihre Entführer haben ebenfalls mit Falschgeld um sich geworfen. . . Pfitzner hatte zu DDR-Zeiten Kontakte zu Batomunkajew und zum russischen SVR, dem Auslandsgeheimdienst. Seine Tochter ist in Wahrheit das leibliche Kind von Batomunkajew, nicht seine Cousine."

Katzer beeilte sich, das Gehörte ins Spanische zu übersetzen.

„Ich habe – natürlich inoffiziell – mit einem Mann des deutschen Geheimdienstes gesprochen. Er sagt mir in diesem Gespräch, dass Alfred Pfitzner engen Kontakt zu einem russischen Oligarchen namens Batomunkajew hatte und das dieser Russe der leibliche Vater von Pfitzners Tochter Darja ist. Darja und Laszlo Batomunkajew haben also den gleichen Vater und sind auf das engste miteinander verwand."

„Und deshalb rennen Sie mir die Tür ein? Wir wussten längst, dass Darja Pfitzner nicht das leibliche Kind des ermordeten Pfitzners ist."

„Aber jetzt wissen Sie auch, wer der wahre Vater des Mädchens ist und dass Laszlo und sie Halb-Geschwister sind. Das wirft doch ein anderes Licht auf den Bandenkrieg zwischen Russen und Gitanos."

„Selbst wenn es das täte – Sie wollen mir natürlich nicht sagen, wer der geheimnisvolle Mann ist, von dem Sie diese Nachricht haben?"

„Nein, will ich nicht. Wie Sie sich erinnern werden, arbeite ich nur inoffiziell für Sie. Aber ich werde offiziell Himmel und Hölle mobilisieren, wenn dem Mädchen etwas passiert."

„Gut, nachdem das geklärt ist, können wir ja alle wieder an unsere Arbeit gehen und hoffen, dass bald wieder Ruhe und Frieden auf der Insel einkehren."

„Eins noch. Sie wissen nicht zufällig, wo Laszlo sich derzeit aufhält? Seine Hütte hat Feuer gefangen, wie man hört."

„Wenn ich es wüsste, wären Sie der letzte, der es von mir erfährt."

„Zu viel der Güte. Ich werde Sie in mein Nachtgebet einschließen."

Katzer machte, dass er davonkam, um keinen Locher oder Aktenordner ins Kreuz zu bekommen. Er wollte so schnell wie möglich Laszlo sprechen, aber da war er nicht der einzige. Er rief Amade auf seinem Handy an.

„Was hast du rausgekriegt?"

„Die Biker sind dreißig Mann stark. Sie kaufen Waffen für den nächsten Weltkrieg. Laszlo ist ihr Präsident. Die Gitanos haben seine Bude abgefackelt. Er wohnt jetzt im ‚Valparaiso'. Gegen Aufpreis gibt's auch die Zimmernummer. "

„Amade, Du bist genial. Wir treffen uns gleich vor Deiner Bude."

„Kostet aber mehr. Hatte die Tage viel Strecke auf meinem Board und Unmengen Handy-Calls."

„Mach Dir keine Gedanken. Das geht klar."

Amade erwartete Katzer auf seinem Gerümpelhof. Er sagte etwas auf Romani, was Katzer nicht verstand. Katzer fragte nach und erhielt eine Antwort auf Spanisch: „Auf welcher Seite stehst du eigentlich?"

„Bei den Habenichtsen und Straßenkötern."

„Ich mache mehr für dich, als du je bezahlen kannst, Schreiberling. Leg einen Fuffi hin, und du kriegst alles, was du wissen musst."

„Ist deine Information so viel wert? Wenn nicht, sag ich Edgar, was du mit seinen Büchern machst."

„Probier's aus."

Katzer legte den Schein zwischen beide und hielt den Daumen drauf.

„Laszlo wohnt in der Dachsuite des Valparaiso. Sobald er auf die Terrasse tritt, ist er tot. Zwei Scharfschützen haben sich auf der gegenüberliegenden Seite einquartiert und nehmen ihn ins Kreuzfeuer."

Katzer nahm den Daumen vom Geldschein.

„Dann ist es höchste Zeit für mich. Ich muss vorher noch mit ihm reden."

Katzer begab sich so überstürzt zum Valparaiso, als ob er die Kartoffeln auf dem Feuer vergessen hatte. Es roch brenzlig und es blieb ihm keine Zeit, sich auf das Treffen einzustimmen. Wenn irgend möglich, war er einer Er-oder-ich-Situation immer aus dem Weg gegangen. Laszlo war ein Draufgänger, kein Mann der Worte.

In der Hotel-Lobby behielt Katzer sein eingeschlagenes Tempo bei, bis er den Fahrstuhl erreicht hatte. Er überlegte kurz, drehte um und ging zum Empfang zurück.

„Melden Sie bitte Herrn Laszlo Batomunkajew, dass jemand mit einer wichtigen Nachricht für ihn unterwegs ist."

Wieder im Lift, drückte er den obersten Knopf und probierte im Fahrstuhlspiegel einen möglichst entschlossenen Gesichtsausdruck. Der Lift rauschte zu schnell nach oben, um die passenden Pose zu überprüfen.

Im Panoramageschoss eilte er auf die klotzige Eingangstür zu. Sie wurde geöffnet, ehe er sich überlegen konnte, mit welchem

Spruch er sich melden sollte. Vor ihm stand Trimmer im schwarzen Anzug und offenen Hemd, eine Hand in der Tasche.

„Sie wünschen?"

„Ich muss dringend Laszlo sprechen, und zwar jetzt und unter vier Augen."

„Wer sind Sie? Sie sind nicht angemeldet."

„Mein Name ist Katzer. Ich bedauere die Umstände, aber es blieb keine Zeit, Termine zu machen. Manchmal musst Du einfach handeln. Sei nett, hol dir ein Eis und lass uns allein. Es dauert nicht lange."

„Sie gestatten!" Das Individuum war dicht an Katzer herangetreten, um fachmännisch seinen Körper nach Waffen abzutasten. Zu seinem Bedauern fand er nichts außer einem Handy, das er misstrauisch an sich nahm.

„Das müssen wir leider an der Garderobe abgeben." Mit ausholenden Schritten führte er Katzer durch einen leeren Eingangsraum in ein großes Empfangszimmer mit riesigen Fenstern und einer dahinter liegenden Balustrade. Auf einem silberfarbenen Ledersofa saß Laszlo, halbnackt und gelangweilt. Katzer starrte ebenso gelangweilt zurück, obwohl die Botticelli-Augen des Gegenübers seinen Blick sofort gefangen nahmen.

„Laszlo Batomunkajew?"

Laszlo wendete sich an seinen Bodyguard und tat, als ob er über eine nicht anwesende Person sprach.

„Was will der? Wer ist das?"

„Er sagt, er heiße Katzer und will Sie in einer dringenden Angelegenheit sprechen. Soll ich ihn entfernen?"

"Ich frage Sie nochmals, ob Sie Laszlo Batomunkajew sind. Wenn ja, muss ich Sie dringend und sofort sprechen, und zwar ohne Zeugen."

„Mein Bild war in allen Zeitungen, das muss genügen. Ihrs habe ich noch nirgends gesehen."

„Ich spiele hier auch keine Rolle. Nur was ich zu sagen habe, zählt. Aber nur unter vier Augen."

„Keine Lust."

„Haben Sie Angst, mir allein gegenüberzutreten? Wie sich Ihr Kindermädchen hier überzeugen durfte, bin ich unbewaffnet. Ich kann ja verstehen, dass Sie nach allen Vorkommnissen der letzten Tage kein Risiko eingehen wollen. Ein Grund mehr, mir Gehör zu schenken."

Laszlo gab seinem Vierschröter einen unmerklichen Wink mit den Augen, zu verschwinden. Katzer folgte ihm bis zur Verbindungstür und wies auf den Ausgang.

„Warte bitte auf dem Flur. Laszlo gibt dir Bescheid, wenn du mitspielen darfst."

Laszlo war aufgestanden, um sich einen Brandy einzuschenken. Er bot Katzer nichts an und schlenderte auf die Balkontür zu.

„Wenn du auf die Balustrade trittst, bist du tot."

Katzer fand, Laszlos Gesichtsausdruck war allemal die fünfzig Mäuse wert, die er Amade für den Tip bezahlt hatte.

Laszlo kippte seinen Brandy in einem Zug runter und lachte hysterisch. Ein labiler Typ, völlig unberechenbar. Er riss die Balkontür auf.

„Du hast nur den einen Versuch."

Das Brandyglas flog auf die Balustrade und zerbrach. Sonst passierte nichts. Laszlo trat nicht ins Freie.

„Komm vom Fenster zurück und schließe die Gardinen. Auf der andere Seite liegen zwei Scharfschützen der Gitanos. Die warten auf dich. Die haben den ganzen Tag Zeit."

„Du bluffst."

„Probier's aus."

„Warum tust du das?"

„Bestimmt nicht für dich. Ich denke nur an deine Halbschwester. Sie hat ihre Großmutter, ihre Mutter und ihren Ziehvater durch

Gewalt verloren. Kürzlich auch noch ihren Freund. Ich fänd's ok, wenn sie wenigstens ihren Halbbruder ab und zu lebend im Knast besuchen könnte."

„Woher sollten die Gitanos meinen Aufenthalt kennen?"

„Woher habe ich deine Adresse?"

„Steckst du mit denen unter einer Decke?"

Katzer hatte Oberwasser. Er beschloss, nicht zu antworten. „Du rasierst deine Achseln. Deine Schwester würde sich nie die Achselhaare rasieren."

„Nein, ihre Votze auch nicht, du Klugscheißer."

„Ihr seid sehr unterschiedlich. Obwohl ihr den gleichen Vater habt."

„Klugscheißer, du redest dich um Kopf und Kragen. Lass meine Familie aus dem Spiel, oder ich reiß dir die Eier ab und stopfe sie dir ins Maul."

„Große Töne für einen, der alle Gitanos der Insel am Hals hat. Was glaubst du, werden die mit dir machen, wenn sie dich kriegen? Zehntausend Paar Augen und Ohren verfolgen dich überall. Auch wenn die meisten friedliebend sind. Ihre Stärke ist ihr Zusammenhalt. Wenn es gegen die ‚Payos', die Normalos, geht, gibt's keinen Pardon."

„Was willst du?"

„Ich will, dass du Deine Schwester in Ruhe lässt. Sie hat ihr eigenes Leben gefunden und braucht dich nicht. Ich will, dass du so schnell wie möglich verschwindest, statt hier im Knast rumzuvögeln. Und ich will, dass du deinem Vater sagst, er soll sich seine Fünfhunderter-Blüten in den Arsch schieben und mit seinen Falschgeld-Schweinereien aufhören, wenn er sein Einreiseverbot beenden will."

„Und wenn ich nicht will?"

„Dann kommst du auf die Liste der unerwünschten Personen, wirst abgeschoben und Interpol wird sich in Russland um deine dreckigen Heldentaten kümmern, was deinen Papa kaum freuen wird."

„Es würde mir den Schlaf rauben."

„Du würdest alles tun, um ihn zu quälen, stimmt's? Du machst dich an deine Schwester ran, nur um ihn zu erniedrigen. Was ist mit deiner Mutter? Bist du nicht ihr ganzer Stolz? Wie erträgt sie es, dass ihr Mann eine Tochter hat von einer Frau, die seine eigene Halbschwester war, hijo de puta?"

Laszlos Engelsaugen verschwanden schlagartig hinter einer Teufelsfratze. Mit einem Wutschrei hing er an Katzers Kehle. Mit der Rechten drückte er ihm den Hals zu, mit der Linken riss er die Balkontür auf und stieß ihn hasserfüllt nach draußen. Katzer machte unkontrollierte Vorwärtsschritte, um nicht zu stürzen. Er rang nach Luft. Die Flurtür wurde aufgerissen. Trimmer raste mit langen

Sprüngen zum strauchelnden Eindringling, um ihn über die Balustrade zu stürzen. Von der gegenüberliegenden Straßenseite fiel ein Schuss. Katzer riss Trimmer zu sich auf den Boden und warf sich über ihn.

Ein zweiter Schuss bohrte sich in die Hotelfassade. Aus Trimmers Arm floss Blut und färbte Katzers Hemd. Beide robbten ins Zimmer zurück. Trimmer lehnte sich gegen die Zimmerwand und hielt seinen Arm. Katzer zog ihm vorsichtig die Jacke aus und fischte sein eigenes Handy aus Trimmers Jackentasche.

„Das brauche ich noch. Ich binde dir jetzt den Arm ab und rufe die Ambulanz."

Er zerriss sein blutiges Hemd, um es Trimmer so eng wie möglich um die Wunde zu binden. Der Verletzte verzog sein Gesicht, ohne etwas zu sagen. Als Katzer die Notrufnummer wählen wollte, spürte er Laszlos Hand auf seinem Arm.

„Lass gut sein, wir regeln das."

„Muss schön sein, wenn man alles auf Kreditkarte regeln kann."

„Meine Mutter konnte ich nicht mit der Karte retten. Ich war erst fünf, als sie sich das Leben nahm. Mein Vater ist schuld. Jetzt mach, dass du weg kommst, wir sind noch nicht fertig miteinander."

„Sind wir nicht. Du solltest eine Therapie machen. Jetzt gibt mir ein neues Hemd. Es wirft ein schlechtes Licht auf dich, wenn ich halbnackt aus deiner Bude komme."

„Besser als wenn du tot rauskommst. Ich könnte dich selber er-schießen und es denen da drüben in die Schuhe schieben. Da ist der Ausgang."

19.

Katzer betrat halbnackt die Hotellobby und war dankbar für die Polizeisirenen, die alle Aufmerksamkeit von ihm ablenkten. Mehrere Angestellte und ein paar Gäste drängten zum Ausgang, um die Ursache des Aufruhrs zu erkunden. Sie sagten der Guardia Civil, im Hotel sei alles ruhig und in bester Ordnung.

Er trat ins Freie und bummelte barbusig Richtung Riera, wo er seinen Angeber-Escort abgestellt hatte. Zur Tarnung hielt er das Handy ans Ohr und tat so, als ob er telefoniere. Heutzutage kannst du nackt über die Straße latschen, Hauptsache du hast ein Handy am Ohr, schon gehörst du dazu. So sind die Zeiten.

Keiner der entgegenkommenden Passanten beachtete ihn. Die Sonne brannte ihm trotz des späten Nachmittags immer noch gnadenlos ins Genick. Katzer gab der Bevölkerung Palmas ein Zehn plus für ihre weltstädtische Gelassenheit und ließ sich ins Auto fallen.

Er hielt noch immer das Handy in der Hand, als es den Radetzkymarsch anstimmte. Er schaute irritiert auf das Gerät. Nicht wegen des Radetzkymarsches, den er selbst als Klingelton eingegeben hatte, sondern weil er total vergessen hatte, dass er es immer noch in der Hand hielt. Er hatte den Schock noch nicht weggesteckt. So was dauert, aber wenn du es merkst, ist das Schlimmste vorbei.

„Hier Friedmann von Europol, wie geht's, alter Kämpe?"

„Ich lebe noch, was keine Selbstverständlichkeit ist, weil ich gerade knapp einem Rendezvous mit Batomunkajew junior entkommen bin."

„Das muss Gedankenübertragung sein. Genau der ist der Grund meines Anrufs. Caplonch vermutet, dass er einen seiner Leute auf dem Gewissen hat. Europol glaubt außerdem, Batomunkajew junior organisiert den Vertrieb der Blüten für seinen Erzeuger. Ich komme heute mit der letzten Maschine von Frankfurt nach Palma. Wann sehen wir uns?"

„So schnell wie möglich. Der Klärungsbedarf ist riesig. Der Junior hat mit seiner Russen-Maffia einen Krieg gegen die heimischen Gitanos entfesselt und wirft sein Kokain zentnerweise auf den Markt, um sich mit dem Profit gegen die falschen Fünfhunderter seines Vaters zu wehren, die uns seit Wochen überschwemmen. Die Batomunkajews sind keine Komplizen, sondern Todfeinde."

„Was immer die sind, machen Sie einen weiten Bogen um die Familie. Das ist Polizeisache. Für die ganz harten Jungs mit der Panzerweste."

„Ihr Rat kommt zu spät. Die Tochter hängt auch mit drin. Fragt sich nur, auf welcher Seite. Ja, Batomunkajew hat auch eine außereheliche Tochter. Hätte ich das letzte Woche gewusst, wäre ich nicht nach Palma gefahren, um sie zu suchen, sondern hätte Erholungsurlaub auf den Galapagos gebucht."

„Da nutzen Sie niemand. Bleiben Sie unsichtbar, bis wir gesprochen haben. Der Rechner der Bundesbank wurde gehackt. Wir vermuten, durch ausländische Dienste. Alles weitere mündlich."

Katzer hätte die Zeit gerne rückwärts gedreht. Stattdessen stürzte er sich in den Feierabendverkehr von Palma. An einer roten Ampel griff er erneut zum Telefon. Amade meldete sich mit seiner tiefen Macho-Stimme:

„*Uép, Jéfe, com va?*" Alter, was läuft?

„Ich glaube, ich habe Laszlo nervös gemacht. Sein Kugelfänger hat was abgekriegt. Er braucht medizinische Hilfe. Lass die beiden nicht aus den Augen und sag mir Bescheid, was sie machen."

„Ich werde Unterstürzung brauchen."

„Geht alles auf meine Rechnung. Gib Gas."

Als er sein Handy verstaute, ließ ein dumpfes Röhren seinen Escort vibrieren. Rechts schob sich eine Harley in den hupenden Querverkehr, ein tätowierter Typ gebot dem Autostrom mit erhobenem Arm Halt und eine Kolonne schwerer Maschinen donnerte über die Kreuzung. Kaum hatte das letzte Bike die Kreuzung passiert, schaltete die Ampel auf Grün und Katzer fuhr hinterher. Mit dem Flammengraffiti auf der Kühlerhaube sah er aus, als gehörte er dazu.

Die ‚Zombies' krochen im Schritttempo durch den dichten Verkehr, als gehöre die Stadt ihnen. An jeder Kreuzung wiederholte sich das gleiche Schauspiel. Der erste stoppte den Querverkehr und die Kolonne kam nach. Niemand wagte, zu überholen. Viele entflohen dem Chaos durch Ausweichen in die Seitenstraßen. Katzer blieb dran.

Sein Handy meldete sich erneut mit dem Radetzkymarsch. Amade berichtete, Trimmer sei allein aus dem Hotel gekommen. Er trage eine Jacke locker über der Schulter und bewege sich Richtung Altstadt.

„Bleib dran."

Die Kolonne der ‚Zombies' teilte sich. Während die eine Hälfte ihr verwüstetes Quartier in Soledad wieder in Besitz nahm, fuhr Katzer dem zweiten Pulk hinterher, bis er den Großmarkt Mercapalma in Coll d'en Rabassa erreichte. Die Biker sprachen mit dem Pförtner, zeigten einen Ausweis und rollten bis zu einem Fischgroßhändler, der ziemlich weit vorn im Containerdorf Zeile B seine Halle hatte. Katzer stellte sein Auto vor dem Zaun in der Baustelle ab und ging zu Fuß hinterher.

In der Halle war das Großreinemachen nach Feierabend im Gang. Paletten wurden gestapelt, Plastikkisten und Korridore gespült, Schläuche aufgerollt. Einige ‚Zombies' sprachen mit den Arbeitern in Gummischürzen, zwei von ihnen hatten eine Diskussion mit dem Chef. Katzer konnte nicht viel verstehen, nur dass es um einen Transport am nächsten Morgen ging. Er nahm erneut Verbindung mit Amade auf.

„Kennst Du jemand im Großmarkt beim Fischimporteur ‚Pescadero Mediteráneo‘?“

„Jep, da arbeiten welche von uns.“

„Frag sie, was die ‚Zombies‘ in dem Laden zu suchen haben.“

„Wird gemacht.“

Wo ist die andere Hälfte der Truppe?“

„Immer noch in ihrem Quartier.“

„Und was macht Trimmer?“

„Ein Skateboarder ist in sicherer Entfernung hinter ihm.“

„Amade, ihr seit Spitze.“

„Wir Gitanos sind besser vernetzt als Google.“

Katzer steckte das Handy weg und konzentrierte sich auf den Verkehr. Er musste einen Moment warten, bis ein Bagger an der Baustelle den Weg freimachte, genug Zeit für einen Schweißausbruch im Escort. Während der Heimfahrt genoss er die frische Brise um seinen nackten Oberkörper.

Katzers Hemd hatte unterdessen eng um Trimmers rechten Arm gewickelt den alten Unterschlupf von Laszlo in Soledad erreicht. Ein halbblinder Feldarzt, der im Bürgerkrieg viele Arme und Beine amputiert hatte, erwartete ihn. Er hatte bereits sein OP-Besteck aufgebaut und seine Hände sterilisiert. Dicht über den angeschossenen Arm gebeugt schnitt er den Notverband auf. Das Blut pulste noch immer. Er band den Arm ab, um die Wunde zu untersuchen.„Nur eine Fleischwunde. Kein Knochen verletzt. Wenn Du einverstanden bist, machen wir das mit Lokalanästhesie." Trimmer nickte. Der Alte zog mit zittriger Hand eine Spritze auf. Trimmer fühlte seinen Arm kaum noch. Das Reinigen der Wunde war dennoch schmerzhaft. Der Doc entfernte Faserreste von Trimmers Jackett aus dem Einschusskanal.

„Zum Glück ein reiner Durchschuss. Keine Kugel zu entfernen. In zwei, drei Wochen kannst du wieder Popeln."

Der Doc beugte sich zentimeterdicht über Trimmers Arm, um die Wunden zu nähen. Dabei spritzte ihm etwas Blut auf die dicken Brillengläser. Unbeirrt setzte er seine Arbeit bis zum letzten Stich fort.

„Einen Schönheitswettbewerb werden wir damit nicht gewinnen, aber meine Approbation ist nicht in Gefahr, auch wenn der Faden zu dick ist. Mein Zubehör lässt allmählich zu wünschen übrig. Ich lass ein Paar Tabletten hier, falls die Schmerzen zu stark werden. Der Verband muss täglich kontrolliert und gewechselt werden.

Trimmer nickt wieder. In Zeichensprache forderte er den Alten auf, die Vorhänge zu schließen, weil er Schlafen wollte. Er hörte, wie die Tür ins Schloss fiel, zog seine Waffe aus dem Hosenbund und legte sie neben sich auf die Couch. Mehrmals griff er mit der Linken nach dem Schießeisen und zielte auf ein Porträtfoto Laszlos. Er ging zum Kühlschrank und stellte enttäuscht fest, dass kein Bier da war. Die Schmerzen im Arm wurden stärker. Er füllte ein Glas Wasser, um mehrere Pillen zu schlucken. Er legte sich wieder auf die Couch neben die Pistole. Mehrmals legte er mit Links auf das gerahmte Porträtfoto Laszlos an. Dann schlief er ein.

20.

Katzer erreichte sein Haus vor Dunkelheit. Es war immer noch nicht aufgeräumt. Öhrchen begrüßte ihn aufgeregt. Im Gegensatz zu Katzer störte sie das Durcheinander nicht im Geringsten. Er war müde, aber der Gedanke an das Chaos, das die Einbrecher bei der Suche nach dem Schlüssel hinterlassen hatten, für den erst Pfitzner und dann der Abteilungsleiter Gaston gestorben waren, deprimierte ihn. Er fürchtete, wenn er morgen in diesem Chaos erwachen würde, würde er nie wieder die Kraft zum Aufstehen finden, zumal der Schlüssel jetzt mit Sicherheit bei Laszlo gelandet war, was er die ganze Zeit hatte verhindern wollen. Alles war nur viel schlimmer geworden. Er tat sich leid.

„Tu dir nur leid, du Weichei, und dann häng dich auf. Du hast ja nicht mal mehr die Makarow, um dich zu erschießen." Katzer beendete sein Selbstgespräch mit einem wütenden Ausfall gegen die Unordnung im Haus. Mit jedem erledigten Handgriff fühlte er sich besser. Öhrchen folgte ihm schwanzwedelnd auf Schritt und Tritt. Er fand einen Tennisball, den er ihr zuwarf. Sie sprang bellend nach dem Ball, er räumte ein paar Bücher ein und warf erneut. So arbeiteten sie sich mit Ordnungswut und Tennisball von einer Etage zur nächsten. Als sie durch die Haustür in den langen mallorquinischen Sommerabend zum Gassigehen schritten, war alles tipptopp.

Katzer wurde mitten in der Nacht vom Radetzkymarsch geweckt. Er verfluchte sein Handy und sich selbst, weil er nicht mehr wusste, wo die Hose war, in dessen Seitentasche das Handy steckte. Als er Handy und Hose gefunden hatte, hörte es auf zu klingeln. Er hatte das Licht kaum aus, schlug es wieder Alarm. Dringende Anrufe kommen immer zur falschen Zeit. Es war Amade.

„Warum bist du so spät noch wach?"

„Ich mach meinen Job. Du bezahlst mich."

„Einverstanden, aber ohne Nachtzuschlag. Du bist erst zwölf und gehörst längst ins Bett. Was sagt deine Mutter dazu?"

„Keine Ahnung, hab sie heute noch nicht gesprochen. Verkauft Nelken an Touris. Willst du gar nicht wissen, was los ist?"

„Sag schon."

„Laszlo und Trimmer sind auf dem Kahn, aber nicht allein."

„Mit wem?"

„Darja."

„Oh Scheiße, große Doppelscheiße, verfluchte, gottverdammte Sauerei! Wie ist das möglich?"

„Erst kamen die beiden Männer, so vor einer halben Stunde, und eben kam sie, ohne Begleitung, einfach so. Sie hat mit keinem vorher gesprochen, niemand wusste davon. Sonst hätte ich mich eher gemeldet."

„Schon gut. Ich muss überlegen. Was haben die vor? Irgendwas ist im Busch. Der große Showdown läuft. Das muss es sein. Amade, was hast du über deine Leute beim Pescadero im Großmarkt rausgefunden? Was hatten die ‚Zombies' da verloren?"

„Vermutlich läuft Laszlos Kokainschmuggel über den Fischhandel."

„Dachte ich auch. Ich stecke in der Klemme. Es ist zum Auswachsen. Wenn wir irgendwen mit reinziehen, ist Darja geliefert. Weder die Polizei noch die Gitanos dürfen erfahren, was los ist, das wäre ihr sicheres Ende. Amade, versprich mir, kein Wort zu niemand. Nur das - sag deinen Leuten, dass morgen früh um sechs bei Öffnung des Großmarkts was abgeht. Sie sollen in allen Hallen den Aufstand entfesseln. Sonst übernehmen die Russen den Markt und schmeißen alle Gitanos raus. Ich bin mit Überschallgeschwindigkeit bei dir im Hafen. Versteck dich, aber bleib auf dem Posten."

„Wird gemacht."

Katzer zog es vor, ohne Kavallerie in den Kampf zu ziehen. Die einzige ihm verbleibende Waffe war die Eskalation der Gefühle. Er hatte nichts als seine Worte, wie immer, wenn es eng wurde. Öhrchen sollte so dicht wie möglich bei ihm bleiben. Er wollte sie im Auto zurücklassen und mit der Trillerpfeife rufen, wenn es nötig war. Sie rannten beide zum Auto. In der Hektik vergaß er, dass sie niemals die Leiter bis zum Deck des Kahns hochkommen könnte. Er schwitzte sich vom ersten Schritt an dumm und dämlich. Es war ein gutes Gefühl, ihr warmes Fell im Auto neben sich zu spüren. Wenigstens sie hatte keine Angst.

Die zehn Kilometer von Pollença bis zur Autobahnauffahrt konnte er mit Fernlicht fahren, es gab kaum Gegenverkehr. Dann drehte er richtig auf, was der alte Escort hergab. Schnell war die Tachonadel auf 160. Dort blieb sie, von einigen Steigungen abgesehen. Er hatte die Überholspur fast für sich allein und blieb links. Sporadisch begann die Tanklampe zu leuchten. Ihm blieb nur die Hoffnung, es mit den verbleibenden fünf Litern zum Ziel zu schaffen. Er hatte keine Ahnung, wie hoch der Mehrverbrauch bei Höchstgeschwindigkeit war. Skeptisch blickte er auf Öhrchen. „Wenn der Saft alle ist, spannen wir dich vor den Schlitten." Nach einer halben Stunde erreichte er den Hafen.

Die ‚Gipsyqueen' lag im Dunkeln. Amade blieb unsichtbar. Katzer sprach wie immer mit der Hündin, wenn sie im Auto warten sollte. Die Tür ließ er weit offen. Er rannte auf das Schiff zu. Es war unbewacht und sah im Mondlicht fast metaphysisch aus. Aus der Kombüse schien ein schwaches Licht. Während er die Eisenleiter hochkletterte, versuchte er, seine Gedanken zu ordnen. Das war so sinnlos wie das Anschnallzeichen bei einem Flugzeugabsturz. Es gab nichts zu ordnen. Sein einziger Gedanke war, sich sofort an Deck bemerkbar zu machen. Vielleicht konnte er so verhindern, sich eine Kugel einzufangen.

Der Gedanke war gut, nur leider nicht zu Ende gedacht. Kaum hatte er ein Bein an Deck geschwungen, knallte ihm etwas an den

Kopf und ließ ihn vornüber fallen. Das enthob ihn der Mühe, weitere Entscheidungen zu treffen.

Als er wieder zu sich kam, lag er unter Deck, die Hände hinter dem Rücken mit Draht oder Plastikbändern zusammengeschnürt. Trimmer beugte sich über ihn. Frischrasiert und kahlköpfig schaute er Katzer skeptisch an.

„Du schon wieder. Kann man dich keine Minute ohne Aufsicht lassen, ohne dass du Unsinn machst. Wie fühlst du dich?"

„Könnte schlimmer sein. Bei dir bin ich doch in guten Händen."

„Arschloch. Noch weiß niemand, dass einer zu viel an Bord ist. Das sollte auch so bleiben. Was hast du hier zu suchen?"

„Auf Darja aufpassen. Ein Mädchen allein mit zwei Männern, das schadet ihrem Ruf."

Trimmer grinste breit über sein rasiertes Gesicht, das Grinsen schien sich bis hinauf über seinen kahlen Schädel zu schieben.

„Der Aufpasser bin ich hier. Ihr Vater hat mich als Anstandswauwau geheuert. Du bist so überflüssig wie Ziegenpeter."

„Warum ist sie gekommen?"

„Sie ist freiwillig hier. Konnte Laszlos Charme nicht widerstehen."

„Ich verstehe die Welt nicht mehr. Nach allem, was er ihr angetan hat."

„Wer hat dich geschickt, du Spinner? Woher weißt du vom Rendezvous auf dem Kahn?"

„Denk nach, Trimmer. Woher wusste ich, dass auf dem Balkon auf euch geschossen wird? Wenn ich gewollt hätte, hättest du das nicht überlebt. Ich habe mehr Augen und Ohren in dieser Stadt, als ihr alle zusammen. Wenn ich nicht in einer Minute Bescheid gebe, wird das Schiff gestürmt. Dann kann keiner mehr kontrollieren, was passiert. Die Zeit läuft, Trimmer, noch 56 Sekunden. Binde mich los."

„Das ist nicht gegen dich persönlich, Katzer, mein Befehl lautet, keinen reinzulassen."

„Die Menge, die gleich stürmt, kannst du nicht mit Links kontrollieren. Mich allein schon. Mach mich los, wir haben noch 30 Sekunden, den Sturm zu verhindern."

„Befehl ist Befehl."

„Du warst immer ein guter Soldat. Denk nach, wie du deinen Befehl am besten umsetzt. Letzte Chance! Ich mit dir unbewaffnet und seit unserem letzten Treff halbnackt, oder ein Trupp Teufel, der den ganzen Kahn in ein Inferno verwandelt. Fünf Sekunden."

Trimmer griff mit der Linken sein Kampfmesser und schnitt Katzer los. Katzer hatte schon sein Handy in der Rechten und drückte Amades Nummer.

„Hallo, bin an Bord. Alles ok. Meine Hündin ist im Auto. Gib sie zu Darja, falls was schiefgeht. Warte auf nächsten Anruf."

Trimmer behielt sein Messer in der Hand.

„Ich schneide dich in Scheiben, wenn du Scheiße baust. Ich sage einfach, ich hätte dich gerade eben erwischt. Was macht dein Kopf?"

„Danke der Nachfrage. Ging schon besser. Ich muss sofort mit Darja und Laszlo sprechen."

„Ausgeschlossen. Die wollen allein sein. Besserer Vorschlag. Dieses Leitungsrohr führt von der Kombüse zur Kapitänskajüte. Funktioniert wie ein Stethoskop. Halt dein Ohr dran und du kannst alles hören, was abgeht."

Katzer presste sein Ohr an die Leitung. Glasklar vernahm er die Stimme von Laszlo.

„Bitch, wir sind das Dreamteam. Gib uns eine Chance und ich leg dir die Welt zu Füßen. Wir haben uns zu spät getroffen, sonst wäre ich jetzt ein anderer. Ich kann nicht leben ohne dich und du kannst es auch nicht."

Darja lachte laut und schamlos.

„Du kannst mich anfassen, aber Du kannst mich nicht haben. Ich teile alles mit Dir, Brüderchen, aber nicht meinen Arsch und meine Titten. Ich will einen Bruder, der mich beschützt, nicht einen, der mich anmacht."

„Du hattest ein Leben lang Zeit, darüber nachzudenken, geh in dich, irgend ein Hinweis."

„Du besitzt doch den Schlüssel zum Tresor."

„Aber der ist leer. Sie selber."

„Glaube ich nicht. Irgendwas hast du übersehen."

„Was soll das sein. Denk nach. Du selbst bist Teil des Schlüssels, sonst hätte ihn deine Mutter nicht in dein Spielzeug versteckt."

„Ich weiß nicht. Sie hat wieder und wieder einen blöden Kinderreim mit mir geübt. Der ist so blöd, dass ich ihn längst vergessen habe."

„Kinderreime vergisst man nicht. Wie hieß deine Mutter?"

„Jola".

„Was hat Jola gesagt zu Darja?"

„Zweimal das Rechte, bringt nur das Schlechte oder so. Links drücken, dann drehen, so wird es gehen."

„Fantastisch. Du bist das Genie in unserer Familie. Links drücken, dann drehen . . . da muss Trimmer noch mal ran. Er hatte den Tresor schon offen, aber nur den Eingang für Doofe. Trimmer, komm schnell, ein Job für Linkshänder!"

Trimmer legte seinen linken Zeigefinger an die Lippen, deutete mit der Rechten einen Kinnhaken an Katzers Kaumuskel an und verschwand in die Kabine. Katzer hörte, wie sie miteinander sprachen. Trimmer schob den Schlüssel ins Tresorschloss und drehte. Die Tür wurde geräuschvoll geöffnet und gleich wieder zugeknallt. Was hatte Darja gesagt: links drücken, dann drehen . . . Trimmer dachte einen Moment nach, drehte wieder den Schlüssel nach rechts, drückte ihn dann tiefer und konnte ihn offenbar nun nach links drehen. Dabei achtete er angestrengt auf das Klacken des Mechanismus.

Statt die Tür erneut zu öffnen, verharrte er lange und nachdenklich vor dem stählernen Ungetüm. Die Anwesenden verfolgten wie hypnotisiert seine Bewegungen. Er nickte und seine linke Hand wanderte von der rechten Seite der Tür zur linken Seite mit den Scharnieren. Er drückte, erst mit den Fingerspitzen, dann mit der ganzen Kraft seines heilen Armes. Ächzend begann sich die Tresoranlage um ihre eigene Achse zu drehen, bis sie wieder im massiven Türrahmen einschnappte. Die Betrachter hatten wieder den gleichen Tresor vor Augen, nur dass es sich um die Rückseite der Schatzkiste mit eigener Tür handelte.

Die Gefühle der Zuschauer waren unbeschreiblich. Auch Katzers Spannung war ins Unerträgliche gestiegen, zumal er allein auf seine Phantasie angewiesen war. Laszlo brüllte: „Mach endlich auf." Katzer hörte erneut das Drehen des schweren Schlüssels und eine quietschende Tür, dann der Reihe nach die heiseren Stimmen von Laszlo, Darja und Trimmer.

„Unfassbar! Das ist reines Gold. 40 Kilo oder mehr!"

„Oh mein Gott!"

„Fuck!"

Katzer nutzte die Euphorie der Schatzfinder, um leise an Deck zu schleichen. Er machte, dass er so schnell wie möglich die Eisenleiter hinunterkam und rannte zum Auto. Öhrchen sprang heraus und begrüßte ihn fast so glücklich wie die zurückgelassenen Entdecker des Tresorinhalts. Er krächzte.

„Rein Töle! Wir haben Termine."

Unterwegs zum Großmarkt rief er Amade an.

„Zeit zum Schlafengehen, den Rest übernimmt die Polizei. Sag Deinen Freunden, sie sollen den Großmarkt im Auge behalten. Die Biker werden bald mit einem schweren Goldtransport unterwegs sein."

Katzer fühlte wenig Skrupel. Da er selbst vom Kampf um das Goldene Vlies ausgeschlossen war, sollten wenigstens alle anderen ihren Spaß haben. Blieb nur noch der Anruf bei Comisario Caplonch. Wegen der vorgerückten Stunde nach Mitternacht machte er sich keine Sorgen. Wie erwartet, begrüßte ihn schon nach dem zweiten Rufzeichen ein knarziges „Si".

„Hola Comisario, schön Sie noch anzutreffen. Ein heißer Tip für Sie. Laszlo ist auf seinem Kahn fündig geworden."

„Wie das? Hat er seine verlorene Unschuld wiedergefunden?"

„Nicht ganz. Aber ziemlich viel Gold. Ich vermute, er wird es mit seinen Jungs heute früh um sechs Richtung Großmarkt transportieren. Die haben dort beim Pescadero Mediteráneo einen Handelsweg übers Meer. Wo er in diesem Moment ist, weiß ich nicht. Vielleicht feiern in einer Disco."

„Katzer, wenn ich das SEK umsonst alarmiere, geb ich den Jungs anschließend Ihre Adresse wegen des Verdachts auf Fundunterschlagung. Dagegen war der letzte Einbruch bei Ihnen ein Kindergeburtstag."

„Ich schätze und verehre Sie auch. Und schlafen Sie gut, wenn Sie noch wissen, wie das geht."

Katzer überlegte, wen er nach Mitternacht noch mit einem Anruf ärgern konnte. Er hielt Max Friedmann von Europol für eine gute Idee. Der war zu seinem Erstaunen hellwach.

„Sie haben Laszlo Batomunkajew beim Entdecken eines Goldschatzes ertappt. Gratulation!"

„Sind Sie Hellseher?"

„Nein, ich tausche mich gerade mit Comisario Caplonch über den neuesten Stand der Dinge aus. Wir haben nett über Sie gesprochen. Alte Erinnerungen, Sie wissen schon, und dann kam Ihr Anruf dazwischen."

„Tut mir echt leid, gestört zu haben. Caplonch hat so wenig Gelegenheit, einen aufmerksamen Hörer zu finden, wenn er Nettigkeiten über mich loswerden will. Sie wollten mit mir über Batomunkajew Senior sprechen. Hätten Sie noch Lust auf ein Gläschen Wein im ‚Antiquari'?"

„Wenn Sie mir sagen, wo das ist?"

„Wir sind beide nahe dran. Caplonch zeigt es Ihnen auf dem Stadtplan."

„Danke. Bis gleich."

Katzer war froh, die Stunden bis zum Showdown am Morgen sinnvoll verkürzen zu können. Das Schauspiel im Großmarkt wollte er sich auf keinen Fall entgehen lassen. Er hatte bereits einen Cortado zum Aufmöbeln intus, als Friedmann beidrehte. Sie gingen zum Wein über und Katzer erinnerte ihn daran, wie sie sich im Can Costa von Pollença kennengelernt hatten. „Ich war damals wohl ziemlich unhöflich zu Ihnen," grinste er.

„Ich erinnere mich nur an unsere erfolgreiche Zusammenarbeit."

„Ich hoffe auf eine Fortsetzung."

„Sie haben gewissen Kontakt zu ‚Organ M', wie ich höre."

„'Organ M'? Wenn Sie meinen Jugendfreund, den ‚Marschall' meinen, ja, wir plaudern gelegentlich über alte Zeiten. Ist mir neu, dass der in Fachkreisen jetzt als ‚Organ M' gehandelt wird."

„Alles braucht einen ordentlichen Namen, damit der öffentliche Dienst reibungslos funktioniert. Das enthebt die Amtsträger von unnötigen Entscheidungszwängen und ethischen Gewissensnöten. Wir haben „M" zu Rate gezogen, weil Batomunkajew im Verdacht steht, hinter einem erfolgreichen Hackerangriff auf die Bundesbank zu stehen. Über Inhalt und Erfolg des Angriffs darf ich nichts sagen. Für wie wahrscheinlich halten Sie den Verdacht?"

„Für sehr wahrscheinlich."

Katzer erzählte dem Gast aus Wiesbaden über die Familienverhältnisse beziehungsweise Zwistigkeiten zwischen dem Oligarchen und seinem Sohn. Die Halbschwester erwähnte er nur am Rande. Friedmann musterte ihn kritisch.

„Sie verschweigen mir was."

„Nicht dass ich wüsste."

„Woher stammt die unbehandelte Brüsche an Ihrem Schädel?"

„Oh, das – ich habe mich beim Betreten der ‚Gipsyqueen' gestoßen. Schönes Schiff, hoffentlich wird es eines Tages wieder in alter Pracht auf den Wellen schaukeln."

„Das wird es bestimmt. Auf die Wiedergeburt eines geläuterten Spaniens in Schönheit und Würde. Salut!"

„Auf die Wiederkehr der Republik, wie Caplonch sie verkörpert!"

Beide stießen an. Katzer ergänzte den Trinkspruch mit einer Eloge auf den Comisario.

„Jedes mal, wenn wir uns sehen, wünscht er mich zum Teufel. Ich glaube, der alte Knochen hat in der Hölle einen guten Platz für uns beide reserviert."

„Ein echter Demokrat."

„Ein Mensch mit Herz. Trinken wir noch ein Gläschen."

„Und danach einen starken Espresso. Ich muss nüchtern sein, wenn der Weltuntergang im Morgengrauen beginnt. Caplonch hat mir als Europolvertreter einen Beobachterstatus eingeräumt bei der Aufräumaktion gegen Laszlo."

„Haben Sie noch einen Platz im Auto frei?"

„Haben Sie noch Ihren gültigen Presseausweis?"

„Schon, klappt trotzdem nicht. Hab meinen Hund im Auto dabei."

„Wieso, ist der ängstlich?"

„Im Gegenteil, die will immer dabei sein, wenn Herrchen Unsinn treibt."

„Dann steht unserem Abenteuer zu Dritt doch nichts im Wege. Meinem Leihwagen macht das nichts."

„Einverstanden. Vertreten wir uns noch etwas die Füße, um wach zu bleiben. Der Wirt hat schon lange Feierabend und wartet nur noch auf unseren Abgang. Ich verspreche Ihnen eine schlaflose Nacht ohne Reue."

Sie gingen zu Katzers Karre und weckten die Hündin. Er hatte wie immer das Auto offen gelassen, wenn sie an Bord war. Öhrchen begrüßte den Gast wie einen alten Bekannten, obwohl ihre letzte Begegnung fast zwei Jahre zurücklag. Friedmann war beeindruckt von der Magie und Frische der Stadt vor dem Morgen. Die alten Laternen strahlten majestätisch, am Tag fielen sie kaum auf. Glänzende Pflaster und Schattenrissen schufen eine Illusion von Schwerelosigkeit.

„Tags kommt das Licht vom Himmel, nachts scheint Palma von innen erleuchtet zu sein," bemerkte Friedmann.

„Begleiten Sie mich in den Fischereihafen. Ich lade Sie zu einem Frühstück für Spätheimkehrer ein."

21.

Sie hingen schon seit einer halben Stunde in Friedmanns Leihwagen rum. Der zunehmende Mond trotzte der Dämmerung über dem Großmarkt wie die Sichel des ewigen Schnitters. Katzer fühlte sich an den fahlen Morgen nach dem Blutregen über der Insel erinnert. Weit und breit niemand vom SEK und seinen Einsatzfahrzeugen in Sicht. Friedmanns Sprechfunkgerät knackte.

„Ein Kühlwagen von Pescadero Mediteráneo nähert sich Mercapalma, eskortiert von drei Motorrädern vor und drei hinter dem Lkw. Kein Zugriff vor ausdrücklichem Befehl."

Ein Wachmann in schwarzer Uniform schlurfte zum breiten Haupteingang und ließ sich neben der Schranke unter der Aufschrift „Zutritt nur mit Dienstausweis" nieder. Er öffnete die Schranke, um die ersten Lieferwagen einzulassen. Die Fahrer hielten ihren Ausweis raus und konnten passieren. Noch immer kein Pescadero Mediteráneo. „Schau mal," flüsterte Katzer, „da steht ein Schild ‚Hunde verboten'. Du bist der erste Hund, der den Großmarkt betritt. Hauptsache, Du bleibst im Auto versteckt." Das Sprechfunkgerät knackte wieder. „Der Konvoi erreicht den Großmarkt. Höchste Alarmbereitschaft. Kein Zugriff."

Die drei vorausfahrenden Biker kamen dicht nebeneinander an die Schranke und schwenkten ihre ‚Tarjeta'. Der Wachmann nickte, die Schranke ging hoch. Sie blieb hoch, als der Kühlwagen ihnen folgte und schloss sich erst wieder, als die drei Biker der Nachhut hinterher gerollt waren.

Friedmann ließ den Motor an. Er schob sich dem ärgerlichen Gehupe des nächsten Lkw zum Trotz in die Spur, um dranzubleiben. Der Wachmann sah auf den Dienstausweis und nickte. Öhrchen dicht am Boden des Mietwagen schenkte er keine Beachtung. Sie hob nicht einmal den Kopf. Katzer bekam einen trockenen Mund.

Im Schritttempo bewegten sie sich durch das Labyrinth der Pavillons. Friedmann hielt einen Lageplan des Geländes auf den Knien. Der Fischcontainer war rot angekreuzt. Seine Tore öffneten sich. Im gleichen Moment gaben die sechs Biker vor und hinter dem Kühlwagen Vollgas und rasten in auseinanderstrebenden Richtungen auf dem Gelände davon. Der Kühlwagen fuhr hinein und aus dem Sprechfunkgerät kam der Befehl ,Zugriff'.

Eben noch unsichtbar, stürmte ein Dutzend SEKler den Container, besetzte das Fahrerhaus und den Laderaum des Kühlwagens, riss Paletten und Holzkisten mit glitzernden Fischleibern heraus, ohne fündig zu werden. Nachdem er die letzte Makrele mit einem Fußtritt aus dem Lkw befördert hatte, bellte der Einsatzleiter in sein Headphone: „Negativ."

Das Inferno ließ nicht auf sich warten. Vor dem Haupttor schoben sich mehrere Lkw Richtung Schranke. Als sie nicht hoch ging, durchbrach der erste die Barriere und alle weiteren folgten. Gleichzeitig erreichten ein Dutzend neuer ,Zombies' den Großmarkt, um mit hoher Geschwindigkeit durch den offenen Fußgängerzugang auf das Gelände zu preschen und wahllos die Hallen mit Frischobst, Fisch, Fleisch und Gemüse zu attackieren. Bulldozer und Zulieferer schoben sich in die Gassen und versuchten, das Gelände zu blockieren. Die Harleys umfuhren die meisten Hindernisse im Zickzack und rasten mit Speed durch das Labyrinth der Hallen, warfen Molotowcocktails, öffneten Hydranten und schmissen Regale und Stände um.

Aus ihren getarnten Standorten brachen von allen Seiten mit Blaulicht die Polizeifahrzeuge hervor, um den Irrsinn zu stoppen. Beamte im Kampfanzug warfen Tränengas, wütende Arbeiter zogen Schals und Tücher über das Gesicht, um vermeintliche Angreifer zurückzuschlagen. Männer droschen mit Stangen aufeinander ein, Obstkisten flogen, Eier zerplatzten an Wänden und Köpfen, ein frischer Meerwolf mit aufgerissenem Maul wurde durch die Luft geschleudert und schien mit seinem Gebiss alles zu zermalmen, was ihm in den Weg geriet. Haben Sie schon mal gesehen, wie ein kompletter Oktopus durch eine Halle fliegt? Die Ankunft des Hallischen Kometen ist nichts dagegen. Das Geschrei und die Polizeisirenen wurden von vereinzelten Schüssen übertönt.

Katzer und Friedmann duckten sich tief in ihr Auto. Katzer schmiss sich über die am Boden liegende Hündin, um sie zu schützen. Öhrchen bellte empört, als gelte es, eine Herde Bisons zu verscheuchen. Herrchen war schweißgebadet.

„Ich hoffe, deine Karre ist gegen Kugelschäden versichert."

„Keine Ahnung, ist ja bloß ein Leihwagen."

„Ich fürchte, hier bricht gerade ein Stellvertreterkrieg los. Viele Gitanos malochen hier als Billiglöhner. Die kommen zu Fuß oder Fahrrad aus dem Zigeunerdorf und stehen auf Kriegsfuß mit den Russen. Bei 3€ Stundenlohn ist das Verhältnis zu den Großhändlern nicht gerade rosig."

Einer der russischen Harleyfahrer stürzte vor dem Schlachthaus. Seine Maschine fing Feuer. Während ein Polizist und mehrere Zivilisten die Flammen mit einem Schaumlöscher erstickten, wurde der gestürzte ‚Zombie' in die Halle gezerrt. Mit einem Fleischerhaken wurde er an seiner Kutte in die Höhe gezogen. Die angeworfene Motorsäge übertönte sein Geschrei. Schlächter in gelben Gummischürzen wetzten ihre Messer.

„Jetzt wirst Du zu Hackfleisch verarbeitet und kommst in Plastikfolie für 2 Euro das Kilo, damit Du weißt, was Du wert bist."

Der baumelnde Unglücksrabe pisste sich ein. Vom Halleneingang ertönte ein Megaphon:

„Sofort aufhören. Alle Hände nach oben und langsam rüber an die Containerwand."

Ein wütendes Johlen war die Antwort. Der Lynchmob wollte sein Opfer. Ein Warnschuss ertönte.

„Letzte Warnung. Alle zurück!"

Murrend schob sich die Menge zum Ausgang. Mehrere Polizisten ließen den Biker runter, um ihm Handschellen anzulegen. Da er nicht mehr aus eigener Kraft gehen konnte, wurde er zum Ausgang geschleift und in einen Polizeiwagen verfrachtet. Friedmann erholte sich langsam von seiner Schockstarre.

„Keinen Moment zu früh."

Sie waren der Polizei zum Container gefolgt. Als sie sahen, dass nichts mehr zu tun war, griff Katzer in einen Abfalltrog und zog ein blutiges Stück Pansen heraus, das er Öhrchen zuwarf. Mit einem knappen „Schuldigung" wischte er seine Hand an der Schürze eines der Arbeiter.

Katzer wusste von Amade, dass viele von dessen Freunden sich auf dem Großmarkt tummelten. Sie hatten von ihm einen Tip bekommen, dass die Russen heute im Mercapalma eine Show abziehen wollten. Katzer war nicht der einzige, der sich verarscht fühlte. Laszlo dachte immer eine Ecke weiter. Als der Radetzkymarsch ertönte, drückte er die Nummer von Amade.

„Schläfst du endlich oder bist du schon wieder im Einsatz?"

„Ich mach's wie deine Töle, ein Auge geschlossen, das andere weit offen."

„Wo treibst du dich rum?"

„Am Hafen natürlich. Hör zu, sie haben heute früh einen Flaschenzug auf der ‚Gipsyqueen' montiert und eine schwere Kiste runter gelassen. Trimmer hat eine Sackkarre organisiert und eben transportiert er mit Laszlo zusammen die Kiste zu einem Motorboot. Wahrscheinlich wollen sie rüber zu einem Trawler von Pescadero Mediteráneo, der die Fracht aufnehmen soll."

„Amade, gleich übernimmt die Polizei. Hau dich aufs Ohr, dies war der letzte Auftrag vor meiner Entmündigung, ich bin pleite."

Katzer hatte genug gehört. Er fasste sich ein Herz und wählte Comisario Caplonch.

„Gratuliere zu der geglückten Aktion. Die kleine Verspätung bis zum ordnungsgemäßen Betriebsbeginn des Großmarkts fällt sicher in Palma nicht auf. Sie sollten jetzt die Küstenwache alarmieren, das Gold wird nämlich auf dem Wasserweg abtransportiert."

In Erwartung der Antwort hielt er das Gerät weit genug vom Ohr, um Schäden des Trommelfells zu vermeiden.

„Ist längst veranlasst. Der Großmarkt wird jetzt systematisch von betriebsfremden Personen gesäubert. Sehen Sie zu, dass Sie nicht mit dem Mannschaftswagen in der Massenzelle landen. Ihren Orden können Sie sich zu den normalen Dienstzeiten bei mir im Büro abholen. Zum Glück hat es keine Toten gegeben, über Verwundete und Vermisste reden wir später".

Es kostete Katzer keine Mühe, Friedmann von einem Abstecher zur ‚Gipsyqueen' als Auslöser des großen Fischerei- und Bananenkrieges zu überzeugen. Sie kutschierten, jeder in seiner Karre, hintereinander zum Dock. Schon von weitem sahen sie, wie ein Schiff der Küstenwache den Trawler des Pescadero Mediteráneo zur Anlegestelle eskortierte. Vor der Eisenleiter zu Laszlos Boot stand bereits ein Zollbeamter. Friedmann zeigte ihm seinen Dienstausweise.

„Wir sind von Europol und müssen an Bord."

Kritisch betrachtete Friedmann Katzers Kopf.

„Seien Sie vorsichtig, eine Platzwunde genügt."

An Deck steuerte Katzer zielstrebig die Treppe zur Kapitänskajüte an. Die Kajüte stand offen, der Tresor ebenfalls. Katzer betrachtete das antike Ungetüm aus Panzerstahl andächtig und murmelte den Zauberspruch des gestrigen Tages.

„Zweimal die Rechte, bringt nur das Schlechte. Links musst du drücken, dann wird es glücken."

„Wo haben Sie diesen Kindervers her?"

„Der stammt von einem kleinen Mädchen, die ihn von seiner spanischen Mama gelernt hat."

Bei genauer Betrachtung fand er im Rahmen des Tresors das Firmenwappen mit dem Ritterhelm. Er drückte den linken Rand des Safes und stellte verwundert fest, dass er sich erstaunlich leicht um die eigene Achse drehen ließ. Nur das Quietschen verriet, wie lange dies nicht mehr geschehen war. Der Tresor von hinten sah aus wie die Frontseite. Er stand sperrangelweit offen und war ebenfalls leer. Friedmann nickte anerkennend.

„Ein Wunderwerk der Technik. Offenbar made in Germany."

„Irrtum, der stammt aus Wien. So schlitzohrig kann ein deutscher Ingenieur gar nicht sein. Wie viel Gold mag in dieser Schachtel gesteckt haben?"

„Wenn wir mal von den im Bankhandel üblichen Standardbarren zu 12,5 Kilo ausgehen, kommen wir auf 482.688 Euro pro Barren. Wie viel Barren passen in dieses Stahlunikum? Könnte für hundert Stück ausreichen, eng gepackt. Dann hätten wir den Gegenwert von mehr als 482 Millionen Euro, also fast eine halbe Milliarde."

Katzer atmete tief durch. Er dachte an den verletzten Trimmer und an Laszlo, der zwar kein Schwächling, aber auch kein Schwerathlet war.

„Auf einer Sackkarre haben die beiden maximal zehn Goldbarren zum Motorschiff geschafft. Wenn wir vom Höchstgewicht der Barren im Tresor ausgehen, kämen immerhin zehn Transporte von hier bis zur Anlegestelle in Frage. Entweder hatten die beiden Unterstützung oder der größere Teil des Goldes befindet sich noch an Bord."

„Wie groß ist das Schiff?"

„27 Meter lang, sieben Meter breit."

„Da haben wir keine Chance, auf die Schnelle was zu finden."

„Vielleicht doch. Warum riecht es hier nach frischem Holz? Der Kahn ist total renovierungsbedürftig. Aber der Fußboden, auf dem wir stehen, ist neu. Schauen wir mal, wo wir ein Brecheisen finden."

Im Maschinenraum wurden sie fündig. Friedmann schulterte einen Kuhfuß und sie stapften zurück. Katzer überließ es dem Jüngeren, das Werkzeug an die Holzplanken zu ihren Füßen anzusetzen. Nach vier angehobenen Bohlen war alles klar. Sie standen auf fast einer halben Milliarde in purem Gold. Alle Barren trugen den alten Prägestempel der spanischen Nationalbank.

22.

Trimmer war ziemlich sicher, Laszlo nicht wiederzusehen. Nicht in diesem Leben. Er handelte wie immer spontan aus dem Bauch. Auf seinen animalischen Instinkt war Verlass. Die Kiste, mit der sie an Bord des Trawlers gegangen waren, war beim hochhieven beschädigt worden. Während Laszlo unter Deck mit dem Kapitän verhandelte, brach er ein Brett aus der Kiste. Er nahm einen Goldbarren heraus, schnallte ihn mit dem Gürtel um seine Hüfte und sprang genau in dem Moment über Bord, als sich das Boot der Küstenwache näherte. Den Verband an seinem rechten Arm hatte er soweit zurückgeschnitten, dass er das Armgelenk bewegen konnte.

Er schwamm eine olympische Beckenlänge unter Wasser, ehe er erstmals zum Luftholen auftauchte. Niemand schien seine Flucht bemerkt zu haben. Im Dreiertakt näherte er sich dem Ufer. Drei Crawlschläge, einmal Luftholen, drei neue Schläge. Die Jeans und die Laufschuhe störten beim Schwimmen, aber es waren nur ein paar Hundert Meter im dreckigen Hafenwasser, und er würde sie an Land brauchen. Die Durchschußwunde am Oberarm schmerzte bei jedem Schwimmstoß. Er legte sich immer wieder auf den Rücken und arbeitete nur mit den Beinen. Es schien niemanden zu interessieren, dass er nass an Land kletterte und sein Unterhemd auszog, um es auszuwringen. Er wickelte das Hemd um den Barren an seiner Hüfte. Der Barren war zu sperrig, deshalb zog er das klamme Hemd wieder über den Körper.

Die Klamotten wurden bei jedem Schritt in der Sonne trockener. Ein paar Minuten lang stellte er sich schweigend neben einen Angler. Dann kramte er in seinen Hosentaschen und zog etwas Kleingeld heraus. Er hielt dem Angler die Münzen hin und deutete mit einem erhobenen Finger auf seinen Eimer mit der kärglichen Beute. Der Angler sah ihn erstaunt an und nickte. Trimmer legte das Geld neben das Angelzeug, nahm einen Fisch heraus, stopfte ihn unter sein Hemd und ging weiter. An einer ruhigen Stelle des Strandes zog er das über sein Hosenbein geschnallte Kampfmesser heraus, um den Fisch zu entschuppen und mit ein paar fachgerechten Schnitten zu entgräten. Er zerkaute ihn bedächtig.

Er hatte zum ersten Mal in seinem Leben keinen Auftrag mehr und niemanden, dem er Rechenschaft schuldig war. Der Gegenwert von fast einer halben Million unter seinem Gürtel hielt er nach der geleisteten Arbeit für angemessen. Aber es würde schwer sein, das beschissene Gold in Geld zu verwandeln. Er konnte ja nicht einfach in eine Bank gehen. So wie er daherkam, schon gar nicht. Der Klumpen war einfach zu groß. Vielleicht würde er jemanden finden, der ihm behilflich war. Er musste ein gutes Versteck finden für seine Beute. Sie machte eine lästige Beule unter seinem Hemd. Im Moment war er trotz des Gegenwertes von einer halben Million am Mann völlig mittellos. Das einzige, was ihm wirklich fehlte, war eine Flasche Wasser und eine Zigarette.

Er lief lange am Meer entlang. Am Wasser hatte er sicher sich immer am wohlsten gefühlt. Vom Trockendock im Westen bis zum Parc del Mar lief er fast eine Stunde. Den Dom nahm er gar nicht wahr. Er schaute nur auf das Meer und die Schiffe. Als er endlich den Badestrand erreicht hatte, steuerte er auf eine Gruppe von Deutschen zu, die mit einer Mischung von Mitleid und Neugier seinen durchgebluteten Verband über den schenkelstarken Bizeps begafften.

„Habt Ihr ne Zigarette für mich?"

Mehrere Päckchen wurden ihm hingehalten. Er nahm eine Chesterfield, steckte eine zweite hinter das Ohr und sah sich um.

„Auch Feuer?"

Er wählte das hingehaltene Feuerzeug der am besten aussehenden Eigentümerin und inhalierte tief. Die Besitzerin war die Reifste der Gruppe und vermutlich auch die Erfahrenste. Sie schob ihre Sonnenbrille hoch, zeigte ein charmantes Schielen des linken Auges und deutete auf seinen Bizeps.

„Was ist dir denn passiert, sieht ja schlimm aus. Trink erst mal einen Schluck."

Sie reichte ihm ihren Pappbecher mit Sangria.

„Ist nur ein Kratzer. Nicht der Rede wert."

Er nahm einen tiefen Schluck, ehe er den Becher zurückgab. „Habt Ihr eventuell auch etwas Wasser für mich?"

Die Macker an ihrer Seite taten sich schwer, ihn zu taxieren. Das Messer an seiner Wade – vermutlich nur Angeberei. Seine Bizeps wohl Ergebnis jahrzehntelanger Schwerstarbeit, vom Grau der raus quellenden Brusthaare ein wenig gemildert, die Wunde am Oberarm eine akute Warnung, mit dem Mann nicht zu spaßen.

Sie angelten ihm eine Plastikflasche Mineralwasser aus einem Korb. Er nahm die Flasche und trank sie mit einem Zug halbleer. Die Feuerzeugfrau hatte nur Augen für ihn.

„Du hast nicht die Hände eines Schreibtischtyps. Schätze mal Autoschlosser oder so. Einer, der nichts anbrennen lässt."

Trimmer wurde es eng. Sein Fluchtinstinkt schlug Alarm.

„Muss leider los, hab einen Termin beim Doktor zum Verbandswechsel. Man sieht sich."

Er schnellte aus dem Stand hoch, zog sein Unterhemd über der Hüfte glatt, um mit dem gleichen Griff den Sitz des Barrens im Gürtel zu korrigieren. Ziellos schlenderte er Richtung Altstadt. Niemandem etwas schuldig zu sein, war neu. Mit den Russen war er quitt, Pfitzner war gefallen, die Kameraden an der Ostsee ferner denn je. Er fühlte sich leer, leerer als sein Magen, der trotz der Fisches vor einer Stunde Nachschub verlangte.

Trimmer trottete zum verlassenen Chapter der ‚Zombies'. Die Tür war mit einem Polizeisiegel verschlossen, der Hof mit einer Flatterleine noch immer abgesperrt. Er stieg durch ein Fenster ein, dessen Verriegelung von innen durch die fehlende Scheibe erreichbar war. Der Kühlschrank war bis auf ein paar Dosenbier leer. Er öffnete eine und nahm sie mit auf den Hof, wo zwei Harleys herumstanden.

Eine war ziemlich verkohlt, die ‚Indian' daneben sprang problemlos an. Er schwang sich in den Sattel und fuhr Richtung Son Banya davon. Dem pochenden Schmerz im rechten Oberarm schenkte er keine Beachtung.

Katzer und Friedmann balancierten inzwischen über den Kajütenboden der ‚Gipsyqueen' wie auf Eiern. Sie kosteten das Gefühl aus, über Gold zu schreiten. Friedmann nahm sein Smartphone, um ein Selfie zu schießen. Er legte seinen Arm um Katzers Hals.

„Kommen Sie mit ins Bild. Das müssen wir für unsere Kinder und Enkel festhalten. So eine Gelegenheit kommt so schnell nicht wieder, es sei denn, Sie organisieren einen Besichtigungstermin in Fort Knox."

Katzer musste an die vielen Opfer denken, die bei der Jagd nach dem Gold gestorben waren. Und an König Midas. Nur dass Sie Bescheid wissen: das war der von den Göttern verfluchte, der alles alles in Gold verwandelte, was er begrabschte. Leider ist Gold nicht essbar.

Auf Zehenspitzen trippelte Katzer noch einmal über die nackten Goldbarren zur gegenüberliegenden Wand, um ein altes Ölgemälde abzuhängen, dass die ‚Gipsyqueen' nach dem Stapellauf unter vollen Segeln zeigte. Die rostroten Segel blähten sich über einem grünen Rumpf, die Sonne darüber strahlte in eine goldene Zukunft. Jeder röhrende Hirsch wäre vor Neid erblasst. Wieder an Deck, schlug er Friedmann auf die Schulter.

„Benachrichtigen Sie Comisario Caplonch über unseren Fund. Er soll ein Bergungskommando schicken und eine Bestandsaufnahme veranlassen. Ich muss noch ein paar dringende Gespräche führen."

Während Friedmann behende über die Eisenleiter nach unten turnte, hatte Katzer Mühe, ihm mit dem Gemälde unter dem Arm zu folgen. Der Generationsunterschied machte sich von Sprosse zu Sprosse bemerkbarer. Unten angekommen, ermahnte er den Zollbeamten, niemanden an Bord zu lassen, bis die Polizei eintreffen würde. Als er seine Autotür öffnete, sprang Öhrchen ihm entgegen und suchte eine Mauer, um das Beinchen zu heben. Da keine in Sichtweite war, hockte sie nieder, während er mit dem Konsulat telefonierte. Tina war nicht in ihrem Büro, ihre Rückkehr wurde jedoch in Kürze erwartet.

„Sagen Sie ihr bitte, sie werde dringend im ‚Antiquari' gebraucht."

Im ‚Antiquari' bestellte Katzer den üblichen Cortado. Öhrchen bekam ihr Schälchen Wasser und einen übriggebliebenen Kinderteller mit Spagetti Bolognese. Nach einer halben Stunde gesellte sich Tina zu ihnen, gutgelaunt wie immer. Sie blickte erschrocken auf seine immer noch unbehandelte Platzwunde und sein übernächtigtes Gesicht. Er hatte sich beim Herabklettern mit dem Gemälde erneut gestoßen und fühlte etwas frisches Blut am Kopf.

„Brauchst Du Hilfe?"

„Ist nicht der Rede wert. Alles was ich von dir brauche ist einen Kuss und den besten Rechtsverdreher für unsere deutschen Landsleute."

Mit wenigen Worten setzte er sie über die Schlacht am Großmarkt und das Geheimnis der ‚Gipsyqueen' in Kenntnis. Nicht ohne Sammlerstolz präsentierte er seinen mitgebrachten Ölschinken der Brigg.

„Derzeit ist Laszlo Eigentümer des Kahns. Er befindet sich in Polizeigewahrsam. Das Gold ist vermutlich Eigentum des spanischen Staates. Ich möchte, dass Darja einen angemessenen Finderlohn bekommt und das Schiff auf sie übertragen wird. Mit dem, was ihr zusteht, kriegt sie den Kahn wieder flott."

„Ich habe bereits die beste Kanzlei in Palma für unser Problem engagiert. Bei der zu erwartenden Publicity und dem Streitwert sind wir ihr Kunde Nummer eins. Leider gibt es den Begriff der Finderlohns im spanischen Recht nicht."

„Damit sollen sich die Juristen herumschlangen. Auf dem Rechtsweg gibt es immer Mittel und Wege, alle glücklich zu machen, wenn beide Parteien es wollen. Das heikelste Problem ist ein anderes. Ich will Trimmer überreden, sich als Belastungszeuge der Anklage gegen Laszlo zu stellen. Die Polizei hat nichts gegen den Veteranen in der Hand. Trimmer ist kein Mörder aus heimtückischen Motiven. Er war sein Leben lang Soldat, was immer man davon halten mag. Und ein guter Seemann. Pfitzner war sein Offizier. Trimmers Auftrag war, Darja zu schützen."

„Ein Leckerbissen für Juristen. Und was hast du von allem?"

„Vielleicht die Begegnung mit einem Mann, der dem Tod gelassen ins Auge blickt. Aber das wäre der Beginn einer neuen Geschichte."

„Und was ist mit unserer Geschichte?"

„Die bleibt uns so lange wir wollen."

23.

Katzer verfrachtete den Ölschinken und Öhrchen in seinen Escort. Die Hündin kannte ihren Platz, das Bild mit dem kitschigen Rahmen landete auf der Rückbank. Er düste erneut nach Son Banya und blieb wie immer im Stau am Großmarkt stecken. Flüchtig musterte er im Rückspiegel sein tristes Äußeres. Er glich einem Wrack. Wie sollte er zwei Menschen, mit denen er bisher kaum zehn Sätze gewechselt hatte, davon überzeugen, ihr Leben in seine Hände zu legen?

Als er Son Banya endlich erreichte, hielt er dicht vor Darjas Hütte, öffnete der Hündin die Autotür und überließ ihr die Entscheidung. Sie sah ihn fragend an, er nickte. Sie sprang freudig bellend heraus und verschwand im Eingang des Verschlages. Katzer teilte unschlüssig den Perlenvorhang und folgte ihr. Was er sah, ließ seinen Atem stocken.

Darja, über den am Boden liegenden Trimmer gebeugt, versuchte, seinen übel riechenden Verband zu lösen. Trimmer fuhr von der hereinstürmenden Hündin alarmiert hoch und griff blitzschnell mit der Linken zum Kampfmesser. Ehe er es schleudern konnte, hielt Öhrchen im Sprung inne. Darja fiel ihm in den gesunden Arm und schrie „Nein!" Öhrchen bezog Darjas Stimme als Befehl auf sich selbst und legte sich hechelnd neben den Verwundeten auf den Boden. Dafür wurde sie von Katzer gelobt.

„Schönen guten Tag alle miteinander. Ich bitte um Entschuldigung für unser überstürztes Eindringen. Wir haben wichtige Neuigkeiten."

„Hau ab. Siehst du nicht, was los ist? Der Mann stirbt, wenn nicht sofort Hilfe kommt. Die Wunde ist böse entzündet, er hat Schüttelfrost und muss sofort ins Krankenhaus."

„Darja, ich kümmere mich um ihn. Aber du musst uns helfen. Ich fahre uns jetzt sofort ins Krankenhaus. Jede Minute zählt. Sieht nach einer bösen Blutvergiftung aus. Komm bitte mit, rede mit ihm, lass ihn nicht allein. Ich erklär dir alles unterwegs. Er war die ganze Zeit dein Schutzengel. Dein leiblicher Vater hat ihn beauftragt, dich zu schützen. Jetzt musst du sein Schutzengel sein."

„Wir müssen ihn frisch verbinden."

„Dafür ist es zu spät. Wir binden den Arm ab. Hilf mir, ihn ins Auto zu schaffen."

Katzer riss seinen Gürtel aus der Hose und zog ihn so fest es ging oberhalb der Schusswunde um Trimmers Arm. Er schaute sich mit rutschender Hose nach Trimmers Jacke um, fand aber keine. Darja und er versuchten, Trimmer auf die Beine zu bringen. Der wehrte mit dem linken Arm ab und torkelte zum Auto. Eine Horde Gitano-Kids beobachtete kichernd, wie er sich ächzend auf die Rückbank neben das Gemälde fallen ließ. Katzer griff hastig zum Handy und rief Isabel an.

„Bin auf dem Weg von Son Banya zur Uniklinik mit dem sterbenden Trimmer an Bord. Es geht um Minuten. Sag bitte der Guardia, sie sollen zu uns stoßen und uns den Weg frei machen. Mein Kennzeichen hast du."

Noch bevor sie die Ma-20 erreicht hatten, setzte sich der Einsatzwagen der Polizei mit Blaulicht und Sirene in einem gewagten Manöver vor sie. In wenigen Minuten würden sie bei dem Höllentempo die Klinik Son Espases am Nordrand der Stadt erreichen. Seit zwei Tagen ohne Schlaf unterwegs, kam Katzer sich vor wie aus dem Irrenhaus entsprungen. Tröstlich nur, dass die Polizei nicht hinter ihm, sondern voreweg fuhr. Er probierte die Zuversichtsnummer.

„Er wird gerettet. Ich bin schon fast Stammgast in der Klinik, die sind Spitze."

Darja verrenkte sich nach hinten und hielt Trimmers gesunde Hand fest. Trotz des abgebundenen Arms tropfte Blut auf die Polster.

„Er muss weiterleben, er ist jetzt unser wichtigster Mann in dem Drama. So wie der Teufel die verdammte Seele braucht als Kronzeugen gegen Gott, braucht die Justiz Trimmer als Kronzeugen gegen Laszlo und die Russenmaffia. Das deutsche Konsulat hat die besten Anwälte für ihn organisiert. Sobald er gesund ist, ist er ein freier Mann. Zusammen können wir ihm seinen Traum erfüllen, Kapitän auf einem richtigen Schiff zu sein."

„Komm runter, richtige Schiffe sind nur für die Reichen."

„Hätte ich fast vergessen, Du bist irre reich. Dank Dir ist das Gold der ‚Gipsyqueen' geborgen worden."

„Das will ich nicht. Keinen Cent will ich von dem Dreck. Ich bin ich, das ist mehr als alles Gold. Aber Trimmer hat eine Probe von dem Mist in meiner Hütte vergraben."

Katzer hatte sich immer für einen Chaoten gehalten. Neben Darja kam er sich vor wie ein Spießer. Das verdrehte Wesen neben ihm war jenseits von Gut und Böse.

„Mach's für ihn. Wenn Trimmer weiß, wofür er lebt, wird er leben. Du und das Schiff, ihr wärt sein Auftrag. Das Gold kassiert sowieso der Staat. Die Anwälte werden hoffentlich eine angemessene Entschädigung für dich herausschinden."

„Die gehört Laszlo."

„Laszlo gehört nichts mehr außer der Entscheidung, hier im Knast zu verschimmeln oder sich nach Russland ausliefern zu lassen. Das werden er und die Politik entscheiden."

„Er ist mein Halbbruder."

„Dann sei klug und nutze deine Möglichkeiten für ihn."

Dank Polizeieskorte und Blaulicht erreichten sie Son Espases ohne Zwischenfall. An der Notaufnahme stand schon eine Ärzteteam mit Sauerstoffmaske, Blutkonserve und Messgeräten bereit. Im

Laufschritt verfrachteten sie ihn auf den OP-Tisch. Katzer empfand die Kälte des Krankenhauses wie einen Schock. Ausruhen auf einem Seziertisch wäre gemütlich dagegen. Er gab am Eingang seine Daten an die Guardia Civil und vereinbarte mit Darja, nachzukommen, wenn er sich eine Jacke besorgt und für Öhrchen einen Hundesitter gefunden hatte. Sie durfte natürlich nicht mit rein.

Das Schicksal war mit ihm. Nach langem Suchen fand er einen Secondhandshop, der die Klamotten nach Gewicht verkaufte. Er erstand einen Kapuzenpulli sowie einen neuen Gürtel und bequatschte den Besitzer, die Hündin gegen Aufpreis in Obhut zu nehmen. Als er den Laden verließ, vermied er, in den Spiegel zu schauen. Gleichzeitig entwich die in ihm angestaute Spannung wie aus einen angestochenen Ballon. Seine Knie gaben nach. Der Ladeninhaber eilte erschrocken herbei und empfahl, das nahegelegene Krankenhaus aufzusuchen. Katzer dankte ihm für den guten Rat und stapfte los.

Eingehüllt in den Hoodie und die Kühle von Son Espases fragte er nach dem Verbleib des Patienten mit der Blutvergiftung. Er hatte wieder den Eingang der Notaufnahme im Untergeschoss gewählt und verlief sich bald hoffnungslos in den labyrinthischen Gängen. An zahllosen Bildschirmen saßen Schwestern und gaben Daten ein, Pfleger schoben Patienten wie in einem Ameisenhaufen hin und her, Kranke lagen starr in ihren Rollbetten oder redeten wirr vor sich hin, unterbrochen von markerschütternden Schreien alter Frauen, denen Blut oder eine andere Körperflüssigkeit abgezapft wurde. Katzer kam sich vor wie im Großraumbüro eines Sciencefiction-Films, das Ganze gehalten in beruhigendem Einheitsgrün.

Endlich hatte er sich ins richtige Stockwerk durchgekämpft. Er fand Darja auf dem Flur, von einer mitleidigen Schwester in eine Decke gehüllt. Sie schaute kläglich hoch. Neben ihr saß Isabel. Sie versuchte zu lächeln.

„Als wir uns zum ersten Mal begegnet sind, hattest Du auch eine Platzwunde am Kopf."

„Scheint bei mir chronisch zu sein. Wie geht's dem Patienten?"

„Die Notoperation ist noch immer zugange. Wir können nichts tun außer warten."

Endlich verließen einige Schwestern und Assistenten den OP-Raum. Ihre Gesichter verrieten nichts außer der Anspannung der letzten Stunde. Sie verwiesen auf den Chefarzt. Der kam als letzter und zog müde die OP-Maske vom Gesicht.

„Die Überlebenschancen des Patienten sind gut. Er hat eine kräftige Konstitution. Leider mussten wir eine schwerwiegende Entscheidung treffen. Wir haben den rechten Oberarm amputiert. Wenn er ein Reha-Programm macht und die Unterstützung der Angehörigen bekommt, kann er mit einer Prothese viel seines athletischen Vermögens zurückgewinnen. Ein ehemaliger Leistungssportler, vermute ich?"

Darja lächelte tapfer. „Es wird ihm an nichts fehlen. Er war . . . nein er ist ein begeisterter Segler." Ein Pfleger schob den Frischoperierten in ein Einzelzimmer mit Panoramablick zum Tramuntanagebirge. Er war noch nicht aus der Narkose erwacht. Vor dem Fenster kreuzten Möwen. Darja drehte sich zu Katzer um.

„Er ist ein Mistkerl. Aber er hat teuer bezahlt. Ich werde ihm nie vergessen, dass er mich aus der Höhle befreit hat. Jetzt bin ich dran. Hol ihm doch bitte das Bild der ‚Gipsyqueen' aus dem Auto. Wir stellen es in sein Zimmer. Ich denke, er braucht mich. Er ist der einzige Mensch auf der Welt, dem ich traue."

Epilog

Trimmer brauchte nur wenige Wochen, bis er seine Prothese anprobieren konnte. Mit soldatischer Disziplin verwandelte er sein Handicap in ein gefürchtetes Ehrenzeichen. Katzer hatte ihm durch Einschaltung eines honorigen Mittelsmanns geholfen – es kann sich auch um eine Frau gehandelt haben - sein Gold diskret in Bargeld zu verwandeln. Das reichte locker für die Kosten seiner Rehabilitation und darüber hinaus für die Finanzierung einer Tournee, die Darjas Truppe erst durch die spanischen Provinzen, dann durch die großen Städte der Halbinsel und schließlich in die Karibik und weiter nach Südamerika führte. Ohne Trimmer als Boss der Roadies und obersten Security-Chef an ihrer Seite wäre das kaum möglich gewesen. Er hielt den Bohrschrauber so sicher in der Kralle wie Käptn Hook seinen Säbel, kannte sich mit Spannelementen, Gewindestiften, Gelenkschrauben, Schweißen und Elektrik aus und ließ bei den Bühnenarbeitern, allen Sprachbarrieren zum Trotz, keinen Zweifel an seiner Autorität. Trimmer hielt den Laden am Laufen, er gab ihr ein Gefühl von Unbesiegbarkeit.

Er hantierte mit Mehrfachspannsystemen herum wie ein gelernter Gerüstbauer, übersah keinen fehlenden Spannbolzen, gab Anweisungen bis kurz vor dem Auftritt und behielt die Ruhe, wenn irgendwelche Maße am Podium nicht stimmten. Keine Tücke der Technik brachte ihn aus dem Takt.

Ihr gemeinsamer Startschuss war das Konzert in der Plaça de Toros in Palma. Trimmer und Darja waren auf freiem Fuß, mit der Auflage, das Land nicht zu verlassen. Ihre Aussagen vor Gericht hatten Laszlo schwer belastet, dennoch lehnten sie Zeugenschutz ebenso ab wie die Einschränkung ihrer Bewegungsfreiheit. Ihr Kredo war die Flucht in die totale Öffentlichkeit. „Wir beugen uns niemand. Wenn die Justiz uns ruft, sind wir zur Stelle, ganz gleich, wo wir sind."

Mit der Plaça de Toros schrieben sie Geschichte. Nicht nur Musikgeschichte. Jeder der 11600 Besucher in der vollbesetzten Arena hätte vermutlich einen anderen Grund abgegeben, warum der Besuch unvergesslich war. Für einige war es vielleicht der Platzregen, der mitten im August über der Menge im offeneren Kolosseum hereinbrach. Für andere die Großaufnahme des toten Ché Guevara und der Clip über die kubanische Revolution, die auf einer Riesenleinwand projiziert wurden. Oder die Gewehrsalve aus Trimmers AK16, die zu Beginn des Schlusssongs „Hasta la siempre, Comandante", ertönte. Oder Darjas vom Regen entblößter Körper, der während des Schwurs auf Ché so verletzlich und gleichzeitig so unverwundbar schien. Oder einfach die Musik ihrer Gitanos, die Flamenco, Blues, Funk und Punk zu einem Aufschrei aller Entrechteten mixte. Oder wie Katzer fand, alles zusammen. Selbst Trimmers laue Entschuldigung gegenüber der Presse, seine Gewehrsalve stamme nur aus einer Attrappe, minderte den Schockeffekt bei jedem Konzertbeginn nicht im Mindesten.

Das Eröffnungskonzert war ihr Freifahrtschein für die gesamte Tournee. Ausverkaufte Häuser in Barcelona, Madrid, Sevilla, Havanna, danach Mexiko-City, La Paz, Bogota, Buenos Aires. Sie hätten reich werden können, wenn sie nicht darauf bestanden hätten, die Hälfte der Plätze gratis für die Bewohner der Slums abzugeben. Ein Ärgernis für die Konzert-Agenturen, ein Markenzeichen für Darjas Gitanos.

Zurück in Palma waren sie so alle, dass sie sich eine Woche Kreuzfahrt zwischen den Balearen gönnten. Die ‚Gipsyqueen' wartete in neuem Glanz auf das Ensemble. Als Trimmer die Brigg betrat und das Kommando übernahm, lief ihm zum ersten Mal im Leben eine Träne über das Gesicht. Er wischte sie mit dem Handrücken weg.

„Wasser von innen. Ich glaube, ich bin nicht mehr ganz dicht. Zeit für eine Generalüberholung."

Katzer konnte die Klappe nicht halten.

„Ihr Kampfschwimmer seid immer so gefühlsneutral wie Commander Spok von den Vulkaniern. Euer Blut ist grün und eure Logik rasiermesserscharf. Du wirst doch nicht auf deine alten Tage noch menschlich werden?"

„Wieso?"

„Die menschliche Rasse ist die einzige Tierart, gegen die ich Vorbehalte hege."

„Echt?"

„Echt, Trimmer, außerdem schuldest du mir noch ein Hemd."

Danksagung

Wenn ein Krimischreiber nach getaner Arbeit feststellen muß, aufs Kreuz gelegt worden zu sein, kann man das wohl seiner Dummheit oder Leichtgläubigkeit zuschreiben, wobei ganz hämische Zeitgenossen generelle Zweifel an seiner Berufswahl äußern würden. Als ich „Mallorca mortale" in den Druck gab, begann jedenfalls erst der wahre Krimi über den Krimi. Der Verlag mit dem Werbespruch „Wir machen Bestseller" machte Pleite, zahlte keine Tantiemen und überließ die Betroffenen ohne ein Wort des Bedauerns ihrem Schicksal.

Ich verdanke es der Solidarität und der Entschlossenheit meines Katzer-Kollektivs, dass mein „Mallorca mortale" des Jahres 2016 nun zum zweiten Mal das Licht der Welt erblickt. Innerhalb kürzester Zeit wurde von der neuen Formatierung bis zum neuen Cover alles noch einmal hergestellt und der freundliche Verlag „tredition GmbH" bot sich als neuer Hafen für mein Werk an.

Ich verdanke es vor allem der Weinbloggerin Juliane Gassert, so schnell unseren Kahn wieder flott bekommen zu haben und alles Notwendige im Netz zu veranlassen. Mein technisches Verständnis reicht gerade zum Wechseln einer Glühbirne. Sie schoss auch als unerschrockene Mallorca-Wanderin das Foto des Felsenhauses „Es Cosconar" für das Cover. Außerdem half Jan Ruetten technisch über viele Untiefen hinweg.

Meine Schwägerin Nasra, ein Nomadenmädchen aus Kenia, hat uns das neue Cover zum Buch gebastelt. Ihre antrainierte Geduld, als Kind täglich mit einem Esel eine Stunde Wasser zu holen, befähigt sie heute, auch trickreiche Internetprogramme zu beherrschen.

Einen besonderen Dank möchte ich am Schluss meiner Tochter Lynn aussprechen, die mich mit ihrem Gesang von Blues und Soul bei jedem Auftritt begeistert. Sie hat mich mit ihrer Stimme und ihrem kompromisslosen Charakter zu meiner Protagonistin Darja inspiriert, auch wenn beide biographisch nichts miteinander gemein haben.

Manche zwei- und vierbeinigen Charaktere erfahren in Katzers Mallorca Krimis eine Fortsetzung. Inzwischen ist das fünfte Werk im Entstehen. Rufus Katzer ist zuversichtlich, es wieder im tredition Verlag anbieten zu können.

Bisher von Rufus Katzer erschienene Krimis

2014 Fiesta mit Leiche

2015 Der Mann mit dem Frettchen

2018 Der Indalo Code

Homepage des Autors
www.rufuskatzer.de

Facebook
Mallorca Krimis von Rufus Katzer

Über tredition

EIN EIGENES BUCH VERÖFFENTLICHEN

tredition wurde 2006 in Hamburg gegründet. Seitdem hat tredition mehrere tausend Buchtitel veröffentlicht. Autoren veröffentlichen in wenigen leichten Schritten gedruckte Bücher, e-Books und audio-Books. tredition hat das Ziel, die beste und fairste Veröffentlichungsmöglichkeit für Autoren zu bieten.

tredition wurde mit der Erkenntnis gegründet, dass nur etwa jedes 200. bei Verlagen eingereichte Manuskript veröffentlicht wird. Dabei hat jedes Buch seinen Markt, also seine Leser. tredition sorgt dafür, dass für jedes Buch die Leserschaft auch erreicht wird.

Im einzigartigen Literatur-Netzwerk von tredition bieten zahlreiche Literatur-Partner (das sind Lektoren, Übersetzer, Hörbuchsprecher und Illustratoren) ihre Dienstleistung an, um Manuskripte zu verbessern oder die Vielfalt zu erhöhen. Autoren vereinbaren direkt mit den Literatur-Partnern die Konditionen ihrer Zusammenarbeit und partizipieren gemeinsam am Erfolg des Buches.

Das gesamte Verlagsprogramm von tredition ist bei allen stationären Buchhandlungen und Online-Buchhändlern wie z. B. Amazon erhältlich. e-Books stehen bei den führenden Online-Portalen (z. B. iBookstore von Apple oder Kindle von Amazon) zum Verkauf.

Jetzt ein Buch veröffentlichen: **www.tredition.de**

EINE BUCHREIHE ODER VERLAG GRÜNDEN

Seit 2009 bietet tredition sein Verlagskonzept auch als sogenanntes "White-Label" an. Das bedeutet, dass andere Personen oder Institutionen risikofrei und unkompliziert selbst zum Herausgeber von Büchern und Buchreihen unter eigener Marke werden können. tredition übernimmt dabei das komplette Herstellungs- und Distributionsrisiko.

Zahlreiche Zeitschriften-, Zeitungs- und Buchverlage, Universitäten, Forschungseinrichtungen, u.v.m. nutzen diese Dienstleistung von tredition, um unter eigener Marke ohne Risiko Bücher zu verlegen.

Alle Informationen im Internet: **www.tredition.de/Buchverlage**

tredition wurde mit mehreren Innovationspreisen ausgezeichnet, u. a. Webfuture Award und Innovationspreis der Buch-Digitale. tredition ist Mitglied im Börsenverein des Deutschen Buchhandels

Zeitfracht Medien GmbH
Ferdinand-Jühlke-Straße 7
99095 Erfurt, Deutschland
produktsicherheit@kolibri360.de